归麟 下

二狮 ◎ 著

U0115632

CNS
PUBLISHING & MEDIA
中南出版传媒

湖南文艺出版社
HUNAN LITERATURE AND ART PUBLISHING HOUSE

博集天卷
CS-BOOKY

目录

CONTENTS

回家

人生是一次又一次对童年的逃避与回归。

总有一天，我会亲手杀死那个男孩。

01

　　小哈士奇的故事，要从一只名叫"灰灰"的陨石边牧说起。灰灰是一只在心理治疗犬培育中心工作的心理治疗犬，毛色油亮，聪明温柔，上到 80 岁阿尔茨海默病患者，下到 8 岁自闭症儿童，它"治疗"起来都不在话下。

　　培育中心为了把灰灰优质的基因传下去，为它相亲相到了一只在警队服役的边牧小伙子——黑白立耳，高冷英俊，战功累累。培育中心认为，这样的"强强联手"能产出下一代优质边牧宝宝……

　　生产过程十分顺利，灰灰生下了四只崽崽，两只黑白毛色像爸爸，两只黑白灰混毛像妈妈，软萌得好像四颗麻心汤圆。直到某只崽崽睁眼的那一瞬间，护养员才发现事情并不简单。

　　这只崽崽眉心一撮灰白火焰，拥有猥琐、深刻而挑事儿的眼神。它在一窝安静的崽崽里扭来扭去，多动得独树一帜。护养员瞅着这崽子，怎么都不像那只边牧爸爸，倒更像那天配种中心……某只管不好自己下半身的哈士奇。

　　"行。"夏熠听完故事，双手将小奶狗举至空中，转了一圈，盯着它屁股上"爱心"形状的陨石灰花斑，得出结论，"我看此狗出身不凡，能干大事儿。"

　　"我给培育中心打个电话，"邵麟掏出手机，"今天太晚了，明早再送回去。"

　　他不认识培育中心的工作人员，只好打给贺连云。对方听了前后因果，哈哈大笑："给你添麻烦了，小东西没把家里给拆了吧？"

　　"没有没有。"邵麟笑笑，"狗狗很可爱。怪我，是我太粗心了，包里多了只狗都没发现。"

　　"真的吗？这可是缘分。你考不考虑直接领养啊？"

　　贺连云解释，机智的边牧爸爸一眼就察觉出第四只宝宝与众不同。每次

"探亲"，它都对一窝崽嗅来嗅去，最后咬住那只"隔壁老王"的孩子，往外头一丢，才肯和自己的老婆孩子窝在一起。可怜的小哈士奇自打出生的第一天起，就输在了起跑线上。比如，两个月大的时候，所有小边牧都已经学会了与人握手，就小哈士奇依然对指令无动于衷。

好在小哈士奇长得不错，培育中心的工作人员已经打算在疫苗打全之后，找户好人家送走了。

"我看这小狗和你挺有缘，"贺连云在电话那边笑了，"要是真喜欢的话，就省了我们好多功夫，哈哈哈——"

"这……"邵麟犹豫地看了夏熠一眼，"这我得先和室友沟通一下，明天再给您答复，行吗贺老师？"

"行，没事儿，你好好考虑一下。不方便也不要紧，就是麻烦你再跑一趟了。哦，对了，小狗晚上吃过了，你们那儿不用再喂了。"

"好，谢谢你。"

挂了电话，邵麟与夏熠对视一眼："他们问我要不要直接领养。"

刚才被夏熠撸得很舒服，这会儿一停手，小狗就开始"嘤嘤"叫唤，好像是在说"不可以不可以"。

邵麟陷入沙发，与夏熠并肩坐在一块儿："你想养吗？"

夏熠没直接回答，而是盯着邵麟，反问："你想吗？"

邵麟的目光在夏熠与狗之间来回移动。小毛团子很可爱，他也想答应下来。可是一张嘴，邵麟就又犹豫了。养狗是个重要的决定。毕竟，这是对另一条生命长期而郑重的承诺。

郑重到邵麟不确定自己是否承担得起。

"不用担心教。我警犬基地有朋友，不当警犬，平时就送过去学学规矩，周末有空了再陪它玩。"夏熠摸了摸小奶狗的脑袋，看向邵麟，低声说道，"我是愿意养的，但是，你愿意和我一起养吗？"

邵麟看着小哈士奇正快乐地摇着尾巴，只觉得有一根毛茸茸的东西，扫过他心尖最软的地方，嗓子一阵干涩。半晌，邵麟开口："我再想想。"

他很熟练地扯开话题："小狗晚上睡哪儿呢？我看它已经尿在我的浴巾上了，要不暂时做个狗厕所吧？"

两人折腾半天，总算安顿好了小东西，也差不多该睡了。

邵麟推开房门，看了一圈自己空荡荡的卧室——除了一些必需的生活用品，他依然什么都没有，就好像是一个随时准备离开的租客。

到底要不要收养小狗？

如果养的话，他就能有更多的时间，和夏熠一块儿做些什么事儿。可是，他现在一个人可以随时离开，倘若养了小狗，就要负责，就多了一份牵挂……

一念及此，邵麟脑海里又钻出了一个尖锐的声音："所以，你是觉得自己总有一天会走？你真的……还是想去找他？"

邵麟躺在床上辗转反侧，越想越觉得头大，多核多线程 CPU 过度运行已经快死机了。邵麟知道自己灵魂深处，有那么一部分依然固执地试图用"与环境疏离"来建立他那岌岌可危的安全感。可是，无论他是否愿意承认，早在自己意识到之前，他就已经依赖上了这个"环境"。

他躺在这张床上，是久违的放松、平静与安心。

第二天一早，闹钟还没响，邵麟的房门就被悄悄推开一条缝隙。一个尖鼻子凑了进来，随后是一对毛茸茸的折耳。小哈士奇好奇地往里面瞅了一眼，就像一枚小炮弹似的，"嗖"的一下飞奔着扑到邵麟床上，鼻子顶在毯子上，眼睛水汪汪地看着邵麟："呜，汪！"

邵麟吓了一跳，挣扎着坐起，可他还没来得及说话，小狗狗又"嗖"的一下跑走了，狂奔回客厅。邵麟揉着眼睛起身，刚推开门就闻到一股焦味。

只见节假日一大早，夏熠同志正穿着围裙，在厨房里忙活。白色的餐盘里，躺着几片全麦吐司、半个切口仿佛被狗啃过的牛油果，以及卖相非常一言难尽的焦黑培根烟鸡蛋。

邵麟："……"

夏熠听到动静扭过头，生无可恋地举起锅铲："一大早就被狗子吵醒了，这也太活泼了，喂了点幼犬奶糕。嘁，本来想顺手给你做个早饭，谁知道就……"

就烟了。

邵麟差点没笑出声来，上前接过对方手里的锅铲，连声道："我来，放着我来。"

"火别开这么大，这是铁盘，烫了以后用余温加热就行了。先别上油，直接用培根出油……"邵麟一边翻炒，一边教夏熠如何下厨。

不过两三分钟的工夫，一盘香喷喷的培根炒鸡蛋就出锅了，培根边皮香脆焦黄，中间肉质粉嫩，淡金色的鸡蛋上冒着油光，最上面还铺了一块深黄色的切达干酪。

邵麟像是炫耀似的，把餐盘往桌上一摆，夏熠"哇"了一声，双眼亮晶晶地盯着食物。同时，小哈士奇突然跳起，前爪扒住餐桌，一双黑不溜秋的眼睛水亮，好奇又专注地盯着吃的。

在那一瞬间，邵麟觉得心底的幸福感无以复加。

或许，这才是他想要的生活。

"我想好了。我愿意，不是，"邵麟嘴角微微一勾，轻笑着说道，"我想和你一起养小狗。"

夏熠闻言，兴奋地抱起狗："好了，从此以后你就是我的便宜儿子了！"说着，他还仰头"嗷呜"学了一声狗叫。

小哈士奇眼睛瞪得老圆，嘴巴张得老大，学着夏熠的模样仰起头："啊——啊——"结果最后勉勉强强地发出一声软绵绵的"恶龙咆哮"："啊呜……"

邵麟当天又去了一趟培育中心，签署了一些文件，拿回了小哈士奇的体检报告和疫苗接种本。夏熠先去楼下宠物店买了一些幼犬粮过渡，然后就乐呵呵地在网上选起了幼犬用品："你说，要是崽随了它爸妈的好，又聪明又温柔，那该多好啊？"

就他说话的工夫，小哈士奇已经在靠枕上咬开了一个口子，并将自己整个脑袋都塞了进去，把一个顶着"爱心"的大圆屁股翘在外头，开心地甩起尾巴。

邵麟连忙将小东西拽了出来，一根食指竖到崽子面前，用警告的语气说道："不行！"

谁知小哈士奇瞅了邵麟一眼，扭头就委屈巴巴地缩成一团，原地自闭。

"我觉得吧，"邵麟突然感到一阵心梗，"崽也有可能是个愚蠢的玻璃心……"

两天后，邵麟就在家门口拿到如山高的快递，其中有一块又厚又重的"砖头"，邵麟竟然一时辨不出来这是什么用品。

"我的我的，是我的！"夏熠一溜烟跑了出来，兴奋地搓了搓手。他拆开包裹，是一本十几厘米厚的精装《新华字典》。

邵麟突然想起，上回夏熠在局里念错了嫌疑人的名字，忍俊不禁："你终于要好好学习，奋发向上，认真识字了吗？"

"不啊，"夏熠把书翻得哗哗响，眼神很是兴奋，"这是要给儿子起个文化点的好名字！"

邵麟："……"

夏某人挑灯夜读，最终决定叫孩子"小哈"。

邵麟心想就这？

夏熠一本正经："现在是哈崽，以后是哈 Sir（警官）！"

可当夏熠抱着未来的哈 Sir 来到燕安市警犬基地时，驯导员盯着小东西眉心那一簇骚气的灰白火焰，连忙把头摇成拨浪鼓："使不得，使不得。"

夏熠只得解释："孩子它妈是边牧！"

驯导员依然把头摇成拨浪鼓，还是那句："使不得，那也使不得。"

"咱们交双倍学费！"

最后，小哈终于在"我老爹给学校捐了一栋楼"的光环下，成功升入警犬幼崽培训学校。

不过，小哈在上学第一天，就证明了自己是一只与众不同的崽崽。它先是嗅遍全校小母狗的屁股，继而在"柯警官"面前半蹲着走路，感到被冒犯的"柯警官"一路追着它绕操场跑了 10 圈。

时间过得飞快。

小哈转眼长成了半大的小伙子，身上有了精瘦的肌肉线条，四腿修长，就连屁股上的"爱心"也越发骚气了。不过，小哈确实没能长成聪明的小天使，而是变成了一个心机满满的小坏蛋……

02

北风一阵接一阵地吹着，吹尽了金黄色的落叶，树木只剩下光秃秃的枝丫。路上行人添上了厚重的外衣，呼出的白气日渐浓厚。到了年底，第一场大雪如期而至。

自打暴君离开，燕安市暂时恢复了平静，小打小闹有，但再没出过什么大案子。临近过年，各组一边忙着写总结，一边兴奋地讨论着过年的计划。

夏熠有意无意地跟邵麟提了一嘴："过年你回老家不？"

"暂时没有计划。"邵麟很敏感地看了他一眼，"过年我还方便借住你那儿吗？"

"方便的方便的，你随便睡啊，你过年想睡我床上都行！"夏熠突然心虚，"我就随便一问嘛，就……就好像从来没听你提过家里，然后大过年的……"

邵麟垂下眼，似乎对这个话题没什么兴趣，敷衍地"哦"了一声。

可没过几天，邵麟就接到了一个来自盐泉市的电话："喂？爸爸。"

好久没联系的父子俩一顿寒暄后，邵海峰才切入正题。

"麟麟啊，是这样的，你弟弟今年拿了奥林匹克数学竞赛的市一等奖，老师推荐他去参加那个'飞翔少年'杯国际数学大赛，整个盐泉只推荐了五个人！"邵海峰言语间充满了老父亲的骄傲，"那个数学比赛你知道的吧？他们在选拔队员前有个培训，就是这个寒假，在燕大培训。"

"可这眼看着年底了，我工作特别忙，静静也有个教研会议，去不了。小远以前从来没有一个人出过远门，恰好你在燕安。我琢磨着，万一小远有点什么事儿，能有一个人照应也是好的。培训营会安排宿舍的，就是不知道你方不方便看着点弟弟……"

"方便的。小远什么时候来呀？"

邵麟的语气很温和，听着特别像一个暖心的大哥哥，可只有夏熠看得清清楚楚，邵麟在电话这头郁闷得要命。

"行，那我一会儿把他们的课程表发给你！"邵海峰像是松了一口气，"实在不好意思，麻烦你了！"

"不麻烦，应该的。"

邵海峰乐呵呵地继续说道："那个培训营也是抓得紧，放假只放到初三，初四回去继续上课。不过也没办法，开春就比赛了！我看，你干脆春节和小远一块儿回来一趟，咱一家子好久没有一块儿过年了。"

"好。到时候我去车站接小远。"

邵麟挂掉电话，轻声叹了口气。

夏熠好奇："咋了啊？"

邵麟简洁地复述了一遍，神色淡淡的，似乎不太开心。

"你在盐泉的家？"夏熠试探着问道，"你还有个弟弟？怎么从来没听你说过？"

邵麟点点头："他小我整整 13 岁，我出国了他还没上小学，能有什么好说的？"

夏熠又想起邵麟的档案。他一度以为，那份档案可能全是假的，就为了放在数据库里装个样子。可现在看来，邵麟确实在盐泉市有一个家，但和家人关系很不怎么样。

夏某人好像对邵麟的弟弟很感兴趣，整天拐弯抹角地问东问西，最后索性——

"你那个弟弟什么时候到啊？要是今天到得早，刚好不上课，我请你们一块儿吃顿好的呗！"夏熠张嘴就提了燕安市一家著名的米其林餐厅，"龙升记的帝王蟹怎么样？"

"龙升记的帝王蟹？"邵麟刚收回一筐被太阳晒香的衣物，这会儿正在叠衣服，语气凉飕飕的，"我来燕安这么久都没吃过，倒是托我弟弟的福了？"

夏熠在那语气里嗅到一丝不满的味道，顿时乐了："别啊！你想吃就和我说呗，只要你一句话，我天天买龙升记给你吃！这不是因为你做饭比人家米其林大厨做的还好吃嘛……"

小哈耳朵竖起来了一下，露出一脸"噫"的表情，非常嫌弃地扭过头去。邵麟绷着脸，努力不让嘴角上扬，手里忙个不停。

"我说真的，大老远来一次燕安，咱们带弟弟去吃点好的。"

"这么热心，一个儿子还不够，再送你个弟弟得了。"

"这话说得。邵麟，你的朋友就是我的朋友，你的兄弟也是我的兄弟，你的——"夏熠突然顿住，目光落到衣服筐里，伸手捡出一条鹅黄色平角裤，"你的裤头上咋还印着小企鹅呢？"

邵麟一把将自己的内裤抢回来，骂了一声。

夏熠爆出一阵狂笑，把边上的哈崽吓了一跳。

邵麟无奈："你对我弟弟这么感兴趣干吗？"

"因为我想更了解你。"

邵麟叠衣服的手顿了顿，修长的五指抓紧了一块浴巾又放松。在那一瞬间，他浅琥珀色的眼底似有冰雪消融，但那片温柔的涟漪转瞬即逝，很快恢复了冷漠。他扭过头，淡淡地看了夏熠一眼："我的过去，很重要吗？"

夏熠张嘴，一时又忘了词，就那样愣愣地看着他。

邵麟突然觉得有点失望，把夏熠的衣服丢在沙发上，抱起自己的回了房。

在夏熠的记忆里，邵麟一直是一个很耐心的人，或者说，假装很耐心的人。无论对方如何无理取闹，他都能顶着一脸标准的职业化笑容。这不禁让夏熠好奇，邵远到底是个什么样的熊孩子，竟然能惹得邵麟对他如此不待见。

谁知道，邵远半点都不熊。

两人在燕安市汽车南站接到了人。邵远看上去就是一个普普通通的初中男孩，当然，长得和邵麟没有半点相似之处。小孩没有特别高，也没有特别瘦，长相毫无辨识度，嗓音正处于变声期。邵远家教特别好，说话得体礼貌，甚至有点太过礼貌了，没事儿能说上一百次"谢谢"，哪怕对着他哥，也带着一层疏离。

不过有夏熠在，就不存在冷场："奥林匹克数学竞赛一等奖，你好厉害呀！我小时候也搞过奥数的，我现在还记得那个题，数鸡爪啊，数兔头什么的，我当时就在心底默念，藤椒凤爪，麻辣兔头……"

邵远茫然地看了他一眼："你……是在说鸡兔同笼吗？"

"对对对，就那个！"夏熠忍不住夸道，"哎，你们家基因真好，脑子都忒好使了。你哥哥聪明，你也聪明。"

邵远闻言垂下头，没搭腔。

邵麟敏锐地觉察到他似乎不开心了。

坐到席间，夏熠打发邵麟去前台点菜选海鲜，趁机凑到邵远身边："哎，我说，小远啊，你咋和你哥长得一点都不像啊？"

邵远颇为警惕地看了夏熠一眼："你干吗不自己去问我哥？"

"嘿，这不就随便和你聊聊嘛！"夏熠大大咧咧的，"不说话多尴尬呀！"

邵远眨眨眼，轻声说道："不是亲哥。"

"哦？"夏熠装出一脸好奇的模样，"那他是什么时候来你们家的？"

"我也不知道，那时候还没我呢。"邵远低头玩起了手机，显然是不想再继续这个话题。

夏熠偷偷扫了一眼他手机里装的 App，非常专业地找到了突破点："咦？你也玩这个游戏啊？"

"玩啊！"邵远抬起头，突然来了兴趣，"你也玩吗？"

到底只是个 14 岁的孩子，没什么心机，无论装得多像小大人，那点开心不开心全写在了脸上。

"玩啊！哥哥我是上赛季的无敌战神好吧！这家店上菜慢，要不我们先开一局？"

邵远一听"无敌战神"段位，眼睛都亮了，但很快，他又有点懊恼："我妈给我的手机上了未成年锁，我现在要是玩，她会发现的！我只有周五晚上能玩。"

"这么惨。"夏熠同情地"啧"了两声，掏出自己的手机解锁，"要不你用我的？我一会儿用你哥的手机带你玩会儿？"

邵远兴奋地点了点头。

说来说去，夏熠的话题又绕回邵麟身上："你哥平时不陪你玩游戏啊？"

"他才不陪呢。"邵远熟练地点开一局，嘴也顿时松了不少，直接把他哥卖了个干净，"我很小的时候哥哥就出去念书了，他基本就存在于我妈的叨唠里，天天都是'你哥小时候'，这成绩好那成绩好的。我爸说他是海外亲戚的孩子，爸妈在国外出了车祸，没人照顾，就被丢来我家了。"

夏熠心中一动——这么看来，虽说邵麟不是邵海峰与张静静亲生的，但他确确实实是在盐泉市长大的孩子。至于"海外亲戚"这套说辞，也能与邵麟半混血的面相和他已故的母亲对上……不对。夏熠又转念一想：如果只是普通亲戚，邵远直接说那是"我伯伯家"不就行了，这有什么不方便和自己说的呢？

"我爸平时不让我提这个你知道吧？我们家里都不提的，怕哥哥伤心。"邵远警告似的看了夏熠一眼，"你告诉我赢多少把才能上无敌战神呗？"

"我带你，很快的。"夏熠伸手一撸小孩的脑袋，指着游戏屏幕，说那边有个"消音器"，别忘了拿。

小孩子到底好哄。夏熠用邵麟的手机陪邵远双排了两盘《和平精英》，其中一盘还带人吃了鸡（指在大逃杀类游戏中夺得第一）。顿时，夏熠的身份从"貌似是脑子不太好的奇怪叔叔"升级成了"宇宙第一好的大哥哥"。

吃完饭，两人把邵远送去了燕大的奥数培训营。

眼看着日子一天天过去……

邵麟一边翻着日历，一边与夏熠说着计划："后天除夕，明天小远最后一天课。他们放假了，我把人送回盐泉，三天后再送回来。"

夏熠连忙拎出两袋包装红火的年货："难得回次家，给爸妈拜个年啊！这个补身体的，最适合中老年人吃了。赶明儿我也得回家准备'春节考'了呢，给我七大姑八大姨的备了一车！"

邵麟心想：你替我当这儿子算了。

"行了行了，放下放下，我家不兴这个……"

邵麟收拾好行李与礼品，晚上 10 点多的时候，手机突然响了，是一个陌生的号码。对方听起来很焦虑，开门见山地做了自我介绍，原来是邵远那个培训营的班主任。孩子的父母远在盐泉，到底远水救不了近火，所以邵远在培训营的"紧急联系人"表里填的是邵麟。

"什么？"邵麟眉心微蹙，"这个点了还没回宿舍？他去哪里了？"

"这……"班主任顿了顿，"这不就得问您了吗？"

邵麟茫然："啊？"

"明天是放假前最后一天，我们安排了阶段性摸底测验，所以今天下午没有课，是自习答疑。邵远同学请了假，说他哥哥要带他出去一趟，购置年货。他在燕安市工作的哥哥，就是您吧？开营那会儿咱们还见过。"

"可是我没……"邵麟突然顿住，一丝不好的预感爬上心头，"他什么时候走的？"

班主任急道："中午。中午吃完饭就请假了！"

中午吃完饭到现在已经 8 个多小时了。

"夏熠，我去一趟燕大。"邵麟披上羽绒衣就往外走，一颗心已经跌到了谷底。

别的不说，他还是了解邵远的。

邵远在学校是那种非常乖的好学生，别说编造借口翘课了，这辈子怕是连作业都没抄过。一个 14 岁的小屁孩，在燕安市既没有同学，也没有朋友，就连他那张零钱通卡都需要妈妈远程同意才能消费，翘课出去能玩些什么?!哪怕真是溜出去玩，也应该回来了……

"等等！"夏熠连忙从房里追了出来，手里抓着一套围巾手套。

邵麟接到消息走得太急，就披了一件外衣，什么都没戴。

夏熠抓着邵麟，给他围上围巾，皱起眉头："手这么冰，也不戴手套。"

邵麟还沉浸于思考邵远的事儿，面色有些苍白，浑然不觉："你知道我没有找过邵远，他为什么要说是我叫他出去的？"

如果只是孩子贪玩、瞎编借口还好，但有没有可能，邵远真的以为，是哥哥叫自己出去的？那问题就大了。可是，邵远又不傻，除非有一个与自己长得一模一样的人空降学校，不然他怎么会跟人走了？

邵麟一想到自己前几天向邵海峰做出的保证——他一定会看好弟弟——便天旋地转，一阵窒息。眼下已经晚上 10 点了，外面气温将近零下 10℃，邵远到底能跑到哪儿去？

"我跟你一块儿去。"夏熠拍了拍他的肩膀，"先别自己吓自己，不急。"

今天本是夏熠年前最后一天值班，谁知在家里沙发上"瘫"了仅仅 15 分钟，就风风火火地出了警。

两人刚到燕大，班主任便火急火燎地跑了出来。学生失联，她脱不了责任，这会儿急得团团转："您可算来了。同学里我问了一圈，中午以后就没人见过邵远了，也没人知道他去了哪里！"

邵麟直接问出了自己最关心的问题："当时，他说我要带他走的时候，有人来接吗？"

班主任摇头："我没看到有人来接。"

"当时邵远来找我，说下午自习课不参加了，哥哥要带他去城里买年货。"班主任神色懊恼，"我本想劝孩子复习，但是——"她顿了顿，对邵麟使了个眼色，压低声音，"50多个学生，最后只选拔前10名。不是说邵远成绩不够好，但第一次摸底测验的时候，他考了个倒数。我觉得吧，对这种孩子来说，来大城市参加培训这个体验，比选拔结果更重要。所以，我才放他走的！"

能来参加培训的，都是各个学校里拔尖的学生，并不需要老师时时刻刻盯着。谁能想到如此无心的一个疏忽竟能酿成大祸。

"方老师，你最后一次见到邵远是在哪里？大约什么时候？"

"西区第三食堂。他是中午与我说的，12点半左右。"

"好，邵麟，你去问问他的同学。"夏熠拍了拍邵麟肩膀，直接掏出警察证，"我去调监控录像。"

培训营里的孩子来自天南海北，都是各省数学精英。大家彼此之间并不熟悉，自然而然按地域抱团。不出邵麟所料，班主任喊来的两男两女，都是盐泉市来的学生。他们五人是乘坐同一班长途车来的燕安，邵麟去接邵远的时候，远远地都见过。

只是，四人对邵远的行踪一无所知。

"今天中午吃饭的时候，你们和邵远坐一块儿吗？"

三食堂的长方桌可以坐六个人，一般关系好的同学都会坐一块儿。可四个小孩互相看了一眼，接二连三地摇起了头。

班主任一听，就皱起眉头，说："你们平时不都坐一块儿的吗？"

邵麟直觉这事儿不对劲："邵远平时都和你们坐一块儿吃中饭，但今天没有？"

那个蘑菇头圆脸的小姑娘怯生生地开口："也不是今天，他从昨天开始就不和我们坐一块儿了。"

邵麟微微蹙眉："你们吵架了？"

蘑菇头身边另一个扎着高马尾的女生连忙一口否认："没有。"她说完，身边三个同学才开始跟着摇头。

邵麟平静地看着她："是吗？"

高马尾的姑娘叫陈灵玲，与邵远来自同一所初中，应当是与邵远最熟的一位。小姑娘身材高挑，白白净净，模样跟小明星似的，看着也远比同年龄的孩子成熟。

"真的，没吵架。他自己要和别人去坐的。"陈灵玲无辜地眨眨眼，"大概是交了新朋友吧。"

"那邵远中午和谁坐一块儿？"

陈灵玲像是被噎了一下，说自己也没留意。

邵麟叹气："你们为什么闹的矛盾？"

陈灵玲："……"

"真的没有闹矛盾。"另一个男生开口，"可能就是前几天……"他看了四周一眼，目光落在陈灵玲身上良久，见人没有开腔，才继续说道，"童童那个事儿。"

这个男孩白白瘦瘦的，还是邵远的室友。大约身体发育晚，男生看上去很像豆芽菜，却又顶着一副厚厚的近视眼镜，圆形镜片，同学们都叫他"小眼镜"。

邵麟微微一歪头："什么？"

"童童，那个鬼故事。"

十所大学，九所有自己的"闹鬼"传说。燕安大学历史悠久，自然也不例外，比如解剖教室突然睁眼的人体标本、化学楼自杀的红衣女孩等，但这群孩子说的，是在西山消失的小孩童童。

燕安大学最西边，有一扇没在地图上标注的大铁门。从那扇门出去，有一条小路可以直接上山，直达小丘峰，是深受燕大同学喜爱的运动路线。小丘峰再过去，就与西山"十里十八峰"接上了。早些年，这仅仅是几座相连的山峰，除了当地村民，没什么人去，但这几年徒步热兴起，走的"驴友"多了，就正式修成了景区。

很多年前，有个小孩子在小丘峰玩耍时突然失踪了——生不见人，死不见尸，直到现在也没有找到，沦为一桩悬案。据说小孩失踪后，小孩的母亲就得了精神障碍，每天傍晚时分，都会在小丘峰附近高喊孩子的乳名"童童"，那嗓音嘶哑如泣，非常瘆人。

大学生一届一届地来，又一届一届地走，这个故事也越传越玄乎，直到最后，也不知哪个无聊的学生吃饱了撑的，把童童的故事改成了一个试胆游戏——

小丘峰山脚背阴处，有一片民国时期留下的坟堆，墓碑大多都碎了，剩下一座一座的就跟小山包似的。据说，在太阳落山时，到坟堆那边去，面向西方，大喊三声"童童"。如果童童认为你是一个聪明的人，则会托梦给你找到他的线索。

以至于很长一段时间，小丘峰山脚下猎奇的学生络绎不绝，也有诸多"我见到童童了"的传闻，均已不可考究。

这五个来自盐泉市的小朋友也不例外。

来燕大的第三天，下午下课了，他们窝一块儿玩"真心话大冒险"。当时，邵远选了"真心话"，蘑菇头就问了他是不是暗恋陈灵玲。邵远当时就要赖了，改口说自己选择"大冒险"。

一群人就怂恿着他去喊"童童"。

天已经很暗了，大伙儿摸到坟堆时，两个女孩都害怕极了，瑟瑟发抖地说还是回去吧，但邵远不答应，偏要在这个时候彰显他男子汉的气魄，硬着头皮对着坟堆喊了三嗓子"童童"。喊完后大家只觉得阴风阵阵，连忙原路返回。

"结果那天晚上，"小眼镜说道，"邵远就说童童来找他了。"

邵麟表情差点没绷住："……"

"是吧？我也觉得他在骗人。"小眼镜推了推自己的眼镜，特别认真地说道，"鬼故事也就图一个吓人的气氛，但世界上毕竟没有鬼啊！"

"我觉得他说这个，就是为了哗众取宠。他还说，说不定童童'选中'他，是因为他比我们都聪明。邵远老叨叨这事儿，我们就觉得有点无聊。"小眼镜没滋没味地一瘪嘴，"吵架是真没吵架，就是邵远见我们不相信他，自己生闷气呗。然后他就不和我们坐一块儿啦。"

邵麟听完故事一言难尽，耐着性子问道："那邵远为什么觉得童童来找他了？他有证据吗？"

"就是我们去后山的那天晚上，晚上 11 点多吧，宿舍早就熄灯了，反正我已经睡着了。"小眼镜说道,"然后邵远说,他突然觉得手上凉冰冰的,好像有水从天上滴下来了,把他给冰醒了。邵远的床靠窗嘛,发现这水是从窗户上滴下来的。他撩开窗帘一看,说窗户上有个小孩子的手印在滴水。他还强调,是个小孩子的手印,就比我们的要小很多。"

邵麟心想:这还越说越玄乎了。

"然后他就直接开窗了,哎哟我的娘喂,那冷风一吹,我是被风吹醒的!我就问他干啥,他打着手机的灯,在往窗外照,还喊我过去瞅。"

邵麟皱眉:"你也看到手印了?"

"我没有啊!我们室内有暖气,外面零下好几摄氏度,所以室内窗户上结了一层霜。当时窗户已经被他抹糊了,邵远神神道道地非说那个手印是在窗户内侧,因为他伸手一抹,就把那个手印给抹没了。"

"那窗外呢?"

小眼镜答道:"窗外啥也没有。我们俩什么都没看到。"

"我们那间宿舍,是面向草坪的。"小眼镜比画着解释,"那天晚上下了一点小雪,草地上有那么薄薄一层,如果有人走过来,故意按了个手印,那他一定会留下脚印。我的意思是,当时雪地上什么都没有,特别干净,那雪完全没人踩过。"

"所以,我觉得他就是在讲瞎话,也有可能是做噩梦吓醒了,"小眼镜一嘟嘴,得出结论,"明明自己胆子就那么一丁点大,还非要在陈灵玲面前装英雄。"

邵麟:"……"

邵麟又询问了班里几个同学,有几个男生与小眼镜说的大抵相同——邵远确实在和同学们讲他那个"小手印"的故事。不过,大家都是来参加数学竞赛的,没人把他的鬼故事当真,甚至直接把邵远当成了一个吊车尾的傻子。

03

夏熠那边也有进展。

燕安大学放寒假了，校园里学生一下子少了不少，再加上冬天凭监控找人相对方便——羽绒服一般比较醒目，而且大家一般不会常换，夏熠在食堂监控里，一眼便认出了邵远那件白红蓝泼墨相间的嘻哈风印花羽绒服。

下午1点左右，邵远背着书包从三食堂里出来，往菁英楼方向走去。这个方向，与校门、停车场都是相反的，他不像是要去见什么人。很快，夏熠根据监控，再次在燕大主图书馆门口捕捉到了邵远。

邵远自称哥哥要带他去城里买年货后，第一站却是去了图书馆。

"奇怪。"班主任闻言，皱起眉头，"咱们培训营上课的那幢教学楼，一楼就有自习教室。而且，他那张卡是临时通行证，只能刷开门禁，借不了书。"

邵远撒谎翘了自习课，自然不是去图书馆复习的。

夏熠补充道："根据邵远的门禁卡记录，这几天晚上，他都去主图自习了。"

"我猜……"邵麟说道，"去主图这件事儿，是从培训营第四天开始的？"

夏熠看了他一眼，说："确实。"

邵麟掌心扶额，向上撸了一把刘海，喃喃道："他该不会是去找童童的线索了吧……"

果然，从监控录像来看，邵远在图书馆里待到下午3点半左右，又继续往西边走了。他最后一次被燕安大学的摄像头拍到，正是在通往后山的大铁门附近。

小丘峰……

邵麟一颗心再次揪了起来。

零下几摄氏度一时半会儿不至于把人给冻死，小丘峰也不是什么险峰，没有那种容易摔下去的悬崖，但这毕竟是晚上，地上有冰有雪，邵远还是孤身一人……如果他在山上出事儿了，怎么不打电话求救呢？还是说，他遇到了更大的麻烦？

"我已经通知学校警卫了，"夏熠挂了电话，说道，"全员出动搜山，如果人手不够，再通知一下当地消防。"

邵麟无奈地点点头，与夏熠一块儿加入搜救队伍，连夜搜山。

小丘峰占地面积不大，像夏熠这种身手敏捷的，从山脚跑到山顶只需要七八分钟。可直到第二天太阳升起，警卫上下搜了个遍，也没有发现任何可疑的迹象。

按童童那个事儿的说法，生没见人，死没见尸。

邵远自从进入小丘峰山区，就好像人间蒸发了，连雪地上可疑的脚印、被压坏的植被都没找到几处。警卫商量着要不要扩大搜索范围，往西山景区那边延伸。然而，万一邵远往深山里去，那范围就太大了，一时半会儿搜不过来。

支队里的人也被夏熠喊来了。

阎晶晶裹着羽绒服，整个人在清晨的寒风里哆嗦："组长，我我我听这案子觉得不不不太对劲——邵远奥数能拿奖，那他肯定不是一个傻子。既然他这么坚定地去找童童了，一定是掌握了什么实质性的证据！"

"所以——他可能真的看到了一个小孩手印！"阎晶晶哀嚎，"鬼片必备的小孩手印……"

夏熠抓起一把雪，往小姑娘额头上一拍："阎晶晶，我劝你清醒一点！"

雪地靴"嘎吱"一声压过枯枝，邵麟扭过头，语气疲惫："这世界上哪儿来的鬼？唯有人心罢了。"

搜了一夜的山，他这会儿眼里布满血丝："我没空和那些小屁孩浪费口舌，但你们别扯那个手印了。那手印就是邵远宿舍楼上、陈灵玲那个窗口弄下来的。"

夏熠诧异地"啊"了一声："你怎么知道？她们是怎么弄的？"

"除了盐泉市那几个小孩，我还问了别人。基本上可以确定，小眼镜说的部分内容属实——那天晚上，邵远先是发现自己床边的窗户突然滴水，然后看到窗户上出现了一个小孩子的手印，那个手印一抹就没了，他推开窗的时候，外面雪地上没有人来过的痕迹。

"邵远的这个叙述，从他的视角来说，应该是真实的。

"室内外温差大，内侧窗上结霜很正常。邵远感受到水滴下来，必然就是窗户上的凝霜融化了，还融化成了一个手印的形状。邵远就睡在床边，不可能是从房间内侧弄的，只能是外侧。将热掌心贴在窗户外侧，也能在窗户内侧形成一个这样的手印。然而，邵远又说，窗外的雪地上没有脚印。那我们可以确定，这人不是走过来的。前后左右都没人，那这手印怎么来的？只能从上面来。

"我看了他们的宿舍安排表。为了方便管理，所有学生都住一幢楼。一楼男生，二楼女生。邵远头顶上就住着陈灵玲和那个蘑菇头，那这事儿还用猜吗？"

"夏熠，你还记不记得，那天我们去汽车站接邵远？"邵麟扭头说道，"那个蘑菇头的小姑娘，一下车就对着自己掌心疯狂呵气，说太冷了，然后陈灵玲很照顾她，拆了一包形状可以塞进手套的自动发热贴，叫她快点把发热手套给戴上。"

夏熠当时把注意力全放在邵远身上，完全不记得这种细节。

邵麟摇头："所以，那个蘑菇头有一副能贴暖宝宝的发热手套。这也很正常，盐泉的冬天哪有燕安冷？怕冷的小姑娘常备这些东西。"

"可是，"阎晶晶后背还是毛毛的，"邵远不是还强调，这是个小孩子的手印吗？就是比他们还要小的小孩。"

"加热源问题。你想，一只发热手套从二楼垂下来，按在一楼的窗户上。这种手套的加热源一般在掌心，再向五指根部散去一点热量。窗上的霜融化的面积，必然小于手套本身的面积。所以，这个手印，肯定比蘑菇头的手小。"

"那这几个小兔崽子很有问题啊！"夏熠都听傻了，"你是什么时候发现的？"

"陈灵玲一说他们没吵架，我就觉得有问题。"邵麟笑了笑。这种小孩子在他面前撒谎，装得再淡定也和纸糊的似的。

"这种长得漂亮，学习又好，竞赛还拿奖的女同学，在学校里多半有几分特权，不是班长就是学生会干部。你看那几个人，张嘴前一个个的都要看她脸色。这明显藏着事儿了。"

"那你怎么不早说！"

"都这节骨眼了，我没空去纠结谁拿手套吓人。这几个小兔崽子可能确实拿童童的事儿吓了邵远，但我觉得和他的失踪应该没什么关系。"邵麟皱眉，"我与班主任确认过，邵远走的那个下午，他们四个都在好好复习。大家都是第一次来燕安，不可能在山上再设计一出绑架。他们吓邵远，应该就是因为那个真心话大冒险的小游戏。"

邵麟突然停下脚步，猛地回过头："等等，晶晶说得对。"

"啥？"阎晶晶受宠若惊，"我？我刚说什么了？"

"如果邵远不是掌握了什么确凿线索，他不可能逃课上山。"邵麟这才反应过来，"按照正常的逻辑，一个手印应该不足以让邵远贸然上山。这几天他都去图书馆自习，上山前还特意去了一次图书馆。他一定是在图书馆里发现了什么！"

"晶晶你先跟上搜救队，等我消息。"

两人回头直奔图书馆。

燕大主图书馆分成了五个区域，大得像迷宫一样。不巧的是，除了进出口的位置，以及几个藏书较珍贵的馆有摄像头，监控覆盖并不全面，夏熠没能找到邵远到底在图书馆里做了什么。

他只好拿着邵远的照片，在图书馆里问了一圈。幸运的是，有一个寒假留校的图书管理员说她记得这个男孩。

"他当时来问我怎么找一本书。"

两人异口同声："什么书？"

管理员解释道："我不知道书名。他给我的是一个编号，抄在一张小纸条上的。"燕大图书馆馆藏丰富，有一套自己的图书编号系统，在不熟悉的人看来，那就是一串乱码。

"那你还记得吗？"

"编号我怎么可能记得，但是看编号开头，我知道那本书在C区负二层，仅限馆藏阅读。我还教了他怎么使用那边的遥控书架！"说着图书管理员带着警方下楼，"我当时还觉得奇怪呢，怎么一个来参加寒假培训营的小孩子，会对这里的书感兴趣，一般大学生都不来。"

原来，C区地下二层是校刊馆藏。从建校至今，学校印刷的刊物——校刊、学院优秀论文、社团作品、校报等——在这里都留有不能外借的备份，就像是一个封存的时间胶囊。

"叮"的一声，电梯门打开。

夏熠只觉得一股被暖气烘热的书墨香扑面而来。地下二层安安静静的，一个人都没有，地毯被吸得非常干净，一列列馆藏铁架林立，显得毫无生气。

为了节约空间，这些书架是可移动的：每一列铁架都按照年份标好，无缝竖列，学生需要使用一旁的操纵台来移动这些铁架，从而在书架间打开一条通道。

夏熠随便走了两步："当时他开的哪个书架？"

管理员一摊手："不记得了，当时就教了他怎么用这个机器。但讲道理，基本没人来这层。更何况，现在已经放假了。"

"你的意思是，如果最后一个使用这个书架的人是邵远，那书架就应该保持在他开过的位置吧？"

管理员点了点头。

邵麟走向被打开的通道，发现索引牌上标着时间，差不多是十年前，总共两个学年的校内纪念出版物都储存在这里。

夏熠突然想起来："咦？这段时间你是不是还在燕大念书？"

"是啊！"邵麟穿过书架，仰头仔细扫过那些被精心编排的校刊，心中突然涌起一丝莫名的怪异，"不过我大三就出国了，2+2项目啊，只在燕大念了两年。"

"西山童童，是你在校时发生的事儿吗？有没有可能是这段时间的校刊里，记录了一些相关的事情？"

"我上学时没听说过童童的事儿。"邵麟摇头，"去年来燕大工作了，才听说有学生玩那个游戏。"

通道有左右两侧，夏熠与邵麟一人负责一侧，挨个儿搜查起来，寻找被人翻动过的痕迹。所有的刊物底下都贴着塑封胶，按编码顺序整齐排列。夏熠眼尖，仔细地扫过一排书时，突然发现："这里有一本书编号位置不对！"

恰好，这本书摆放在一格书架的末尾，很有可能是被人从整齐的序列号中抽走，归还时却又不记得之前的位置，索性随便塞在了尾巴上。图书馆里，管理员会定期整理书架，以确保所有书籍按照编码顺序排列，也就是说，这本逆序的书，应该最近才被人翻阅过！

邵麟也凑了过来。

那是一本燕大人文社会科学院的院内刊物，名叫《内观》。这刊物是燕大人文社科院的老传统了，登的主要是学生写的一些人文社科类评论，以及心理、成长相关的杂文，每个学期都会出版一本。

夏熠扫了一眼目录，心跳空了一拍："等等，这本书里收录了你的文章！"

邵麟还以为自己听错了："什么？"

目录里，确确实实有一篇《浅谈伊勒克特拉情结——男孩、父亲与脐带血》，作者为社科院心理系的邵麟。

"看时间好像是你大二第二个学期。"夏熠翻到文章所在的内页，"我说，你们文化人起个标题，我每个字都认识，拼一块儿咋就不知道在讲啥了呢？"

邵麟："……"

回忆"轰"的一声，像拉闸泄洪似的淹没了他的脑海。邵麟僵在原地，等待一场肉眼可见的社会性死亡。

夏熠大致扫了一眼，整体来说，这是一篇带了点心理学概念的散文。

文章开篇简述了伊勒克特拉情结，也就是心理学上的"恋父情结"，以及弗洛伊德的一些相关理论。随后，作者主要讨论了恋父情结不仅仅存在于女孩，在男孩身上也会出现。邵麟举例剖析的就是自己——父亲形象高大伟岸，却又极少陪伴自己，他就产生了一种对父亲的渴望，且会投射到其他年长的男性"导师"身上。

邵麟还提到了他"极其恶劣"的弟弟，在婴儿时期，弟弟为了博得父亲的关注无所不用其极，甚至将哥哥当成父爱的"竞争对象"，按照弗洛伊德的理论，这是把他当成了"情敌"。

这篇文章的最后一段，还被人用铅笔画出来了。

"人生是一次又一次对童年的逃避与回归。总有一天，我会亲手杀死那个男孩。我想，我会将他埋在露水湖的双生树下。我爱那些藤蔓以纠缠一生的姿态白头偕老，也爱日出时它空荡的心口光芒万丈。我会在那个地方死去，然后重生。"

夏熠的眼神渐冷。

而邵麟感受到那扑面而来的矫情味，尴尬得只希望自己原地去世。他下意识地抓住夏熠的手，近乎崩溃地解释："这篇文章我压根就没有投过稿！这是我在儿童发展心理学课上的一篇作业，作业要求好像是反思自己在成长过程中经历的一些依赖情绪！写这个的时候我才18岁——我——"

夏熠来不及去想那些，伸出食指点了点那段话："你说的这个，你要把男孩埋到哪里去？这个双生树在哪里？"

"这只是个比喻！"邵麟感到一阵深深的窒息，"意思是我要掐死那个沉湎于童年的自己，我压根就没有埋什么男孩！"

"我知道我知道，"夏熠连声安慰，"我是说，你文章里讲的这个双生树，真有这个地方吗？"

邵麟像是被很重的东西当头一击，半天没有缓过劲来："你是说，邵远他——不可能吧?!"

"有吗？到底有没有这个树，邵麟？有没有可能是邵远看了这篇文章，又联系到童童的事儿，把你说的这段话当成线索了？"夏熠急道，"你想啊，别人写这样一篇文章，邵远看了可能不会冲动。但这署名是你啊，他怎么可能不好奇呢？"

邵麟茫然地看着他，沉默良久，才喉结一动："真有这个地方。"

露水湖是小丘峰再往南边走的一座小湖。

邵麟受那时候阅读的书籍影响，觉得梭罗能在瓦尔登湖边上反思自己内心的冲突，是一件很有个性的事儿，所以，他也在学校后面的山里，给自己找了一处僻静的地方，冥想，看书，独处。

在露水湖上，有两棵大树——具体什么种类邵麟也不清楚，但偏偏就麻花似的缠绕在了一起，宛如共生。更神奇的是，两棵树缠绕的间隙，有一个"爱心"状的空洞，每天早晨日出时，阳光恰好穿过那个位置。很快，这儿就成了邵麟最喜欢去的地方。

"一小队，一小队听我说一下！"夏熠很快与搜救队那边沟通了进展，让人去找邵麟说的"双生树"。

"我们也去？"

邵麟背靠大书架，缓缓屈膝坐下，无力地用双手抹了一把脸："让我捋一抄。"

很明显，邵远不可能无缘无故地找到这本校刊，是有人特意给了他具体编号，甚至还用铅笔暗示了"男孩被埋葬的地点"。可是，这个人是谁？又是为了什么？

"你和这个童童到底有没有关系？"夏熠忍不住又问了一遍，"你别骗我啊！"

"没——有——关——系！"邵麟几乎咬牙切齿。很快，他又心虚地看向了别处："但我出国前，确实在那树下埋了点东西……"

夏熠皱眉："你埋了什么？"

还不等邵麟回答，夏熠的手机与对讲机同时响起——

"我们找到那棵树了！树下好像被人翻过了，边上还有零散的脚印！"

"组长，你们快过来啊，树下真的挖出了一具尸体，啊啊啊！"

邵麟在听到"尸体"二字时，只觉得整个人天旋地转，大脑一片空白。他微微张嘴，却没有发出声音。夏熠大声说着什么，但他一个字都没听进去。邵麟虽然神色淡定，但他扶着书架，足足使了两次劲才把自己给撑起来。

对讲机里，现场"嗡嗡嗡"的声音还在继续着——

"这真是活见鬼了！先是丢了个学生，然后学生没找到，竟然挖出了一具尸体！"

"啧啧啧，这尸体都埋多久啦？这算是彻底白骨化了吧？"

"大过年的，就不能吉利一点，估计又不能回家吃饭了！"

"不对啊，这个骨架太小了，还是个小孩吧？！"

"别动别动！你们不要碰到骨架，不要碰这个黑袋子！留着让法医组的人来，踩了这里动了那里的，他们又要埋怨咱们破坏现场了！"

邵麟的大脑死机片刻后，缓缓得出结论——不是小远。

不是小远！

邵麟眨眨眼，这个认知让他紧缩的心脏再次舒张，血液开始缓缓回流，意识再次回归。

"走吧？"邵麟长出一口气，疲惫地看向夏熠。

"不着急。"夏熠五指撑开，轻轻地在邵麟胸口一点，拦住了他的去路，"咱们话还没说完呢。你在那棵树下埋了什么？"

"一把匕首。"

夏熠不解："匕首？"

"我爸送我的。"邵麟深深地看了他一眼，低声补了一句，"我的亲生父亲。"

夏熠一时语塞。

什么样的父亲会送亲儿子一把匕首？

不过，邵麟玩刀确实有两把刷子。夏熠见过他指尖转刀花，眼花缭乱的，还从来不会切到自己。而且，他还见过邵麟削三文鱼，薄薄的那么一片，几乎透明。他还会把那么薄的三文鱼片卷起来，做成一朵花，用牙签固定在土豆上烤，说是小时候家里人会做的菜式。

各种与刀相关的片段飞速闪过夏熠脑海，但眼下还是案子重要。夏熠抓紧了手里的那份校刊，又问："那树下的尸体是怎么回事儿？"

"我不知道！"

地下二层的灯光晦暗，一如夏熠眼底的情绪。他压低了嗓音："我可以相信你吗？"

夏熠比邵麟高了半个头，凑近时，自然带了一丝压迫感。他往前走了一步，邵麟就下意识地后退，背部直接撞在了书架上。

铁架之间的通道本就不宽敞，邵麟只觉得，对方离得太近了。

"我很笨的，你不要骗我。"夏熠直勾勾地看着他，"因为我真的会……相信你。"

在那一瞬间，邵麟心头百感交集，酸胀得令人难受。他对上夏熠的双眼，不知道为何人能拥有如此迷茫而虔诚的目光。最终，邵麟轻声说："我说过的，我不会对你撒谎。我完全不知道树下的尸体是怎么回事儿。"

夏熠勾了勾嘴角："好。"

04

邵麟突然开口，第一次主动讲起了自己的过去："夏熠，我从来都不喜欢邵远那个小屁孩。"

"邵海峰夫妇当年收养我，我想，有很大一部分原因，是他们快 40 岁了，却一直没有孩子。大约是一直怀不上的缘故，两人便不再使用保护措施。我好不容易融入了国内的新生活……他们就有了自己的孩子。"

夏熠敏锐地捕捉到，邵麟说的是"邵海峰夫妇"，而不是"我叔叔阿姨"一类的亲切称呼。

"我知道，他们收养我，我应该心怀感激——但在邵远出生之后，他们的一些行为，总让我觉得自己是家里的包袱。"邵麟耸了耸肩，"所以我拼命学习，跳级，就是为了早点毕业，早点上大学，早点搬出去。"

邵麟话锋一转："但这不代表我会伤害小远。我只是觉得自己多余。我比世界上任何一个人都希望他们一家三口幸福。"

他也曾经拥有过，又经年累月地渴望过幸福。

"我就是嫉妒他，但我不是坏人。"

邵麟素来平静的语气里崩开一道裂痕，星点情绪好像飞鸥划过海面，很快又隐匿无踪。他面上很快恢复了平静。夏熠安慰似的搂过他肩膀，拍了拍："别担心。我们会找到他的。"

等夏熠与邵麟再次回到山上的时候，双生树附近已经拉起了明黄色的警戒线。一线搜救人员对上层泥土做了简单的挖掘、清理，只见坑里埋着一个黑色的大号行李袋，布料早已破得不成形，通过那些破洞，可以清晰地看到一副小孩骨架。

"夏组长，您这是开了什么天眼？您是怎么摸到这儿的?!"

"说来话长，回头再给你解释。这里躺着的又是谁啊？"

法医组很快就到了。

郁敏带着几个学生，仔细地从尸体颅端向脚趾方向收集遗骸。

他戴着手套，用手指比了比，很快得出结论："从颅骨大小、长骨长度与牙齿的情况来看，孩子的年龄应该在6—10岁。从骨盆看，应该是个男孩。尸体彻底白骨化，死亡时间至少5年。目测，尸体左侧骨头的破碎度远远高于右侧，暂时不能确定这是生前骨折所致，还是死后受到重压一类的破坏。具体死因要等拿回实验室后再分析。"

法医组离开前，警方确认了一遍现场留下的东西：一副骸骨、一个黑色行李袋和一些边角衣料。

夏熠问："只有这些？没有别的了？"

郁敏不解："还应该有些什么吗？"

夏熠与邵麟互相看了一眼，摇了摇头。

——那把匕首不见了！

同时，痕检组在地上发现了两种脚印：一双花纹独特的40码的运动鞋，一双普通波纹底的36码鞋。

邵远这次来燕安，穿了妈妈给买的新运动鞋。邵麟记得那个牌子，上网凭图片找到了运动鞋型号，继而找到了鞋底花纹，正好与那双40码的鞋印匹配！

警方就此得出结论——邵远确实来过这个地方。奇怪的是，他似乎在双生树下挖了一点，又把土给推了回去，而且，树下没有血迹，没有被压倒的植被，似乎不曾发生过暴力冲突。更何况，要把一个身高近一米七的男生打晕绑下山，绝非易事。

那邵远，到底又去了哪里？

搜救队以双生树为中心，展开了新一轮的搜查。

同时，法医组争分夺秒，开始确定小孩的尸源。

大约在十年前，包括燕安市在内的多个沿海城市，曾遭遇过一个"儿童丢失案"的高峰期，每年都有不少孩子失踪，始终下落不明。虽说警方根据相关目击者的描述，画出过几个儿童拐卖犯的肖像，却始终没能侦破那个犯罪团伙。一份份失踪孩子的卷宗被束之高阁，成了无数父母的噩梦与无数警察心头的遗憾。

再后来，DNA检验的成本跳崖式降低，郑局带头搞了一个项目——打造失踪儿童父母的基因数据库。他带领手下的警察，挨个儿联系上了失踪儿童的直系亲属，通过头发、口腔表面细胞收集了 DNA，记录入库，就是期待着在未来某一天，孩子的 DNA 线索会再次出现。

多亏郑局大力推动了这个计划，郁敏一跑 DNA，就在数据库里找到了匹配的信息——双生树下埋着的孩子，是十年前在西山走丢的。他叫刘宇童，失踪的时候只有 7 岁。他正是消失了那么多年，一直活在大学生鬼故事里的童童！

谁也没想到，童童的尸体会以这样的方式重见天日。

夏熠忍不住骂了一声："我还以为那个故事是杜撰的！"

他连忙回到局里，从尘封的档案室里翻出了十年前的刘宇童失踪案。

刘宇童一家人当年就住在小丘坪，与燕安大学后校门只隔了一座小丘峰。当年，小丘坪是一片平房，有溪水，有农田，当然，小丘坪早已彻底拆迁，现在变成了燕大农学院的教学楼。

十年前，某个平常的夏日午后，刘宇童像往常一样去山里玩耍，却再也没有回来。

警方搜了好几天山，一直没能在西山上找到孩子的尸体，便怀疑小男孩和当时另外几个失踪的孩子一样，是在玩耍时，被人贩子绑架了。那个年代，无论是刑侦技术，还是监控覆盖，都远不如现在……而当年负责这个案子的老警察，去年不幸中风去世，案卷上记录的寥寥几笔，很难还原当年的诸多细节。

随着时间一分一秒地过去，邵远参加的那个培训营，也拉响了年前最后一声下课铃。

几个一块儿从盐泉市来的孩子见邵远还没回来，才感到事情确实不对劲。小眼镜和另外一个男孩自己买车票走了，而陈灵玲的叔叔就在燕安工作，正打算开车带孩子回盐泉，谁知小姑娘不肯回去了，闹着非要再去见一次警察。

漂亮的小姑娘扭捏了半天，才说出真相。原来，她和邵远在学校里就认识，恰好又都是学生会干部，平时眉来眼去的就有了那么一点意思。那天他们玩真心话大冒险，大伙儿问邵远是不是暗恋陈灵玲，小姑娘就暗地希望他能承认。

谁知邵远直接赖皮反悔，改成了大冒险。

当时小姑娘就有点生气了。

结果，一群小屁孩往坟堆里一钻，大冬天那个阴风阵阵的，陈灵玲害怕了，说我们不去，这个大冒险还是算了吧。可邵远那个年纪的男孩，喜欢谁偏偏就要欺负谁。邵远一路嘲笑陈灵玲胆子小，把小姑娘给气坏了。

再接下来的事儿，邵麟猜了个八九不离十。

陈灵玲心想，邵远你不是说自己胆子大吗？当天晚上，她就拿室友的发热手套，一路垂到邵远他们宿舍的窗前。蘑菇头的发热手套自带一根防丢线，陈灵玲又拿了一根宿舍的晾衣叉，把发热手套压在了楼下窗户上，印出了那个手印。

她担心人睡着了没看到，还特意拿晾衣叉轻轻敲了敲楼下的窗。

果然，楼下很快就炸开了锅，陈灵玲当时还躲在被窝里偷笑。

她一直没告诉邵远真相，就是为了惩罚邵远，可谁知邵远对童童的事情越来越上心，她反而不敢说了。现在眼看着问题严重了，陈灵玲才觉得自己必须向警方坦白。

"我不想回盐泉了，"小姑娘沮丧地耷拉着脑袋，"我想等邵远回来。"

腊月二十九，邵远的父母远道而来。

两老听说这事儿，差点没疯了，可是春运期间，高铁与长途汽车票双双售罄，只能自己开车，一路堵了 7 小时，终于在傍晚时分，抵达了燕安市市局。

而这个时候，邵远已经失踪超过 24 小时了。

邵麟觉得自己实在没脸见邵远爸妈，便让夏熠帮自己先挡一挡。

张静静听夏熠简述了前因后果，就在谈话室里大声喊了起来："不可能的，我知道我们小远！我们小远最乖了，不可能骗人翘课的。他说哥哥找他，那一定是哥哥找他！你们为什么不去问他哥哥？

"还有那什么尸体——小远第一次来燕安，怎么会去碰那种脏东西？你们去把邵麟给我叫出来，我要他说清楚了，这到底是怎么回事儿！"

"张女士，我们非常理解你的心情，目前警方正在全力搜救你的儿子，我们与你一样……"

"他都不敢来见我。我看他心里有鬼！"

夏熠听到这话，不太愉快："邵麟一晚上没睡，和我们一块儿搜山就是为了找你儿子，你不要——"

就在此时，邵麟推门走了进来。

张静静的目光落到邵麟身上，顿时情绪失控。

"我就知道，我就知道！"她几近歇斯底里地伸手指着邵麟，"打他小时候我就知道他很危险！小远跟着他，天知道要出什么事儿！我早和你说过的——"她一拳捶到了邵海峰肩上，嘴里喊着"小远"崩溃大哭。

邵海峰充满歉意地看了两人一眼，连拉带扯地把妻子带去了隔壁房间。

邵麟深吸一口气，再缓缓吐出，平复了一下心情。他与夏熠低声说道："绑匪来电话了。"

就在方才，燕安市市局接到了一个电话。

从声音上听，对方明显使用了劣质变声器——绑匪只撂下一句话，没给警方任何沟通交涉的余地："务必在 72 小时内找出杀死刘宇童的凶手，邵远就会活着回来。要不然，山里就会再消失一个小孩。"

随后电话里传来了邵远的声音："救命！"

通信戛然而止。

05

除夕前夜，一个匿名绑架电话，让局里炸开了锅。

"是网络电话，无法回拨——而且通话时间太短了，我们完全没有办法定位！"

"这是几个意思？这个绑匪是为了要求警方破案，所以才绑架了邵远？"

"这也不算是坏消息。目前看来，得到自己想要的东西之前，绑匪应该暂时不会伤害邵远。"

"72 小时，那可就明年了……"

除夕前夜的市局，依然灯火通明。

"这是什么逻辑？十年悬案，现在要求警方 72 小时内破了。"夏熠焦虑地走来走去，"万一找不到，这是要撕票的意思？"

邵麟眸底闪过一丝锋利的冷光："72 小时破案？ 72 小时内，我们找到绑匪，找到邵远。谁和他谈条件?!"

夏熠心想：你说的话好有道理。

"破案是警察的本职工作，轮不到任何人以此绑架要挟。"邵麟冷静地分析道，"目前，根据这个电话，我们能掌握以下信息：第一，绑匪对电子科技有一定的了解，能够熟练使用网络电话、变声器这一类的东西，而且，他现在在某个有网络的地方。第二，绑匪非常关心刘宇童，一定与当年的失踪案有关。十年后，能如此关注一个失踪儿童的人不多，根据绑匪的需求，这人很有可能就是刘宇童当年的亲戚——刘宇童家人现在都在哪里？"

阎晶晶抱着电脑一路飞奔："来了来了！我整理好了！"

刘宇童家庭结构相对简单：他父母在当地开杂货店，家里还有一个大他 15 岁的姐姐。看刘宇童的出生年份，恰好是二胎放开，估摸着是父母年纪不大，又生了一个。

刘宇童家早先的房子早已拆迁。阎晶晶通过房管局的记录，发现小丘坪所有村民都在不远处的一个小区分配了新房。刘宇童家也不例外，分得两套 100 多平方米的学区公寓。这几年燕安市房价疯涨，那小区房价不菲。

"可是，刘宇童的父母在事后一年就离婚了，刚好就是拆迁那时候。"阎晶晶说道，"原因是刘母受不了儿子失踪这打击，得了疯病，也不工作了，成日四处喊'童童'。走在路上，她经常说自己看到童童了，一路追着别人家小孩——燕大那个鬼故事，也就是这么传出来的。"

邵麟点点头："延长哀伤障碍。"

"反正，刘母死活不愿意进医院治疗，刘父几次逼迫，她又咬又叫，刘父受不了了，索性离了婚。房子一人一套。"

"刘母是 18 岁时生的大姐，离婚后，刘父 41 岁，可能是凭着那么大一套学区房，很快又娶了个村里的年轻姑娘，又生了个儿子，现在一家三口小日子过得挺美满。"

"爸爸可以排除了，不可能是他。"邵麟摇头，"现场除了邵远的鞋印，还有一个 36 码的鞋印，这个大小的鞋，很有可能是个女性。现场没有打斗痕迹，女性也不可能一个人打晕小远，再把他带走。但是，女性可以欺骗他，或许把他骗到什么地方去了。妈妈和姐姐呢？"

"妈妈疯病不知好了没有，反正档案里是没记录了。姐姐是个实验员，就在燕大的农学院工作，好多年了，一直未婚。哦，对了，"阎晶晶补充道，"就在去年，姐姐还来公安局打听过刘宇童的消息，应该也挺上心的。"

邵麟拿笔在档案上圈了两个名字："妈妈和姐姐。重点关注一下姐姐，妈妈如果精神不太正常的话，很难想象，她能够熟练使用网络电话与变声器。"

阎晶晶点点头，又飞速地跑了出去。

市局半夜开会。

会议室里，是暴风雨前夕的平静。

这案子绕来绕去，都绕不过那本见鬼的《内观》。此刻，那份校刊就被翻开摊在桌上，所有人的脸色都不太好看。

姜沫捋了捋案情的时间线——根据档案室里的卷宗，刘宇童失踪于邵麟大学二年级结束后的那个暑假，时间是 7 月 12 日。同年 8 月底，邵麟坐上了前往 S 国的飞机，而那份印着他作文的《内观》杂志，于下一学年 9 月才印刷发行。

就在这时，队里资历不浅的老刑警陆武心发话了："被绑架的人是邵麟的弟弟，邵麟文章里提及的地方，发现了十年前失踪的尸体，刘宇童在燕大附近失踪，当时邵麟就在燕大就读。桩桩件件，邵顾问，全都能扯到你身上。说不定是绑匪获得了什么信息，抓了你弟弟逼你自首。我劝你还是早点坦白，大伙儿也好早点回家过个年。"

邵麟还没开口，夏熠就听不下去了："陆组长，你这话什么意思？无凭无据，张嘴就来，直接把邵麟打成犯罪嫌疑人？"

"无凭无据？"陆武心"嘿哟"了一声，指着校刊上被铅笔画出的那段，"他当年说要在树下杀死一个小男孩，树下还真就挖出一个在同时段失踪的小男孩。这还无凭无据？我知道你俩感情好，但也没这么护着的！要我说，小夏，你和嫌疑人的关系太过亲密，压根就不该再待在这案子上。"

夏熠气得差点没站起来："你——"

姜沫拿笔杆轻轻敲了敲自己的保温杯，示意大家安静。她平静地看向邵麟，语气温和："邵顾问，不是组织怀疑你，但这个时间线，确实有点巧。对于这件事儿，你还有没有什么想补充的？"

"有。"邵麟低声说道，"我认为双生树下不是第一抛尸地点。"

陆武心阴阳怪气地来了一句："他又知道了！"

"是。我知道。"事到如今，邵麟实在没法藏着掖着，只好坦白，"当年去 S 国，我就是从燕安出发的，因为只有燕安国际机场有直飞航线。当时，对我来说，出国便算是开启了一段全新的旅程，所以为了与过去的自己告别，我在双生树下埋了一个东西。白天树下掘尸的时候，你们也看到了，刘宇童的尸体埋得不算深。当年，我在埋东西的时候，树下根本就没有尸体。"

邵麟顿了顿："也就是说，7 月 12 日失踪的刘宇童，当时还没有遇害，或者，树下并非第一抛尸地点。我更倾向于后者。从刘宇童失踪到我在树下埋东西，中间隔了一个半月的时间。7 月底到 8 月初，定然是对刘宇童搜救力度最大的时候，如果小孩活着且还在燕大附近，很难不被发现。"

"听听这话，邵麟你不觉得矛盾吗？"陆武心用食指点了点桌子，"之前你说，自己在大学念书的时候，从未听说过童童的事情。现在你又说，那年 8 月底，你在树下埋了东西。也就是说，刘宇童失踪的那段时间，你正好也在燕安大学？刘宇童的事情当年定然闹得沸沸扬扬，除非你心中有鬼，否则身在燕大怎么可能没听说过？"

"6 月底学期结束时，我就离开燕安回了盐泉，所以没听说过孩子的事儿。"邵麟皱眉，"至于埋东西，是临行前突然的决定，我只是回来转了一趟，并未多做停留，没有听说很正常。更何况，童童的事情在燕大病毒性传播，是因为它变成了一个鬼故事，而非小男孩失踪一事本身。"

"行吧。"陆武心问，"那有人能证明，你 7 月中旬那段时间，人不在燕安市吗？你回家了，你父母就在招待所，他们可以证明吗？"

邵麟回忆了一下，张了张嘴，又闭上了。

不行。他当时刚成年不久，迫不及待地出去租房住，打零工攒钱。时间太过久远，很难找到确切的不在场证明。

陆武心又问："你当年在树下埋了什么，这次怎么没挖到？又有什么能证明，你当年确实在树下埋了东西，且什么都没发现？"

"我埋了一件儿时的物品。"邵麟犹豫着，"这次挖掘……确实……没有发现。"

"那请问，你后来又回去取过那玩意儿吗？"

"没有。"

"得，说来说去，空口无凭！你既不能证明自己那年7月不在燕安，也无法证明自己在树下埋了东西。你到底埋了什么东西，是小孩，还是什么东西，不就凭你一张嘴？警方凭什么相信你？"

邵麟："……"

"可是，"夏熠拍了拍桌子，"邵麟当年都要出国了，又有什么杀人的动机，要去害一个7岁的小屁孩？"

"我怎么知道！"陆武心瞪了他一眼，"你读读这篇文章，看他花了多少笔墨写他讨厌他弟弟。说不定就是刘宇童的什么行为，突然让他想到了自己的弟弟，失手或者是故意杀了他！这种行为，在心理学上不还有个说法，叫什么心理投射？而且，之前邵麟说，这文章压根不是他自己想发表的，咱们也去确认过了，是他的教授自作主张投的稿。不然谁能知道他的心思？"

夏熠心底莫名烦躁，抓了抓脑壳："你胡说八道些啥呢！"

"小夏，十年前，你认识他吗？十年前你压根就不认识这个人！你不要被他蒙了心。"

夏熠心底莫名"咯噔"一下。只聊逻辑，陆武心说得也有道理。

想当初，他在还不认识邵麟的时候，也能把人往讯问室里一丢，咄咄逼人地审上半天。人心到底是肉长的，到现在，他还能做到客观、冷静地审问吗？

夏熠回想着，那天在图书馆地下二层，自己是那么绝望地问了邵麟："我可以相信你吗？"

他想起邵麟那双眼睛——长而宽的眼皮，微微上扬的眼尾，眸底温柔又清亮的水光。那个人说，不会对自己说谎。

夏熠觉得自己偏心了。

还偏得理直气壮。

邵麟见夏熠还要反驳，悄悄地在桌子底下一踩他脚尖。

"法医组——"邵麟侧过头，看向会议室正中的电话机，"法医组还在吗？"

郁敏闷闷地开口："在。"

白骨化的尸体没其他尸种恶心，但要从碎石子儿与泥土中筛出所有骨头碎片，再按照人的形态重新拼接起来，也是一项非常耗时的工程。

"陆组长的两点质疑，确实都是存在的问题。很不幸，我两者都无法证明。但我方才说的句句属实。在案发那年8月底，双生树下还无尸体。"邵麟说道，"我不知道那个袋子是什么时候埋下去的，但我认为尸体很有可能发生过二次转移。不知法医组是否有足够的现场证据来证明这一点？"

郁敏那边沉默片刻，才缓缓说道："案发时间有些久远，我还需要一点时间。"

随后，邵麟侧过头，平静地看向陆武心："我确实没法证明自己无罪，但陆组长也无法直接证明我有罪。破案不比谁嗓门大，谁气势足，咱们等证据说话。反正我人就在这里，哪儿都不会去。"

邵麟这个态度，让陆武心觉得自己好像一拳打在了棉花上。等他气头过了，冷静下来，才好生说道："邵顾问，我原本也没有怀疑你，但刚才，我给你父母做了笔录。"

"你母亲提出，你小时候就有暴力倾向，而且非常善于隐瞒。她亲眼看见你与同学打架，把人按在地上，手里掏出一把刀子，眼神凶狠。可下一秒，见大人来了，你又装得特别乖巧，委屈得像受害人一样。哦，还有一次，说是邵远还在婴儿床上，你在边上玩刀，着实把她吓得不轻……"

邵麟脸上乖巧的表情快要绷不住了。

陆武心粗声粗气地说道："基于这个陈述，我才加深了方才的怀疑。如果我错了，改天定请客向你赔礼道歉。"

"不必。"邵麟微微一笑，"怀疑合理。"

散会时，夏熠悄悄地凑到邵麟耳边："我怎么觉得你妈说的都是真事儿呢？看不出来，校霸啊，邵麟同学？"

邵麟温柔地看着他，从牙缝里迸出一句："你敢再提这事儿，我就要提刀了。"

夏熠假装一个哆嗦："哟——我好害怕呀！"

任务连夜分配了下去，多个警种各司其职。

时针在钟面上转了一大圈，法医组完成了刘宇童的尸检，来局里汇报。

06

会议室大屏幕上的照片里，躺着一副由无数褐黄色骨头碎片拼出来的小孩骨架。

"死者刘宇童，7岁，死亡时间十年前，裹于黑色尼龙行李袋中，埋在西山露水湖附近树下，埋葬深度为三四十厘米。"

会议室里传来郁敏没有丝毫起伏的声音，配合图片更为瘆人："尸体已经彻底白骨化，法医能搜集到的信息相对有限。从骨骼来看，结构基本完整，有部分骨头发生了位移。无任何组织器官残留，软骨也已经全部消失。其中，右侧骨骼相对完整，左侧肩胛、肱骨破损比较严重。除去左肱骨，尸体所有长骨保存完好，排除自然发生的髓腔空洞，以及关节面磨损，我们认为死者生前发生过左肱骨骨折，所以死后，裂纹加速破坏了骨头的完整性。同时，尸体颅骨左侧顶骨发现骨荫，与左侧肩胛、肱骨属于同一侧损伤。合理怀疑，死者在生前应该经历过一次撞击，或者从高处坠落，头部与左侧肩胛为第一接触点。"

夏熠脱口而出："小孩是在山上摔死的？"

"也未必。"郁敏一切幻灯片，到了下一张照片，烧杯里是几颗根部呈现玫红色的牙齿，"我们取尸体的5颗上颌牙，浸泡于无水乙醇之中，一小时后便发现了玫瑰齿现象。这是典型的窒息特征，倒不是说死者是死于窒息，而是在死亡过程中，经历了窒息——窒息导致面部血管压力增大，毛细血管破裂，血液进入牙髓腔，最终进入牙小管，从而导致玫瑰齿现象。"

"尸体舌骨区域完好，由于软骨消失，无法确定生前是否被机械性勒住，但我个人认为，"郁敏试着还原了一下当时的情况，"结合小孩失踪时所在的地理位置，他应该是在山上高坠后陷入昏迷，脑部休克窒息或者直接被活埋而死。"

夏熠拿着手里的资料，看了最早的骨架一眼，又看了郁敏一眼，略感难以置信。

郁敏推了推眼镜："我们还有第二个重大发现。其实这第二点，多亏了邵顾问提醒。通过土壤菌群分析，我们现在可以确定，尸体发生了二次位移。双生树下，并非尸体腐烂时的埋葬点。"

办公室里再次一片哗然。

一个人的身上生长着大量细菌，其数量之多，与人类自己的细胞持平，所以，一个人死后，也能在土壤里留下独特的微生物"指纹"。尸体在土壤里慢慢腐烂，哪怕血肉消失，剩余的营养物质依然是微生物菌落的一场盛宴。尸源会彻底改变土壤的化学性质，一个独特的、微小的生态系统应运而生。它在人眼睛看不到的黑暗角落，讲述着不为人知的秘密。

"我们提取了小男孩尸体骨盆之间的泥土，以及尸体腹部正下方、黑色袋子之下的土壤。袋子上破了许多洞，两处泥土如此接近，理应有大量渗透，所以，正常情况下，两处土壤不应该有什么差别。"郁敏解释道，"但在挖掘时，我就觉得泥土颜色、质地、气味均有些差异，所以分别进行了取样。经过简单的检测，我们发现骨盆处土壤 pH 值为 6.9，微高于尸体下面的 5.5。"

有法医学实验发现，尸体腐化后的森林土壤，百天后 pH 值依然维持在 8 以上，而在投入尸体前，土壤的 pH 值只有 5。当然，刘宇童已经被埋了太久，尸体给土壤带来的改变，必然不如新鲜尸体那样明显，却也足以让法医发现端倪。

"为了更好地量化土壤的质地，我们分别从土壤中提取了 DNA，分析细菌、古菌、真菌的多样性。"说着郁敏在 PPT 上丢了对比图，"我们可以发现，两处土壤的菌群成分差异较大，其中，尸体骨盆之间的土壤，菌群种类更为丰富，且拥有更活跃的亚硝酸还原酶活性，这显然是经历过腐烂的象征，尸体正下方的土壤却没有。"

"所以，我们基本可以确定，尸体在被埋到双生树下的时候，已经腐烂得差不多了。这棵树下，确实不是第一抛尸地点。"

邵麟难以察觉地松了一口气。

陆武心这回彻底没话了，拍了拍邵麟肩膀，粗声粗气地说："兄弟抱歉，改天请客，随便点。"

邵麟浅浅一笑，说："没关系。"

他很快又看向郁敏，问道："通过现有的这些数据，可以推断尸体是在什么时候被转移到双生树下的吗？"

郁敏摇头："没有实验校准，很难推算。尸体附近的泥土，除了被翻捣的那一小部分，少有新挖掘的痕迹。我的猜测是一年以上，五年以下。这个时间范围太宽了，没什么意义，但关于最早的抛尸地，我们还发现了一些线索。"

郁敏示意他的学生，拿出两个物证袋："在尸体所在黑袋子的泥土里，我们发现了一些破碎的灰色砖块。你们看，虽说大小不同，但它们属于同种质地。"

"我让学生回现场，对双生树下的普通泥土进行了采样，"郁敏指向一个纸盒，"却只找到了大小不一、质地不一的天然石块。显然，这些灰色的砖块与双生树下的石块不同，应该来自最初的埋葬地。"

邵麟隔着塑料物证袋，仔细摸了摸那些灰色砖块。这些砖块大多已经碎成了小块颗粒，但表面光滑，人工痕迹明显，很可能是什么建筑材料。

就在这个时候，走廊里"踢踢踏踏"一阵脚步声，只见郁敏的小助理手里拎着两大袋盒饭，嘴里兴奋地叫着："开饭啦开饭啦，妈吔，24 小时连轴转，我快饿死啦！"

助理热心地把盒饭一份一份拿出来，给大家分了，嘴里还叨叨个不停："我特意让食堂给咱们加了餐，一人一个大鸡腿，今晚是除夕哎，兄弟们，吃点好的，再寒酸，这顿也算是年夜饭了！"

郁敏率先打开盒饭，直接拆了筷子："太忙了，我中午就吃了几片饼干，真是饿死我了。咱们一边吃一边讲。"

郁敏两个学生在那边嘀嘀咕咕："哎，还是白骨化好啊，那没蛆没味的，老天待我不薄，明年准是个好年！"

"就是说啊！有一年也是春节，大半夜的，从水里捞出一具巨人观，绝了，我当时在吃年夜饭，吃着吃着就成了'黏液饭'。"

"哈哈哈——"

说着说着，话题就往巨人观下年夜饭的路上一去不复返了。

阎晶晶机械性地掰开筷子，一脸生无可恋："我应该去七楼网侦当仙女。我不该和法医一块儿吃饭。"

吃着吃着，姜沫又发话了："小夏，说说你们那边的进展吧。刘宇童的家属摸排得怎么样了？"

夏熠反过手掌，掩在嘴边，沉痛地与邵麟讲悄悄话："我就说不应该让法医组先报告的，现在我说啥都像个废物了。"

邵麟拿手肘捅了捅他，示意他少废话。

"咱们最开始不是怀疑绑匪是刘宇童的姐姐刘雨梦吗？给人打了电话。嘿！手机关机。然后咱们上门跑了一趟。嘿！家里没人。然后咱们联系工作单位。嘿！放假了根本没人接电话。然后我又去找了刘宇童他老爹。嘿——"

整桌人都被那个"嘿"洗脑了，姜沫怒了："你别嘿来嘿去了，直接讲结果！"

"哦。刘宇童老爹早就过上了幸福的新生活，所谓旧的不去，新的不来，儿子也一样。他手里抱着新儿子，对旧的那个没啥兴趣，说大过年的晦气，年后再说。不过他告诉我，刘雨梦在腊月二十五就请了假，与自己新交的男朋友出国玩了。两人计划了一场欧洲十日游，差不多要初五才能回来。"

夏熠核对了出入境记录，发现刘父所言属实。根据这个时间线，带走了邵远且以此威胁警方找出凶手的人，无论如何都不可能是刘雨梦。随后，侦查重点转移到了传说中得了精神病，失去正常行动能力的刘母。然而，根据刘父口述，刘母因为做出种种失常行为扰乱邻里生活，很久以前就被女儿送去了主打精神科的燕安市第十一医院，平时医疗费什么的都是女儿在负责，自己已经多年未与前妻联系了。

最后，夏熠又找到了刘母在医院的主治医生，才得知十年来，刘母进进出出了好几回，早些年症状严重的时候，还得强制住院。最后一次出院是去年，她当时已能控制住自己的情绪，不会见个孩子就扑上去喊童童。

姜沫问："那她也没有和女儿一块儿住？"

夏熠点点头："没有。她女儿逼她住医院，她还是觉得自己没有疯，母女俩也闹崩了。现在系统里，找不到她住哪儿，也不知道在做什么工作……只是听说，她现在还是很喜欢在西山那片晃悠。"

"不过，在医院问了，"夏熠补了一句，"刘母确实穿 36 号鞋，与现场的脚印对得上号。"

"那确实有可能是刘母。"姜沫点点头。

邵麟见夏熠风卷残云似的吃完了青椒牛柳，便往他盒饭里又夹了一块自己的："这也不算完全没有收获。刘宇童他妈妈有驾照吗？"

"我查查。"夏熠登录驾驶证查询系统，很快就发现没有。

邵麟皱眉："那他们会不会还有同伙？"

他分析，邵远无论是在被骗的情况下，自己神志清醒地跟着绑匪离开，还是在哪里被绑匪弄晕带走，对方一个穿 36 码鞋的女性，若要转移邵远这样一个近一米七的男生，必然需要一些工具。

自从绑匪打来第一个电话，搜救队的重心就从"孩子是不是在山上哪里失足滑落"，变成了"西山徒步路线上所有的进出口是否有监控拍到可疑的人"。以双生树为中心，有往南往北两条徒步路线，警方确定在一小时的脚程内，总共有 13 条上下山通道，6 个山脚能停车。陆武心带人把停车场的录像一一调取，挨个儿摸了一遍……

邵远上山的时候，已经是下午 4 点了，再加上春节临近，这个点压根就没有游客。从邵远失踪到警局接到绑匪电话的这个时间段里，刑侦与技侦一块儿，排查了所有从停车场离开的车辆，没有发现问题。

西山这片，是燕安市最近几年重点发展的景区，监控覆盖与刘宇童失踪的那个年代不可同日而语。

邵麟越想越奇怪。

除非邵远自主选择跟着一个陌生阿姨，在冬天走了一条没修水泥台阶的小路，然后离开山区出事儿，否则只有一种可能——他并没有离开山区。

这也太奇怪了，难道邵远还在西山景区里？

西山这片，能藏人的建筑也就几座公共厕所，以及几座属于林管员的屋子，但大过年的，林管员和保洁全都放假了，那几座屋子也早被搜过了……

到底是哪里出了问题？

就在这个时候，会议室里冲进一个文职。

"姜副，姜副！又是一个网络号码，"小姑娘大呼小叫，没敢直接接通，"这个号码的前缀和昨天绑匪的是一样的，时间间隔刚好一整天，会不会又是绑匪？啊啊啊！"

"对方不打算催着要赎金，"邵麟微微眯起双眼，"怎么比我们还着急？"

他在急什么？

铃声突兀地在办公室里回响，一众警员面面相觑。

邵麟比了个手势："我来接。"

姜沫沉默地点了点头。

"我会尽量拖延时间。"邵麟戴上耳麦，"哪怕网号无法定位 GPS，你们看看是否可以追踪 IP。"

在网侦那边示意准备就绪后，邵麟才不急不缓地按下通话键，几近温柔地打了个招呼："你好。"

对面再次传来了那充满电子感的变声器的声音："找到凶手了吗？"

邵麟为了给网侦争取时间，没急着回答，斟酌片刻，才慢悠悠地开口："在回答你的问题之前，我想先确定一下人质的生命安全。你能让小孩和我说一句话吗？"

对方恶狠狠地回答："上次你们已经听过了。"

"可是我们不能确定，那短短一句话是不是提前做的录音。"邵麟顿了顿，诚恳提议，"或许，你可以让他现在告诉我，今年年夜饭最想吃的菜。"

对方沉默了一会儿，"刺啦刺啦"电流音杂乱。

很快，对面就传来邵远闷闷的声音："我最想吃黑椒牛排。"

"好。"邵麟微微松了一口气，语气更加温柔，"我们一定会尽快查明刘宇童一案的真相，也希望你能恪守之前的承诺，不要伤害孩子。"最后，他又试探性地加了一句，"可以答应我吗，童童妈妈？"

邵麟技巧性地没有使用刘母的大名，而是用了"童童妈妈"这个最能引起对方共鸣的身份。

对方沉默片刻，并没有直接答复，而是硬邦邦地重复了一遍："凶手是谁？"

在邵麟之前的工作里，他解决过无数起人质绑架案。稍做对比，他便能觉察出这个绑匪不太寻常。

他心底的怪异感再次加深。

还没等邵麟回应，对方就说道："废物警察，你们还有 48 小时。"说完就挂了电话。

"捕捉到了！"阎晶晶一拍桌子，大喊道，"我捕捉到网络 IP 了！这是一个燕安市的 IP，让我查查……咦？这是联通的 4G 网络信号？呃，这是市里流动的手机 4G 信号，我无法追踪到具体的手机号码……"

手机 4G 网络信号？不是无线网络？

无数诡异的点在邵麟心中突然连成了线，形成了一个更为怪异的猜测。

邵麟提出："绑匪第一次来电的录音，能给我听一下吗？"

公安局所有的来电都有录音，技侦很快就把通话文件调了出来。

邵麟反复听了几遍，眉心锁得更深。

虽说蒙着一层变声器，但他认为，绑匪说话时，并没有刘父说话时的那种乡村口音。在他听来，绑匪的普通话是相对标准的，这也是为什么最开始邵麟怀疑姐姐刘雨梦。

所以，这个绑匪真的是刘母吗？传闻中因为爱子失踪而神志不清的刘母，为何会直接使用"刘宇童"这个名字，而不是"童童"？为什么她对"童童妈妈"这个称呼毫无反应？从刘母的立场考虑，比起"凶手是谁"，难道她不应该更希望找到儿子的尸骨吗？为什么绑匪如此着急且纠结于凶手是谁呢？

这是疑点一。

疑点二，在第二次通话中，邵麟所提出的"年夜饭最想吃的菜"，是一个突发问题，绑匪没有事先准备。如果需要邵远回答这个问题，绑匪一定会有一个与人质沟通的过程。可是，从邵麟提问，到邵远回答，仅过去了短短 10 秒钟。假设绑匪当时按了静音键，邵麟依然可以确定，打电话时，邵远就在绑匪身边。

如果绑匪不打算让邵远跟自己说话，那为什么要将人质带在身边呢？这是不是在暗示，他们所在的空间非常狭小？

根据邵麟的经验，绑匪为了不让人质突然大喊大叫，一般会上一些控制手段，比如封嘴、拿枪抵着等。可是，如果绑匪是刘母的话，她会有枪吗？她独自一人，真的能制伏一个大男孩吗？如果邵远受到了生命威胁，他回答问题的状态，怎么会那么平静？

邵麟脑子里满是捋不清楚的线头。

这可太不对劲了。

就在这个时候，搜救组终于有了进展。

07

48小时过去了，搜救组由于人力不够，周支队长批了两台热源搜索无人机，在西山景区试飞。这种无人机集侦查、录像和热源搜索于一身，尚在科学试验阶段，也没人指望它们能有什么收获。

万万没想到，技侦分析无人机传回的热源图，突然发现了一个可疑之处："这里有个地方好热啊，全红了！在……双生树往南半小时左右步行距离，这是在山上啊！"

大年三十的晚上，西山上怎么还会有热源活动？腊月山林只有零下几摄氏度，这样一块红色的区域就格外突兀。

大家瞬间凑了过去："哪里哪里？"

技侦把图片放大了看，手指屏幕："看这儿。我对比山区地图，这个位置应该是一处景区公共厕所。你们看这个红色热源，和山脚下燕大宿舍区的活动类似，这是开了暖气吗？"

夏熠奇怪道："为什么厕所会有暖气？不是，山里的厕所怎么还有暖气？这就是传说中的五星级厕所吗？"

"组长，您的重点……"

邵麟说："公厕里是没有暖气的，但有些厕所边上，有那种方便保洁员休息的小房间。"

陆武心一拍脑门："那也不对啊！这个地方我们第一天就搜过了，没人的。我记得这里，那小房间锁了，没人！"

"那更可疑了。你看山上，哪里还有热源红点？"邵麟眼睛亮了起来，"没有监控拍到有人带着邵远离开，而且这个地方完全符合我们对人质所在地点的侧写——一个可以藏人，有暖气，且没有无线网络、需要使用手机4G网络的地方！"

搜救队连夜上山，摸到那个开着暖气的公共厕所。灯光亮着的地方，确实是保洁员所在的小房间。

敲开房门时，搜救队警员都惊呆了。

只见一个半头白发的大妈坐在折叠小床上，手里拿着一碗粥，一脸笑眯眯的模样。而一个相貌平平的初中男生正忙着收拾，桌上放着一台正在煮粥的电饭煲，边上还摆着一包便宜榨菜。

警察心想：你们这对绑匪和人质竟然还挺和谐的！

小屁孩被抓回局里，有很多解释工作要做。

原来，那天下午，半点都不想学习的邵远抱着"试一试"的心态上山，本来只是想去看一看哥哥文章里那棵树下到底埋着什么……谁知他随便挖了挖，就看到了那个黑袋子，随后发现了白骨。

邵远当时就吓了一跳，第一反应是哥哥杀人了，尸体魂魄来找他这个做弟弟的喊冤，一时不知如何是好。

可就在这个时候，有人踩着枯草走了过来，正是长年在西山景区游荡寻找童童，顺便捡垃圾的刘母。当时，女人看着邵远，茫然地喊了一声："童童？"

邵远当时觉得很奇怪，下意识问了一句："我在找童童，你也在找童童？"

这话一出口，刘母当场把邵远当成友方阵营的了，对孩子非常友善，嘀咕了不少自己找童童的事儿，还说什么是儿子托梦，让自己来的这个山头。这么多年来，刘母一直被人当成精神病人，从来没有人愿意听她倾诉，可她见邵远听得这么认真，便心花怒放，带邵远回了自己的小屋。

刘母十年如一日地上山下山寻找童童，路上会捡垃圾与矿泉水瓶。碰巧，山上有个专门做保洁的懒人，索性让刘母承担了自己的工作，还在公共厕所边上腾了一个储物间给她住。所以，刘母虽住公厕，却并不是景区正式的保洁员，没被记录在册。

很快，邵远就发现这个女人精神有点不正常。他不敢提树下发现的尸体，只想帮她快点联系上家人，自己好早点开溜。

最早，邵远想联系哥哥，但他想到那篇文章，以及树下的尸体，就不敢拨哥哥的号码。而刘母的手机里，也没几个联系人。

邵远先打给了刘雨梦。可是，刘雨梦去了欧洲旅行，自然没有人接。随后，他又打给刘父，电话倒是接通了，但对方一句话没说就挂了。最终，他联系了刘母手机通讯录里的一个叫作"方警官"的人，按刘母的话说，这个"方警官"

是警察局负责帮她找童童的人，可电话打过去，竟是一个没有人工服务的社区服务平台。

"没有用的。"刘母向邵远摆摆手，叹了口气，"我找过他们很多很多次了，现在他们看到我，都叫我疯婆子，要赶我走的。我可不敢再去找他们咯，不然，要被往精神病医院送的呀！"

电话另一端，丝毫没有感情的电子女音刺伤了邵远。

在十几岁的邵远看来，一切都是那么匪夷所思！一个母亲疯疯癫癫地找了儿子十年，一棵树下埋着一具不知道是谁的尸体，而警察这边，竟然拿一个根本打不通的平台号码搪塞受害人家属！

邵远想起自己跟朋友们说他要去找童童时大家的漠然态度。所有人都把这件事儿当成一个玩笑、一个用来娱乐的鬼故事。如果这真的只是故事，那么怎么解释眼前这个疯疯癫癫的阿姨呢？这一系列事情的发生，是不是太巧了？说不定真的是童童在天有灵，希望自己能替他昭雪！

打从一开始，邵远就不想来参加什么培训营。他觉得做题没用，不好玩，一点意思都没有，好脑子应该用到刀刃上，而不是参加什么竞赛。

之前，邵远还特认真地和小眼镜说，西山真的走丢了一个叫童童的小孩，而小眼镜眼睛一翻，说："有这工夫还不如做点题，人失踪关你什么事儿？你还能帮人破案不成？"

一句话深深刺激到了这个单纯且叛逆的小孩。

再后来，邵远听刘母一个人反复嘀咕"警察都不把我当回事儿"，他在正义感与使命感的驱使下，制订了一个"绑架自己"的计划。当时，邵远觉得自己特英雄，他郑重地向刘宇童妈妈承诺："阿姨你别担心，我一定会让警察当回事儿的！"

邵远是年轻了点，但脑子不笨。他知道母亲张静静可以监控自己的手机，便主动关掉了手机的云端定位，用刘母的手机下载了变声器、网络拨号等软件，自导自演了这一出"绑架"。

最早的时候，警方确实搜过那个厕所。当时，邵远知道警方在搜山，带刘母躲进了山上囤放保洁用品的地下仓库，逃过了第一次搜查。现在，他以为警方改变了搜查方向，放心大胆地开了灯……

夏熠听邵远一股脑交代完前因后果，简直气不打一处来："那你现在还挺自豪呗？是不是还觉得把警方耍得团团转，自己忒牛？"

邵远一瘪嘴，似乎是觉得委屈："我不是为了把警方耍得团团转。很小的时候，我就问我爸，人为什么要好好念书？我爸说，是为了成为一个对社会有用的人，是为了发现问题，再解决问题。做对那些奥数题，就会成为一个对社会有用的人吗？"

"十年前失踪的刘宇童，埋在那棵树下的尸体，"邵远目光灼灼地盯着夏熠，一字一顿地说道，"我觉得这些事情，就很重要！我希望能够引起警方足够的重视，而不是放任树下躺着尸体，放任一个疯了的母亲十年后还在山上流浪！"

比一个熊孩子更令人头疼的，大概就是一个理直气壮的熊孩子。哪怕话多如夏熠，一时间也被噎着了，这不对啊，这孩子怎么还直接指责上警方办事不力了啊？！

就在这个时候，邵麟推开门，示意夏熠与另外一个做笔录的同事出去。夏熠见他手里拿着一把办公室里用来测绘地图的钢尺，顿时一个哆嗦，说："你可别在询问室里打人啊，这种事情违法的，做不得！"

邵麟冷着脸，看都没看他一眼，说："出去。"

夏熠从未见过邵麟眼底出现这种情绪，锋利得像刀刃。房间里的气压骤降，方才还伶牙俐齿的小孩，这会儿也缩了缩脖子，害怕了。

邵麟走到邵远身前，左手掌心摊开向上，右手拿着钢尺，平静地开口："我没能在你'失踪'的第一天晚上发现端倪，浪费了整整48小时警力。这是我作为市局顾问的失职。"

"唰"的一声，他用力抽了一下自己的掌心。

夏熠在隔壁观察室，眼都直了。

观察室里的张静静盯着邵麟那把钢尺，面露焦虑，似乎是想进去，却又被邵海峰拉进怀里，男人沉默地摇了摇头。

只见邵麟停顿片刻，继续说道："我答应了爸妈要在燕安看好你，我却什么都没做。哪怕晚上给你打个电话问问你在做什么，或许都不至于此。这是我作为哥哥的失职。"

又是"唰"的一声，邵麟抽了第二下，钢尺稳稳地落在了同一个位置，皮肤已然露出了一道鲜红的尺状印记。

邵远睁大双眼，微微张嘴，一句话都说不出来。

最后，邵麟缓缓开口："我知道你读了那篇文章，我也知道我对你做了一些有失偏颇的评价。但那只是我年少时一些偏激的想法，也从未想过有一天它会以这样的形式伤害到你。解释无益，小远，我在这里，为那篇文章里的评价向你道歉。"

邵麟抽了自己第三下，掌心同一个位置已经泛起了血丝。

他冷冷垂眸："现在，把你的手伸出来。"

邵远眨眨眼，全身肌肉已经不受控地开始发抖了，但他还是乖乖地伸出了掌心。

"唰"的一声。

"第一下，是为了你的父母。春节前夕，他们大半夜从盐泉市开车赶来，提心吊胆，夜不能寐，就是因为你的一时任性。下次任性之前，我希望你能好好想一想那些关心你、深爱你的人。"

邵远垂着脑袋，一言不发。

空荡荡的询问室里，又是"唰"的一声。

"第二下，是替所有为了找你而在春节加班的警察。他们原本应该和自己的家人在一起欢度佳节，却因为你自以为是的小把戏，通宵达旦，在零下10℃的山上连轴转了两天。事后，我希望你能挨个儿向他们道歉，你能做到吗？"

邵远眼底已经泛起了泪花，他咬着下唇，哆哆嗦嗦地点了点头。

又是一阵钢尺带来的劲风，邵远本能地闭上了双眼，但疼痛感迟迟没有到来。最后，那把尺子只是轻轻地点在了邵远的额头上，他不解地睁开双眼，却听邵麟说："虽然方法大错特错，但我不会因为'想替刘宇童讨个真相'这样的动机惩罚你。"

邵麟的目光变柔和了一点："我希望你在长大以后，依然能拥有今天的这份好奇、热忱，以及对正义的期待。"

邵远突然"哇"的一声哭了出来，扑进了邵麟的怀里，抽噎着："哥哥，我以……以为你……杀人了！"

"好了，"邵麟揉了一把他的脑袋，坐下问道，"现在告诉我，你是怎么找到那本校刊的？"

邵远抹了一把眼泪，老老实实地答道："图书馆里的那本书，是李梦媛告诉我的。"

邵麟听着就皱起了眉头："李梦媛又是谁？"

小屁孩失踪当晚，他几乎询问了培训营里所有与邵远有来往的同学，但这个名字并不耳熟。

"李梦媛是陈灵玲她们的室友，她的学校好像只来了她一个人，排房时落了单，就塞去她们寝室了。当时真心话大冒险，我们是在陈灵玲寝室玩的，她也在。"

邵麟耳畔"轰"的一声——去小丘峰山脚下坟地里找童童，可不就是那次真心话大冒险搞出来的事儿？

邵远继续说道："后来几天的自习课，我也没怎么学习，就在查资料，顺藤摸瓜找到了刘宇童失踪的案子。我和同学们讲了，陈灵玲她们几个都不把我当回事儿，嘲笑我脑子有毛病。只有李梦媛相信我，还说要帮我一块儿找资料。"

邵远回忆了一下："好像是第六天晚上，她突然给我抄了一张小条，说她问了一个阿姨，那个阿姨以前在燕大图书馆工作，听说过这件事儿。李梦媛说我可以去看看这本书。当时我也没多想，就觉得她挺热心的。"

说着，他从口袋里掏出一张皱巴巴的小条："喏，就是这个……"

邵麟眉心越拧越紧："那你发现双生树的事儿，就没找她说？"

"我说了，这棵树在哪儿还是她告诉我的。本来她还要陪我一块儿去呢！"

"那你为什么最后是一个人去的？"

直到现在，邵远才后知后觉地感到奇怪："我们本来约好了考前最后一天下午自习课去，但就是那天早上，她突然被家里人接走了，说什么家里长辈年前病重，得回去见最后一面，就走得很急，一句话都没和我说。"

警方连忙又找来了陈灵玲。

陈灵玲因为邵远的事情一直暗暗自责，闹着要等人回来，就和叔叔一直待在燕安。这会儿邵远回来了，小姑娘总算是松了一口气。她和警方说，李梦媛是个很安静的小女孩，左右各扎了一根只到锁骨的麻花辫儿，下巴有点方，脸上有很多小雀斑，喜欢和她们抱团，但其实不怎么说话。

"……是哦！"陈灵玲现在回想起来，一声惊呼，"当时，最早提出要去找童童的人，也是李梦媛！"

邵远皱眉，表情很是嫌弃："瞎说，当时不是你提的吗?!"

"不是不是，是她起的头！你忘啦？"陈灵玲说道，"当时你说你选大冒险，李梦媛提了一嘴学校里有很多鬼故事，我才说的童童！但是——最早是李梦媛和我们说的童童。我们寝室里其他同学都可以做证！第一天晚上我们没睡着，半夜聊天，她给我们讲了童童的事儿……大冒险那会儿，我只是在复述她讲过的内容！"

这个李梦媛的问题可太大了。

邵麟连忙联系了培训营的班主任，第一次摸底测验的时候，李梦媛考得还行，在全营里属于中等偏上水平。他又向校方要来了李梦媛的联系方式。小姑娘来自燕安市复兴一中，可是，她留下的家长联系电话，已经打不通了。

班主任手上也没有更多的信息："这些学生都是学校推荐过来的，我们这里只负责培训与选拔。"

等警方终于联系上了燕安市复兴一中教务处，才发现，别说推荐了，复兴一中压根就没一个叫"李梦媛"的同学。而且，当时培训营选拔评审的时候，从头到尾就没有出现过这个名字。但培训营名单定好之后，因为一些内部关系，人员有所增减。李梦媛这个名字，就是那时被神不知鬼不觉地加上去的！

现在一查，竟然没有人知道这个小姑娘的来路。

一个短期的培训营，没有特意拍照留档制作学生证，警方只能通过学校的监控，截取了小姑娘的几个背影，以及一个非常模糊的侧脸。看上去，确实只是一个普普通通的初中女孩。

线索到这里中断了。

更奇怪的是，刘母一口咬定，这几天有一个"小女孩"托梦给她，说是去山上那棵树下，可以再见到童童，但刘母神志不清，说话颠三倒四，给的信息很难作为参考。

邵麟忍不住猜测，倘若刘母口中的这个"小女孩"就是李梦媛，那么她给邵远和刘母牵线又是为了什么呢？看她这个年纪，刘宇童出事儿的时候，她也就四五岁大。她怎么会知道那棵树下有尸体？她与埋尸体的人，又是什么关系？

08

警方根据十年前留下的卷宗与刘父的回忆，明确刘宇童失踪时间是下午 5 点半左右。当时，眼看着要吃饭了，小孩还没有回家，刘母就打发大女儿刘雨梦在下班回家的路上叫弟弟回家。毕竟，刘雨梦就在燕大实验室上班，回家只需要翻过小丘峰。

刘宇童贪玩，这种事儿也不是一回两回了。好在他玩耍的地方比较固定，刘雨梦找过他好几次。

可那次，刘雨梦打电话回来说，没在老地方找到弟弟，爸妈就叫她去别的地方看看。刘雨梦绕着小丘峰走了一圈，一个多小时后，说还没找到弟弟。当时，一家人在村里挨家挨户地问了一遍，很多人都帮忙找了，都没找到。

刘家人当晚就报了警。

十年前，由于警方一直没能找到孩子的尸体，大量信息缺失，没有一个可以深入挖掘的点，最终案件被标成了当时很常见的"人口拐卖"，不了了之。

可现在尸体浮出水面，警方可以确定，小孩在死前经历了高空坠落与窒息，甚至被埋进地里的时候，可能还是活着的。这不是拐卖，而是赤裸裸的谋杀！

这么一来，当时第一个去寻找刘宇童的人——姐姐刘雨梦便成了焦点。

初五一早，刘雨梦所搭乘的航班刚降落燕安市国际机场，警方就等在出口了。

刘雨梦得知弟弟被找到的时候，满脸写着震惊。她掩面落泪，不停地追问警方，尸体是在哪里找到的。无论是学心理学出身的邵麟，还是场上身经百战的刑侦专家，都没在她的反应里找出一丝破绽。

刘雨梦发誓自己对在树下埋尸一事毫不知情，随后陈述了自己当年上山寻找弟弟的过程。

测谎仪一路绿灯，没提示有问题。

她说，从小丘峰再往南边走，有四大块裸石。虽说现在成了景点，加了护栏，但当年就是那么四块大石头，有几处地方还是挺险的。刘宇童平时爱在山里疯玩，到了太阳快下山的点，他特别喜欢去巨石顶峰看落日。

结果那天，孩子竟然不在。

其他很多相关信息，当年都已经仔细摸排过了。比如，村里年纪相仿的孩子少，刘宇童在山上没有什么固定玩伴。再比如，刘家父母经营着村里唯一的杂货铺子，价格优惠，口碑很好，儿子丢了全村找，没什么仇家。而且，刘宇童失踪前的那一周，燕安一直晴着天，山上也不会湿滑。

案子再次陷入瓶颈。

会议室里，夏某人突然脑洞大开："假设，孩子不小心从山上滑落，只是摔晕了，结果，一个变态偶然路过，顺手把小孩给埋了起来，又彻底地离开了山区，这就基本不存在破案的可能了吧？"

阎晶晶面无表情："组长，您那特殊的脑回路，这里不是很建议您在刑侦口干活呢。"

姜沫皱着眉头，说变态路人倒不至于，但如果是毫无关系的陌生人作案——比如野鸳鸯偷情被撞破，杀人灭口，就确实很难在十年后侦破。

"世界上没有那么多变态。"邵麟缓缓开口，"我来稍微分析一下。"

"西山上没有垂直的断崖。根据西山的地形，要摔成刘宇童那种骨折，只有两种可能。一种是摔倒后，小孩沿着陡坡滚下去，在途中，头撞上了岩石陷入昏迷——当时是夏天，这种情况必然会导致全身多处擦伤，以及植被的压痕。可当时搜山的时候，无论是警员，还是警犬，均无所获，所以我认为可以排除这种可能。

"刘宇童的坠落，必然是非常干净利落的，直接撞上一大块坚硬的表面，甚至血都没出的那种骨折。这几天走访西山，唯一可能发生这种情况的地点，就是刘雨梦所说的这四块巨石。

"根据此案之前的相关笔录，村口大妈说，刘宇童像只猴子一样，活泼得很，四五岁就能独自爬上巨石上最险的'天梯'。既然那天没有下雨，天也没有彻底黑，除非小孩突发急病，我觉得基本可以排除刘宇童失足跌落的可能。他大概率是被人推下去的。

"只是，我们现在最大的问题在于小孩子是被蓄意谋杀的，还是凶手一时兴起。

"如果是蓄意谋杀，那一定是熟人作案，但刘家家庭关系简单，邻里间没有矛盾，当年已经摸排清楚了。如果是一时兴起，那凶手的犯罪窗口其实非常有限。根据卷宗记录，小孩下午3点半独自在村口老奶奶那里买了冰棍，5点半姐姐找人时不见，6点左右姐姐打来电话说找不到小孩。要出事儿，也就只有那么两小时的窗口。冲动杀人的凶手，大概率没法将作案现场收拾干净。而且，如果是一时兴起，那么哪里来的黑色裹尸袋？什么样的人平时会随身带着这样一个大袋子？"

刘宇童尸体上裹着的袋子，虽说已经破败不堪，但如果把它还原，应该是一个1.2m长，横截面为45cm×45cm正方形的长方体，可以用来托运行李。

但是，从这个袋子的材料、质地来看，它并非专业的托运行李袋，表面也没什么文字、花纹，更像是某种大型物件的快递外面套着的包装袋。

"凶手把小孩放进袋子里后，填了土，藏去一个警方搜山都没有发现的地方。这说明，凶手对整座西山非常熟悉……"邵麟说到这里，脸色一变，"坟堆！土里那些细小的、人工切面的灰色石块，是坟堆里破碎的墓碑！那天踩点，我走过那片地方。坟堆才是刘宇童的第一埋葬点！"

警方再次提审刘雨梦，提问"你当年是否把刘宇童的尸体埋在了山脚下的乱坟岗里"时，测谎仪里的几条线突然上下起伏得像即将猝死的心电图。正常人不可能是这种反应。

十年前的一桩悬案，终于被捅破了最后一层窗户纸。

"你确实从来没有把尸体藏于山顶的双生树下，所以测谎仪没有反应。至于你寻找刘宇童的过程，大部分都是真实信息。而'你没有杀人'这个点，已经在十年内无数次给你洗脑，你成功驯化了你的大脑，让它信以为真。这就是为什么测谎仪之前显示你没有撒谎。"

邵麟平静地看着三十出头的女人，断言："刘雨梦，杀死弟弟的凶手就是你。"

刘雨梦盯了邵麟良久，终于，脱力似的靠在椅背上，长长地吐出一口气。她看上去非常不甘心，却又好像终于解脱了一样。

刘雨梦沉默许久，缓缓坦白："……我妈是个特别重男轻女的人，其实家里人也一样，那整个村子的人都是。从小到大，我妈就因为生了个女娃在婆家抬不起头，做什么好像都低人一等，比不上我那生了儿子的小姨。所以，放开二胎的时候，她开心得要命，每天都和我说，梦梦啊，妈妈给你生个弟弟好不好？"

这么多年过去了，刘雨梦谈起这件事儿依然无比愤怒，眼神陡然变得凶狠："不好！一点都不好！

"虽说我拒绝了无数次，但我妈还是怀上了二胎。她当时还特意去乡下看了个什么黑诊所，确定是男孩，才生了下来。

"当时我才 15 岁，小孩半夜哭闹严重影响我中考。更见鬼的是，从此，放学以后、周末、放假，他们还要我一把屎一把尿地管孩子。每次我和我爸妈吵架，说你们生的你们自己管，他们就骂我，说我是个没良心的小白眼狼。

"我恨死他了，每天都恨不得掐死他！"

邵麟："……"

"后来，我长大了，在大学里谈了个男朋友，他听说我还有个这么小的弟弟，就觉得奇怪，还一度怀疑我是年少时怀孕，自个儿生的丢给爸妈，可把我给气的。后来我又换了个男友，结果他妈妈听说我爸妈特别宠弟弟，跟他说什么娶妻不娶'扶弟魔'，就又闹黄了。生这么个弟弟，有百害而无一利！"

刘雨梦越说越咬牙切齿："当时家里赶着要拆迁了，能分两套房子，结果我偷偷听到我爸妈在背后商议，一套房子他们自己住，一套房子给我弟弟！嫁出去的姑娘泼出去的水，房子给我也没用，我住未来老公家去就行了。"

拆迁房留给弟弟的事儿，成了压死骆驼的最后一根稻草。

刘雨梦真的动了杀心。

"那天天色不早，我去叫他回来，他还和我闹呢，怎么都不听话，趴在石头上对我做鬼脸，非要我上去抓他。我好不容易爬上去了，赶他下来，谁知他又笑我胖得像猪，爬得慢。"刘雨梦突然顿住，双眼失去了焦点，似乎看向了更远的地方。

半晌，她挤出一个扭曲的笑容："我本来是想拿耗子药把小鬼给毒死的，谁知当时气得没忍住，把他给推下去了。"

刘雨梦在实验室当实验员，同时负责签收实验装备，有些包装袋很大，丢了她嫌可惜，打算回收利用。当时弟弟已然昏迷不醒，刘雨梦担心弟弟醒来告状，一不做二不休，直接斩草除根。

那个时候，小丘峰下的乱坟岗尚未被修整，大家挺忌讳，鲜有人去。刘雨梦对这一带足够熟悉，知道那边有一个坟包下有一座墓室，也不知是多少年前的，被开了一个盗洞。那个洞的大小，恰好足够她把那个袋子塞进去。

墓室已经被破坏得很厉害了，她随便踢了几脚，上方的土堆就塌了下来，完美掩住了入口。坟堆附近埋了不少死人，挡住气味，警犬很难发现端倪。

小男孩的尸体，在那个墓室里埋了好多年，山上碎石泥土落了又塌，坟堆上长出了新的植被。

渐渐地，不再有人提起那个失踪的男孩。

"但我妈吧，"刘雨梦冷哼一声，"儿子没了，魂也跟着丢了，每天都上上下下地找儿子。那时候，乱坟岗那片经常翻出些死人骨头，她挖到了就去警察局，说找到儿子了。她骨头挖得多了，警察那边也被惹烦了，但我害怕啊！我怕有一天，这袋子真的被她翻出来！这十年，我的日子也不好过。"

邵麟问："可那具尸体，又是怎么从山脚下的乱坟岗，跑到山顶上的双生树下去的？"

刘雨梦愣愣地看了邵麟一眼："我也不知道。"

在场所有警员都皱起了眉头。

原来，刘雨梦每天下班都会经过小丘峰，哪怕后来拆迁搬家了，她也会习惯性地往乱坟岗这里绕一下。她非得看着那片土没有露出破绽，才安心。

许多年来，裹尸袋一直被坍塌的山土掩藏得很好。

直到两年前……

那段时间，燕安市大力修整市容，小丘峰也不例外，旧坟堆附近建了一条惠民的健身步道。虽说这些民国时留下的野坟早已无人祭拜，但林管局到底忌讳拆坟这种事儿，能不碰则不碰。可是，修建步道的时候，还是在山下挖了不少土。

刘雨梦说，就是那个时候，她突然发现那黑色裹尸袋露出了一角，把她吓得魂飞魄散。

在一个晚上，她悄悄拿土又把那个地方给埋了起来，可现在，尸体离地表已经非常近了，指不定哪一天就会彻底暴露。虽说在乱坟岗发现骨头，当地人大多不会觉得奇怪，但刘雨梦心里有鬼，天天夜不能寐，疯狂地在网络上搜索如何处理尸体。

也正因此，她一路摸到了暗网论坛，有匿名网友教她下载了"秘密星球"，并把她拉去了一个互助社群。

邵麟微微挑眉，心说这个 App 真是阴魂不散。

刘雨梦说那个互助群的理念就是互相解决一些见不得人的问题。毕竟，换一个与案件毫无关系的人来完成案件中的某些环节，会大大降低警方破案的概率。

刘雨梦在群里说了自己的问题和坐标后，有一个等级很高的匿名号找上门来，说自己可以解决她的问题，但她需要帮他一个小忙作为交换：将一个包裹从燕安市汽车南站的自提柜里取出，转移到市中心的某商场储存柜。至于那个包裹里装的是什么，是什么人送来的，未来什么人会取，她一概不知情。

当时，刘雨梦病急乱投医，也顾不得那么多了，就按对方所说的时间地点，投递了一个黑色包裹，根据外包装和形状，她说像是个照相机。

夏熠对这个很有经验，低声说道："是枪。"

"我帮他送完包裹后，对方就承诺会帮我解决问题。他问了我尸体具体的位置，但没告诉我什么时候行动。"

又过了几天，在一个雷雨夜后，刘雨梦再次路过自己的埋尸点，就发现那边的泥土坍了不少。拿树杈戳开来一看，刘宇童的裹尸袋已经不在了。而在"秘密星球"上，一切与交易相关的聊天记录彻底消失，她的账号旁出现了一个"已认证"标签。

虽说刘宇童的尸体按照她的要求"消失"了，但刘雨梦依然焦虑。她不知道那个黑袋子去了哪里。一个多月后，她还特意去了一趟警察局，问了问刘宇童案子的情况。直到警方说没有进展，她才彻底放下心来……

转移尸体的时间，差不多在一年半前。林管局的视频监控半年一清，现在已经无法回溯了。

邵麟追问："那现在，你和那个社群还有联系吗？"

刘雨梦拼命摇头。除了弟弟的意外，她这一辈子就是个谨小慎微的普通人。几个月后，刘雨梦见弟弟的事儿没再浮出水面，便注销了账号，卸载了 App，彻底回归了正常的生活。

刘雨梦交出了网友给的"秘密星球"的网址，可不幸的是，等网侦连上后，才发现这个网站早在几个月前，被海外警方一举攻破，彻底 404（网页不存在）了。

组里连夜赶起了报告，准备提交检察院。邵麟看着法医组报告里拼图似的尸骨，只觉得心口有一股热流突突直涌。

十年悬案，终得圆满。

世间错误的执念千百万种，冤孽一环紧扣一环，可怜之人必有可恨之处。

"我还是想不太明白。"案件报告写到一半，夏熠靠在椅背上，又从电脑桌前滑到邵麟的工位旁，"你说那个通过'秘密星球'帮刘雨梦处理了尸体的人，到底是为了什么？"

"这个人如此处心积虑，还雇了'李梦媛'那么一个初中女孩，就为了引导邵远去双生树下发现尸体。"夏熠越想越奇怪，"干这些事儿的成本不低，他必然有所图谋。他总不可能是为了给刘宇童破案吧？难道是为了栽赃你？可栽赃你的话，这证据也锤不死你啊！有什么意义呢？"

邵麟也一直在思考这个问题。

"双生树下的尸体，一年半前就埋进去了。"邵麟缓缓开口，"可那个时候，他怎么知道邵远会来这个培训营？更何况，邵远自导自演这件事儿，完全是突发的，他不可能预测到。"

"所以，我觉得这事儿和邵远基本没什么关系，他就是针对我。"

"等等，"夏熠突然想起了什么，"你是什么时候回的燕安？"

邵麟想了想："差不多就尸体换位置的时候。"

"不是吧，这未雨绸缪也太变态了吧?!"

"倘若要揣度'对方到底图谋什么'，应该分析他的那些行为到底带来了什么必然的改变。这个行为所导致的'必然结果'，无非是逼着我当众解释那篇文章是怎么回事儿。"邵麟摇摇头，"但这又怎么样了呢？值得他费这么大劲吗？"

如果说这件事儿带来了什么必然的改变——现在整个局里都知道了邵麟并非邵海峰亲生，而且，邵麟小时候还是一个想和弟弟抢爸爸的忌妒心很强的小孩。尴尬是尴尬了一点，但这又怎么样了呢？

"对了，你之前说，你在树下埋了你爸给你的匕首，但现在匕首不见了。"夏熠转念一想，小声与邵麟讨论，"我可不可以怀疑，那个重新埋葬刘宇童尸体的人，拿走了那把匕首？"

邵麟点点头："有可能。"

"这又是为什么呢？"

"我怎么知道？"邵麟皱眉，"或许是觉得那把刀质量不错？"

夏熠好奇："怎样的一把刀啊？很金贵吗？"

"贵不贵我就不知道了。挺迷你的一把刀，质量很好。"邵麟伸手比了比长度，"就这么长，银色的，我也不知道是什么金属，挺锋利，中间可以折。"

——手柄上还有一朵雕花的玫瑰，和我腰上文的那个差不多。

但邵麟把这句话咽了下去。

夏熠"哦"了两声，说："听着不错，丢了还挺可惜的。"

邵麟垂眸，眼底情绪难辨："是啊！我爸也没给过我什么东西。"

"你上回说……"夏熠慢悠悠地开口，"当年把刀埋了，一方面是想与过去告别，另一方面，是因为行李里藏了把匕首，飞来飞去过安检什么的都不方便。那当年，你是怎么从 S 国把这刀带回来的？"

邵麟脸上闪过一丝茫然。在燕安市地铁安检口，这把匕首被卡了好几次。他回忆了半天，偏偏对"这把刀当年是怎么上的飞机"毫无记忆。

"我好像……"他突然有点迷惑地眯起双眼，"没有安检？"

夏熠不解地看了他一眼，但没有深究。对小邵麟来说，突然回国是人生中的重大转折点，按他那过目不忘的能力，不存在什么记不清的可能。

毫无来由地，夏熠非常在意——为什么那个人要拿走邵麟爸爸给他的匕首呢？

邵远小朋友回去后，又被爸妈狠狠教育了一顿。

大过年的，熊孩子害得大家连夜加班。邵海峰曾经也是警察，心里很是过意不去，带着几千块钱来局里，但姜沫说什么都不肯收。孩子是不对，但到底帮局里破了一桩十年悬案，也算是将功补过。最后，邵海峰只能请搜山的同志们吃了一顿好的。

不过，通过这次的叛逆行为，小屁孩总算和爸妈聊开了：他不想去什么培训营，也不希望爸爸妈妈整天在自己的学习上对标哥哥。好不容易放个寒假，他只想做点自己感兴趣的事儿。张静静也好好反思了一下，觉得自己平时确实把孩子逼得太紧，这个培训营，自然是不会继续去了。

"麟麟，"邵海峰温和地看向邵麟，"你们队长给你批了假，等案子结了，咱们一块儿回盐泉吧？你好些年没回去了。"

张静静也笑了笑："是啊，给你做你最喜欢吃的海鲜炒粉。"

邵麟经历了刘宇童姐弟的事儿，觉得自己应该珍惜人世间的那些缘分。原本非常不乐意回盐泉的他，突然动了心。他看向夏熠："那我回去几天？"

"好啊，要不再加个我呗？"夏熠凑在一家人的饭桌上，热心地说道，"这车得开好几小时呢，我和邵麟换着开，就不累了。这一路开过来，太辛苦叔叔了。"

邵麟在桌子底下狠狠一踩夏熠的脚，但夏某人依然笑得一脸热情，岿然不动。

邵远见有人能陪他"开黑（指玩游戏时可以语音或当面交流）吃鸡"了，连忙举双手表示赞成，就是邵海峰有些犹豫："我们当然欢迎你来，但这是不是也……太麻烦夏警官了？"

"不麻烦不麻烦！"夏熠挠了挠头，"你们那儿的贝壳炒粉老出名了，我也一直想尝尝，就当放假去玩呗。"

没有人不爱听外地人夸自己家乡的特产，邵远父母顿时乐呵呵的，连忙又介绍起了盐泉市其他好吃的、好玩的……

吃完饭，邵麟没忍住，一把拉住夏熠，轻声骂道："你发什么神经？"

夏熠嬉皮笑脸："怎么，不希望我去盐泉？还藏着什么小秘密呀？"

邵麟一时语塞。倒也不是藏着什么秘密，只是夏熠与邵海峰他们接触得越多，邵麟就越觉得奇怪……

夏熠看着对方，正色道："我只是想去看看你小时候长大的地方。"

邵麟沉默地别开了目光。

两人这段时间连轴转，家里的哈崽由警犬基地照顾。为了补偿哈崽，两人打算带它一块儿去盐泉度假。哈崽第一次出远门，忒兴奋，决定伸出舌头舔车门庆祝。得，大冬天的雪地里，这一舔，就把舌头给冻在了上面。夏熠浇了点温水才把傻狗给"拔"下来。

就这样，一辆车五个人，再加上一只傻愣愣的狗，在佛经音乐里一路往南，前往海滨小城盐泉。

09

盐泉是一座嵌在海湾里的城，三面环海，气温恒定，夏天不会太热，冬天最冷的日子也鲜少到零下。

邵远家住在老城区，走去海边只需几分钟。沿途海鲜铺子、小吃大排档随处可见，街头巷口四处弥漫着一股子鱼腥味，但那味里又染了油盐酱醋的人间烟火气，倒也不令人反感。

这种特殊的气味，便是邵麟对盐泉市的第一印象。

晚上，两人在家里吃完晚饭，出门沿着海滨步道一路吹风。

盐泉市有好几条海岸线，有沙滩，也有石滩。沙滩那边，自然是旅游热点。而石滩这边全是黑不溜秋的碎石子儿，景色平平，游客较少，相对清静。

两人走到跨海大桥的桥墩儿处，邵麟突然往临海的石子儿坡上一探脑袋，眼底雀跃。他向夏熠勾勾手指："过来。"

邵麟左右瞅了眼，趁着没人，双手一撑栅栏，跨了过去。而夏熠盯着不远处的警示牌，职业病当场发作："邵麟同志，你没看到这上面写着'潮汐危险，严禁跨栏'吗？下面还印着盐泉市公安局友情提醒呢。乖，不要明知故犯，要不然就得把你拖回治安支队教育教育了。"

邵麟额前的刘海在海风中微动，只见他双手撑在铁栏杆上，身体微微前倾，眼底闪着狡黠的笑意："夏警官，那你是想回去教育我，还是下来听我讲小时候的故事？"

夏熠与哈崽闻言，耳朵尖尖竖起，同时麻溜地一翻，"哗啦"一声，踩着碎石子儿往下滑去，来到海边。邵麟仔细调整好遛狗绳的长度，免得哈崽意外落水，这才带着夏熠往桥墩儿下走去。

小哈第一次见海，好奇得要命。它吐着舌头一路追海浪，可等浪花回潮的时候，它又像见鬼似的蹦回岸边，表情惊恐，嗷呜乱叫。等海水退去，它眼珠子一转，再次蠢蠢欲动。一来一去之间，哈崽开心得狂摇尾巴。

"涨潮时这里全淹了，现在是退潮，没事儿的。"邵麟解释道，"小时候，我放学最爱来这里了。"

夏熠环顾四周，只觉得景色也没什么特别："为什么呀？"

"人少。"邵麟眨眨眼，"上学那会儿，这儿涨潮死过几个学生，就没什么人敢来了。"

夏熠心想：这儿还真是一个"安全"的地方呢……

邵麟熟门熟路地走到桥墩儿下，找了块大石头靠着。远远的海平面上，星幕低垂，街边的灯火点亮了整条海岸线，头顶大桥的探照灯很亮，桥下采光不错。海风被桥墩儿挡去了不少，如果天气再暖和一点，窝到这个位置吹风很是惬意。

不远处，船只归航，鸣笛悠扬，一切都是邵麟记忆里的样子。他莞尔一笑，心想着，记忆里那个抱着书包的孩子终归长大了。他学会了宽容，学会了理解，学会了用温和的笑容取代幼稚的倔强，但心底深藏的意难平，与多年前如出一辙。

"我喜欢来这里，因为沿着这个方向走……"邵麟抬起手臂，往东方遥遥一指，"从这里出了海湾，穿过太平洋，到地球另外一边，才是我出生长大的地方。"

因为这个桥墩儿下面，是整个盐泉市里，他当年所能接触到的离家最近的地方……

夏熠的呼吸微微一滞。

海风呼啦啦地吹着，邵麟没拉到顶的冲锋衣领口轻微作响。他侧过头，有点忐忑地看了夏熠一眼："你还想听吗？"

夜风里，夏熠低声答道："只要你愿意说，我就想听。"

邵麟无法言明那一瞬间自己心底的不安，那种把内心暴露在他人审视之下的不安。他觉得自己好像拿刀在身上划开了一道口子，终于露出了里面柔软的质地。足够丰富的人生经历早已教会了邵麟：永远都不要将可能伤害到自己的信息，透露给另外一个人。

那明明是一只足以扼死他的手，邵麟却贪恋那掌心的温度，心甘情愿地把脖子送了上去。

他想，他能交付足够的信任——夏熠不会伤害他。

邵麟缓缓开口："11岁那年，我妈突然和我说，要与我一起回国，和爸爸的远房亲戚住一段时间。"

那是他在心底藏了17年，从未与人讲过的心事。

"当时，她手里拿着几份身份证明，以及一封长长的信……也不知道为什么，我们当时走得很急，都没来得及和爸爸说再见。上飞机的时候，我妈坐在我身边，给我喝了一杯橙汁，我就睡着了……可醒来的时候，飞机已经飞了好几小时，机舱是黑的，我妈不在身边。"

后来，一个同行的叔叔告诉他，在他睡着后、飞机起飞前，他妈妈就离开了。万米高空之上，11岁的孩子如坠冰窟。

十几小时后，国际航班落地，邵海峰夫妇在机场等他。从那之后，邵麟再也没见过自己的亲生父母。

来盐泉之后，邵麟的生活可谓"一落千丈"。

邵麟妈妈做饭很好吃，米其林大厨似的，饭菜色香味俱全，半年不重样。可在盐泉，他每天只能吃张静静下班买的盒饭，本来就不胖的孩子直接瘦了一圈。以前上下学，他有专门的司机接送，现在被迫挤在又脏又臭的公交车里，没有人愿意保持礼貌的社交距离，令他浑身不适。

哪怕是再普通的成年人，也知由奢入俭难，何况一个不谙世事的小少爷。

邵麟小少爷表示自己无法接受。

当邵海峰告诉他，他的父母在回国的路上死于一场车祸，邵麟半个标点都不信，依然幻想着——或许再等等，爸妈就会来接他。

可是，一天天过去了，爸妈没来，他在学校里的日子也备受煎熬。

虽说邵麟从小接受的是双语教学，中文有基础，但在读写方面，差了国内同龄人好大一截。邵麟是插班生，成绩跟不上，每天顶着一张"全世界欠我8亿"的脸，说中文还经常闹笑话，自然而然成了班里的鄙视链底层、校园霸凌的对象。

不过，邵麟不说话，不代表他是一个吃素的小哑巴。一次放学后，班里一个小团体堵着不让他回家，还嘲讽他是个脑瘫儿，小邵麟成功展示了"'君子'动手不动口""你骂我一句，我定当涌'拳'相报"等校霸幼崽特质。

邵麟从小随父亲学习格斗，硬是以一人之力，把五个小朋友打进医院，从此一战成名。

也是在那一次出事儿后，邵麟无意间听到了邵海峰夫妇的谈话……晚上，他蹑手蹑脚地出门上厕所，却发现主卧门开了一条缝，里面亮着灯，叔叔阿姨在吵架。

张静静的嗓音很尖锐："我是担心他小时候受的教育根本就不对劲，这么大了，定性了，改不了！"

邵海峰的声音更平和些："这事儿也不全怪麟儿，是他那些同学先挑的事儿，放学后堵人骂人，终归是不对的。"

"他同学是不对，但再不对，也只是小孩子动动嘴皮子的事儿。谁小时候没起过哄，叫人几声绰号啊？"张静静语气焦虑，"可咱们这个，怎么就直接见血了呢？那伤你没看见？是要把人往死里打啊！他还拿刀了，直接往人脖子上比。他原来的爸妈到底是怎么想的？这么小的孩子，怎么能玩这么锋利的刀呢？这一刀下去，一条命都没了！"

"你没看到他当时那个眼神，那是要杀人的眼神！我现在想想都后怕……这和骂人起绰号，根本不是一个性质的。咱们现在赔医疗费事儿小，以后呢？保不准以后成杀人犯，要吃枪子儿的！"

邵海峰素来护着邵麟，听了这句话，罕见地陷入沉默。

张静静发泄完，缓了缓语气："话说回来，你那什么远房亲戚啊？在这之前，我都没听你提过，想来也不是很亲的。你啊，就是老好人。一定要替人收拾这个麻烦吗？"

邵海峰说这没的商量，这孩子他必须负责。

夫妻俩沉默片刻，邵海峰又是一声长叹："麟儿平时不爱说话，中文跟不上，所以才被同学排挤。心理医生建议咱们把他送去全英文教学的国际学校。我看有一个离咱们家最近的，26路车过去四站，教学楼都是欧式建筑的那个，你知道不？"

"你说国育集团啊？那一学期学费就得好几万吧？"

邵海峰犹豫着："这钱倒也不是没有，孩子上学这几年特别重要，要是全英文教学，他应该能轻松点……"

"不行！"张静静尖声打断，"那钱是咱们省吃俭用存着给爸妈养老的，万一谁生个什么病，那钱就流水似的出去了。你要为一个别人家的孩子，害爸妈没钱看病吗，啊？"

邵海峰一时语塞。

"真的，老公，明眼人都看得出来这孩子有问题。11岁，太大了，马上要进入叛逆期，我是真的不知道怎么教。咱们也算是认真努力过了，没有对不起你家亲戚。"张静静又劝，"我看，要是他再这样，还是送回福利机构，换个更合适的家庭吧。咱真要养孩子，不如去抱个刚出生的。从小带起，肯定不会这个样子。"

邵麟在门口愣愣地站了好久。

明明白天打架赢了，这会儿他却像是被人当面狠狠打了一巴掌，整个脑子都是蒙的。他颤抖的手握紧了又放松，把所有的情绪一口咽了下去。

他转身回房，步子很急，却悄无声息。

那个晚上，他突然想明白了一个道理。这个世界上，除了爸妈，谁都不会再惯着他。

他想回去？他得靠自己回去。

从那天开始，邵麟奇迹般地"正常"了——不打架了，也不乱飙英语骂人了，中文依然生涩且带着点口音，但他开始主动沟通，主动学习。一整个暑假，邵麟都在恶补语文、数学，练习册做了一本又一本，仗着他天生过目不忘的能力，进步神速。

再开学的时候，邵麟不仅追上了大部队，还因为英语的天生优势，一下子跻身"好学生"行列，也交到了新的朋友。

邵家父母自然是很高兴，以为孩子恢复了，把心里那道坎给跨过去了。可只有邵麟知道，他心里不过是憋着一口气，伤口不仅没有愈合，随着时间的拉扯，还长成了一个看不到底的黑洞。

"有一次，我就坐在这里写作业，然后听着轮船'嘟嘟'的号角，还有海浪拍打礁石的声音，我就睡着了。"邵麟嗓音温柔得好像那掠过海岸的风，"我做了个梦，梦见有条船就停在这个港口，我父母就在那条船上。他们站在甲板上向我挥手，说要接我回家。我兴奋地跑了上去，然后，我就醒了。后来，我很喜欢来这里。可我的父母……"

再也没有踏梦而来。

邵麟颤抖着将后半句话生生咽下。暗色的潮水轰然撞上石滩，碎成无数白色泡沫。泪水落得毫无征兆，又悄无声息。邵麟固执地瞪着漆黑的海面，不想回头让夏熠看到，面上的泪痕被风一吹，像冷冰冰的刺，扎得生疼。

夏熠有些慌乱。他不知道应该如何安慰，最终，只是伸出一只手，重重地压在了邵麟的肩上。

寒风凛冽，掌心似火。

10

就在这时，桥墩儿上投来探照强光，恰好打在了夏熠身上。一个戴着红袖章的城管操着盐泉口音大骂："喂！那里不能下去！大冬天的跑这儿来，你们不要命啦！咋的，怎么还带着一条狗！不愧是对狗男女！"

夏熠："……"

邵麟破涕为笑，一把擦干泪水，扭头撒腿就跑。哈崽不明所以地"汪"了一声，终于迎来"雪橇犬"一天之中的高光时刻。

"还敢跑！下去可是要罚款的！"城管在栏杆边气急败坏地骂道，"你们两个给我上来！我倒要看看，什么人这么没脸没皮不害臊！"

只是，这一跑起来，城管怎么可能是那两人一狗的对手？很快就被甩在了身后。邵麟在前方找了一处石头坡，又没事人似的翻了出去。

两个人跑得气喘吁吁，却忍不住捧腹大笑。

邵海峰家自然是塞不下邵麟与夏熠两个人的，两人绕了远路，这才回到邵海峰给他们安排的商务双人间。哈崽兴奋地在两人的床上跳来跳去，一会儿去夏熠那里蹭肚子，一会儿又躺回邵麟怀里，仿佛这是什么好玩的游戏。

两人关了灯，却还聊着天。

"我以前叫 Kyle（凯尔），好吧，我现在也叫这个，如果是英文名的话。"

夏熠用他那见鬼的英语重复了一遍："Kale？"

邵麟皱着眉头纠正："不是 /keɪ/，是 /kaɪ/。"

"我知道我知道！我在哪家五星级饭店的菜单上见过这个词，是个草，一种植物！"夏熠露出学渣的迷惑表情，"还是邵麟好听，起名咋还起一种植物呢？"

邵麟无语，笑着骂道："说了不是 Kale，是 Kyle！Kyle 在苏格兰是海峡的意思，不是一种植物！"

"哦！那邵麟是邵海峰他们给你起的？"

"也不是。是我妈起的。她和我说，'麟'是瑞兽。当时，她把这个字夹在了我小时候的外文护照里。大约是在国外生的小孩，18 岁前回国，都能选一次国籍，再然后就一直是邵麟了。"

小时候邵麟还不懂，一度以为妈妈真的是因为什么事儿误了飞机。可长大以后，才知道那一个字里，藏着母亲告别时的多少心意。

大概是祝福他，回国后一生平安顺遂。

夏熠怕他说着说着又难过，连忙夸道："嘿，还是咱妈有文化！那你以前也不姓邵咯？"

邵麟摇摇头："我爸的姓英文拼写是 Leong，但翻过来的可能性就多了，可能是林，可能是梁，可能是凌，也可能是龙……"

"反正不是邵。那你爸和邵海峰，到底算是哪门子的亲戚？"

"我咋知道？我妈说是亲戚，邵海峰一家说是亲戚，总归能扯上点关系吧？不过肯定隔得远，"邵麟耸耸肩，"因为我亲爸长得半点都不像邵海峰。"

"我瞅着也是，"夏熠开玩笑道，"他们家人哪有你长得好看。"

邵麟抗议："我就眉宇这一块像我爸，其他地方都像我妈。"

夏熠侧卧着，凌晨2点了依然聊得兴致盎然："那你爸呢？你爸是什么样的人？"

"其实我爸陪我的时间不多，总是在忙生意。"邵麟回忆着，"他很高，肩膀很宽，皮肤黑黑的，天天板着一张脸，不怎么笑，其实我有点怕他。哦对了，他总是和我说，要学好中文，不能忘了根。他还教我打拳，也没什么体系，格斗学一点，散打学一点，刀棍学一点，反正路子特别杂。"

"你现在是个半吊子可别赖你爸。"夏熠哈哈大笑，"上回就想说了，看你好像身手不错，改天咱俩比画比画。"

邵麟冷笑一声："不，你不想。"

"嘿哟，这么嚣张，不比画不行了啊！"

"其实，我一直有个很奇怪的想法。"邵麟换了个更舒服的姿势，喃喃道，"我有时候总觉得我爸还活着。"

说着他眼底闪过一丝疑惑："可是，如果他还活着，这么多年了，为什么不肯见我呢？"

"你爸还活着？"夏熠一翻身，双眼在黑暗中闪闪发亮，"你为什么会这么想？有什么确凿的线索吗？"

邵麟的心跳空了半拍，始觉自己失言。他明明没有喝酒，却又像半醉了似的话多。

他眼前浮现出那一枚刻着黑色玫瑰的挂坠，那些与他笔迹如出一辙的红色花体字，暴君对"父亲"若有若无的暗示，以及那把被他埋在双生树下又不翼而飞的匕首……倘若他见到父亲，必然能够一眼就认出来。

"确凿的线索，倒也没有。"邵麟轻轻强调了"确凿"二字，一声叹息，"就……直觉吧。"

夏熠还想追问，但最终什么都没有说。

邵麟一看手机，两人竟然不知不觉地聊到了凌晨3点，他抱着被子一转身："不早了，晚安。"

日有所思，夜有所梦。

许久不曾梦到父亲的邵麟，再次梦到了分别的场景。

当时，邵麟躺在自己的小床上，已经迷迷糊糊睡着了，房门却被推开一道缝隙，光照了进来。来人没有开灯，只是蹑手蹑脚地走了几步，轻轻坐在了他的床头。邵麟单眼眯开一条缝，看不清那人的面孔，却能从他身上混着檀香的烟味里，认得这个人是父亲。

父亲温热的大手抚过他的脑袋，难得俯下身，吻了吻他的额头。

在邵麟的记忆里，父亲的嘴角总是抿成一条两端微微下沉的直线，脸上鲜有笑容，更别提做什么亲密的举动了。哪怕和妈妈在一起的时候，父亲也不像他同学的父母那样，会在学校门口当街一吻。他们在公共场合，甚至都不会牵手。

他父亲就是那样一个沉默而内敛的男人。

那时候，邵麟压根就没想过，这个吻竟然会成为自己对父亲最后的记忆。当时，他只是因为父亲难得表现出来的爱意而感到开心。

小邵麟在黑暗中咯咯地笑了，突然用双手抱住了父亲，整个人撒娇似的缩进了父亲的怀里。

男人摸了摸他的脑袋，在他耳边低沉地说了一句："我爱你。"

……我也爱你。

我还很想你。

也正是那天晚上，父亲在他枕头下压了那把带着花纹的匕首。第二天妈妈着急带他离开的时候，他只顾得上去拿这把匕首。

脑海中的画面再度切换，变成了儿时父亲常去的拳馆。父亲脱了上衣，露出浑身精瘦饱满的肌肉，直接站在淋浴头下冲凉。邵麟还没长到父亲的腰部高，第一次发现父亲的左侧腰部文着一朵黑色玫瑰。

年幼的他对一切新鲜事物都非常好奇，当天晚上，小邵麟就爬上了爸妈的大床，掀开父亲的衣服问那是什么。可邵麟清楚地记得，那次父亲打开了他的手，神情冷冷的，说小孩子不要管这种事儿。

小邵麟冰雪聪明，再也没敢在父亲面前提这个玫瑰文身。

以至于很多年后，在邵麟成人生日的那天，他去文身店，在左边腰侧，与父亲身上同样的位置，按照匕首上的模样，请人文了一朵一模一样的黑玫瑰。

　　因为，从困惑到不甘，再到认清现实后，他还是无法完整地接受"邵麟"这个新身份。所有人都说他是邵家的儿子，只有他在内心恐惧——会不会有一天，沉浸在新生活里的自己，终于把过去忘了个一干二净？

　　他不想忘记。

　　他想在自己身上留下永远的证明。

　　邵麟很小的时候，趁自己还记得，在笔记本上抄写了老家的地址，以及能熟背的一些电话号码，并且去打印店将这些笔记做了塑封。

　　他知道，总有一天，自己会回去寻找答案。

　　这也是去 S 国后，邵麟做的第一件事儿。

　　时隔 7 年，邵麟再次回到了自己曾经的家，却被告知那幢小别墅已经易主两次。现在的五口之家，是 3 年前搬进来的。房子早就翻修过了，以前种满花果的小院子被填成了水泥平地，他的小秋千变成了别的孩子的篮球架，二楼垂落着瀑布般紫色花朵的欧式小阳台变成了简明的现代落地窗……

　　他远远地看着自己曾经住过的卧室，使劲试图找出更多记忆里的影子，直到眼前一片模糊。

　　邵麟竟然没能在出生地找到父母存在过的一丝痕迹。他只是了解到，7 年前自己离开之后，当地警方与国际刑警联手，在这个城市一举抓获了一手遮天的黑帮"海上丝路"几十口人。很巧的是，这个惊天动地的案子，就发生在他离开后的一周内，然而，在被捕的人里，邵麟没看到熟悉的面孔，遂无法确定自己的父母是否与这件事儿有关系。

　　直到蓬莱公主号被劫持……

　　当时，邵麟已经成功赎回了一组人质，绑匪继而提出了让他"切断通信，丢掉耳麦"的要求。邵麟自然知道，这是谈判专家无论如何都不可放弃的东西，他正打算在言语上迂回，领头的绑匪却从怀里掏出了一只怀表——银色的粗链子，黑银相间的金属外壳，上面赫然刻着父亲腰上、匕首身上的那种黑色玫瑰。

　　海风呼啸，脚下的甲板起起伏伏，邵麟只觉得天旋地转，下意识地放弃了与指挥部的通信。

　　那次，他了解到"海上丝路"卷土重来，而为首者，也就是玫瑰信物的拥有者，被大家称为"父亲"。

再后来，邵麟有一段记忆缺失，迷迷糊糊的，好像是被人注射了肌肉松弛剂。隐约中，他见过那个"父亲"，他只看到了一个魁梧的背影，那人却始终不愿拿正脸瞧他。

那人说："阿麟，你真是让我失望。"

可是，他到底是谁呢？

邵麟一晚上睡得极不安稳，感觉还没休息几小时，6点就被哈崽准时舔醒。哈崽虽说在警校表现糟糕，但成功改掉了诸多坏毛病，比如，从"早上醒来给主人做'心肺复苏'"变成了"早上醒来温柔地给主人一口亲亲"。

哈崽见邵麟醒了，又"踢踢踏踏"地跑去舔夏熠。夏熠总共也才睡了3小时，这会儿睡得正沉。他侧身，下意识地扭开了头，顺手一把搂住哈崽，哼哼着："别舔我。"

毛茸茸的狗狗闻言，又舔了舔主人的脸颊。

夏熠挣扎着，又嘟哝了一声："别舔了。"说着他在床上扭动了一下，也不知道梦到了什么，眉心微蹙，双颊泛红，闭着双眼，一副尴尬又羞赧的模样。

邵麟看向夏熠的目光在那一刹那温柔。

昨晚是真的有点上头，怎么就把过去那些事儿，全都和人说了？

邵麟心想，自己很少信任一个人。他也说不清，夏熠怎么就成了例外。或许，是一次次为了案子通宵达旦，他懵懂又认真的坚持；或许，是自己那次落水，他用莫尔斯码敲在舱门上的"WOOF"；或许，是他不厌其烦，一次又一次带着自己做恐水脱敏练习，让自己终于相信，无论多少次，他都会等在岸上……又或许，更早——那个憨头憨脑的青年，拿着一份全部选C的问卷，挺拔地走进了自己的办公室，又从窗口矫健地一跃而下。

阳光明媚，劲如修竹。

第六案

哑巴

父母隐瞒了 17 年的真相。

01

休假的日子过得飞快，转眼就到了最后一天。

盐泉靠海吃海，城市经济的主要来源就是渔业，近几年旅游业兴起，开发了几座海岛，还建了一个海滨公园。巨大的摩天轮临海而立，五颜六色的水上滑梯足足有几层楼高，但水上项目冬日并不开放，倒是码头上热闹得很——最近是出海看鲸鱼的好时节。

盐泉市太小，邵麟很快就带着夏熠玩遍了，两人闲着无处可去，便来公园散步吹风。

这个时候，公园音响插播了一则寻人启事："徐云绯小朋友听到请注意，徐云绯小朋友听到请注意，你的父母正在公园入口处的海豚下等你，请尽快回到入口。重复一遍……"

寒假还没结束，公园里到处都是跑来跑去的小孩子，两人也并未在意。

可是，等邵麟与夏熠出海看了一趟鲸鱼再回来——当然很不幸，他们并没有看到，邵麟再次听到了那条寻找徐云绯小朋友的广播……

他不禁蹙眉："还没找到啊？"

当然，公园里走丢个小孩，与他俩也没什么关系，两人在下午3点左右回了家，还在路上特意买了点海鲜。这是在邵远家的最后一顿晚饭，由他掌厨。

一回去，邵麟立马忙开了，夏熠在一旁当添乱的助手，邵家两老倒是享了清福。饭还没做好，邵海峰有一搭没一搭地与夏熠聊天。当他得知了两位的行程后，忍不住说，今天又走丢了一个小女孩，好像就是在海滨公园那边丢的。

邵麟切菜的手停住："又？"

邵海峰也是警察。不知什么原因，十几年前他早早地从刑侦口退下来，在后线做起了文职，这些丢孩子的事儿，也是听办公室同事说的。邵海峰皱起眉头："是啊，好像是说几年前，那个公园里也丢过一个小孩。"

"这都过去多久了？"夏熠扫了一眼时间，"好几个小时了，公园里丢的还没找到？"

邵海峰皱着眉，说自己并不清楚，回家那会儿还没找到呢，明天再去问问同事。

夏熠奇怪道："你们没有丢失儿童的线上查询吗？就是公安部那个'回家'系统。"

早些年，沿海一带曾经历过一个儿童失踪的高峰，那时候全国一年能丢掉三四千个小孩，与现在的五六百人相比，那时候的数据可谓触目惊心，自然成了公安部需要解决的头等大事。

当时，燕安市市局的郑建森不仅带头建立了失踪儿童父母的基因数据库，还与大头互联网公司合作，针对失踪儿童建立了一个"线上失踪儿童信息紧急发布平台"，又名"回家"系统。

儿童失踪 3 小时后，"回家"系统会以失踪地点为圆心，向半径 300 公里内、在户外活跃的手机用户发送丢失儿童的相关信息，比如年龄、性别、穿着什么样的衣服等，再通过群众提供的线索将孩子找回。

"回家"系统前年第一次在燕安市试运营，去年扩大到其他几个大城市，App 合作方和运营模式还在摸索中。目前，在"回家"系统上发布过信息的丢失儿童，寻回率高达 90%。

"对对对，"邵海峰突然想起什么，食指在空中点了起来，"就是你说的那个'回家'系统。你们老郑，早和咱们说要来搞这个了，但前段时间也没丢孩子，拖来拖去的，到现在还没来！不行，这事儿不能再拖了，我得和上边反映一下。"

夏熠一听，这竟然还是他们燕安市市局的问题，顿时不好意思起来。不过，市局与市局之间往来，总有好些细节，夏熠不清楚，不方便评论："好好好，前辈您这儿要是遇到问题，我能帮上忙的，只管找我就是。"

"老爸退居二线多少年了，"邵麟笑笑，"还是和以前一样，最关心走丢的小孩。"

"他呀，也就这点用处咯！"张静静笑了起来，"舞刀弄枪的事儿帮不上，也只能帮人找孩子咯！"

就在那天晚上，夏熠突然接到了一个来自郑局的电话。

"哟，郑局，您老最近还好吗？我知道局里的大家都非常想念我，但太不巧了，我现在人在盐泉，最早明天才能回来。俗话说远水救不了近火，远亲不如近邻啊，您要是有什么事儿——"

"不，误会了，这儿没人想你。"电话那边传来郑局慢悠悠的声音，"我打电话过来，意思是你暂时不用回来了。"

夏熠大惊："我这是被组织流放了吗？"

邵麟："……"

"暂时还没有。既然你人已在盐泉了，顺便给你个任务。"郑局说道，"邵麟在吗？开免提吧。"

夏熠连忙应下："在的。"

郑局说道："之前早答应了盐泉市市局，要给他们安'回家'系统，但咱们年前太忙，没来得及。恰好盐泉那边刚联系我，说又走丢了小孩，我想着局里最近也闲着，索性把这事儿尽快落实。"

"你们队里的那个新人，叫阎晶晶的，电脑用得很好。我今晚差她去盐泉了，负责'回家'系统的程序安装，以及相关的技术指导。但小姑娘资历浅，也不认识人，邵麟爸爸可以帮忙牵头，夏熠你也看着点。"

"好的好的，包在咱们身上，郑局！"

"从明天开始，你两吃住按普通出差报销，装完'回家'系统，给各个区的民警做完培训，差不多一周，就可以回来了。"郑局顿了顿，"你两还有问题吗？"

"有！"夏熠一听"报销"，顿时眉开眼笑，"不巧在下出差还带了儿子，请问狗粮局里能报销吗，国外进口不便宜的那种？"

哈崽："呜……"

郑局那边沉默片刻，直接挂了电话。

第二天上午，两人按点去盐泉市高铁站接阎晶晶。

谁知阎晶晶所乘坐的火车到早了，小姑娘扎着马尾辫儿，踩着运动鞋，背着一个大黑包向他们跑来，一边跑一边嘴里招呼着："组长！邵顾问！"

"来了！"

有郑建森与邵海峰牵头，盐泉市市局对三人很是热情。很快，阎晶晶就把系统程序装了起来。盐泉市小，案子也少，这会儿人人都在热议的，是昨天丢的那个小女孩。邵麟无须细问，也能琢磨出个一二——比如24小时了，孩子依然没有找到，也没有接到任何绑架勒索电话。按理说，已然错失了最佳的救援时机。

阎晶晶忍不住嘀咕："你俩也算是行走的瘟神了，去哪儿都能遇到大案子。"

夏熠听了不太乐意："这天要下雨，娘要嫁人，坏人要干坏事儿，怎么能怪到俺俩头上？"

难得邵麟没让他闭嘴，反而轻笑了一声。

盐泉市一个小警察好奇地探过脑袋："我说，你们这个系统，真的有用吗？"

"唉，孩子都丢了，才想到来装系统，"阎晶晶修改着权限协议，骂骂咧咧，"之前丢的，肯定是没用了啊，这个是预防以后的！"

邵麟与小警察聊了几句，才了解到，昨天在海边丢的那个徐云绯，今年11岁了，和妈妈一块儿来公园玩。碰巧，她妈妈这几天身体不太舒服，途中去了好几趟公共厕所，索性放小姑娘自个儿去玩，约好了时间地点见面。

谁知，等时间到了，女儿半天没来，妈妈才开始着急。

夏熠问："你们监控都看过了？"

公园是开放式的，也就那些旋转木马、水上滑梯、摩天轮等游乐设施要单独收费，其他进进出出的地方并未设立门禁。

"那当然了！嗐，就是摄像头覆盖面不太全。我们拍到小姑娘玩了三次旋转木马，然后在零食彩球车前逗留片刻，什么都没买，又去了附近的鬼屋。嗯，你们看。"

小警察在 iPad（苹果平板电脑）上给邵、夏二人看了几张照片。

第一张，是小姑娘失踪当天，妈妈在公园门口拍的。小姑娘扎着一根普普通通的马尾辫儿，圆脸被海风吹得红扑扑的，穿着一件明黄色的羽绒小马甲，胸前挂着一张公园收费项目的一卡通，笑眯眯的，双手比了两个"V"。

邵麟手指一滑，下一张照片是徐云绯站在零食彩球车前，车里有不少小零食——冰淇淋、烤肠，以及五颜六色的棉花糖，队伍排得很长，但小姑娘只是站在一边。再下一张，是小姑娘进鬼屋前摄像头抓拍的。

青面獠牙的巨型铜像张开血盆大口，穿着明黄色小马甲的小姑娘和一起排队的小朋友们就站在门前，因为光线问题，她双眸反着异样的亮光，在幽暗的环境里，显得格外诡异。

"那个鬼屋一共只有五个房间，很快摄像头又拍到她出来了，"小警察指了指小姑娘最后的一张背影，"但那之后，咱们就不知道她去哪里了。"

夏熠轻声问道："你怎么看？"

"小姑娘脖子上挂着公园一卡通，可见是公园的常客，冬天还开放的游乐项目不多，她一定玩得很熟，不可能迷路。"邵麟摇头，"拐卖儿童，无非是趁父母不备迅速抱走或者以什么为由将人骗走两种手段。11岁的小孩有行动能力，大概率是零食引诱或者用什么其他的借口，将人带到某处打昏带走，或者绑上车。小姑娘从监控覆盖范围内消失后，从公园出去的车辆都有嫌疑。"

"唉，在查了在查了，"小警察唉声叹气，"但什么都没有发现呀！"

其实，所有人都心知肚明，邵麟说的这种情况，放在案发几小时内尚有追回可能。24小时后，几乎是不太可能找到了。

不过，夏熠等人的工作，到底只是安装一个"回家"系统。盐泉市自己的案子，两人也不好置喙。

三日后。

风清日朗，海风和煦，就连冬日里的太阳，也染上了一丝暖洋洋的懒意。

在海边拾荒的佝偻老人一手拖着巨型塑料袋，一手拿着一把黑色长嘴铁钳，哼着小调在石滩上踱步。他时不时弯腰捡走几个塑料瓶子，一边在心底盘算着，天气不错，没准能多捡几块钱的垃圾。

突然，他发现不远处躺着一只亮紫色的行李箱，光滑的箱体上湿漉漉的，拉杆处还缠着几根干瘪的海草，显然是被海浪推上来的。

拾荒人心中大喜：今天果然是个好日子！这箱子看上去还挺新，虽说闻着一股海腥味，但比几十个塑料瓶加起来强！

老人兴冲冲地打开箱子，只觉得一股恶臭扑鼻而来，他吓得跌坐在石滩之上，差点没原地晕厥。只见行李箱里锁着一个扎着马尾辫儿的小姑娘，她双手双脚全被捆住了，眼球与舌头突出，流着暗色液体，尸体因肿胀而以奇异的方式填满了箱中空隙，部分溃烂不堪。

她怀里还放着一捧被水浸蔫了的蓝色小花。

02

拾荒老人发现行李箱的地方，叫大石滩，是盐泉市离外海最近的一座独立岛屿，与市里隔着一座跨海大桥。

盐泉到底只是一个相对落后的地级市，公安各个方面的配置都比不上燕安，特别是法医缺口巨大。大石滩派出所的刑警们最先抵达现场。小派出所里压根就没有正经法医，几个刑警只能凭着经验估计。眼下是冬天，气温较低，腐败速度理应减缓，但尸体在水环境里，腐败速度又会加快。目前尸僵彻底消失，腐败静脉网明显，身体开始充气肿胀，巨人观刚刚浮现，死亡时间预估在五天之前。

盐泉市太平久了，鲜少遇到命案。

要提起"五天前""10岁左右的小姑娘""死了"这几个关键词，所有人都只能想到五天前在海滨公园消失的小女孩。

与燕安市市局三人接头的警察名叫小黄，这会儿抱着手机大骂："这尸体都肿成什么样了，你问我长得像不像那小孩，这鬼能看出来！我看你们也别猜这猜那了，快点把人拉来局里才是正经事儿！"

挂了电话小黄还在生气，说派出所那边使劲扯着他们问是不是同一个人，想确定尸源，但这叫人如何作答？

夏、邵二人一直苦于不方便打探别人的案子，总算是抓到了话头，连忙凑过脑袋："看看？"

小黄递过手机："这现场的，你们瞅瞅。"

根据尸体的面容，确实无法确认。虽说小姑娘的发型与徐云绯类似，但她丢了鞋，死时还穿了一件灰色的卫衣，服装样式对不上。

小黄抓了抓他那鸡窝头："可是最近，这个年龄段的，咱们盐泉也就丢了徐云绯一个。"

夏熠点点头："实在确认不了，和父母比对一下 DNA 不就成了？都什么年代了，哪还有尸源混错的！"

盐泉当地没有专门的司法鉴定中心，法医组归并在刑侦支队里，由于极缺人手，专业素养良莠不齐，再加上设备老旧，做个 DNA 鉴定都要等上好久。

"唉——"阎晶晶一声叹息，小声与夏熠说道，"还是咱们那里好。"

小姑娘的尸体送到法医实验室的时候，被进一步破坏了。刑警忍着恶臭，把尸体从行李箱里拿了出来，结果一路摩擦，内脏因腐败而脱落，皮肤竟然大片大片地掉了下来，把法医主任气得跳脚："凶手特意把人装好了，你们还非要拿出来！"

徐云绯母亲听到这个消息，直接晕了过去，哪还有胆子进解剖室认尸体？

邵麟隔着窗户看了尸体一眼，在夏熠耳边轻声说："我觉得不是。"

夏熠立刻转头看邵麟："嗯？"

邵麟摇了摇头，说："专业的都在，还是一会儿等法医的解释吧。"说完，他扭头就往楼下办公室里走，却被夏熠一胳膊拦在了楼梯拐角。

夏熠左右瞥了一眼没人，身子往前一倾，低声笑道："邵老师，我就想听你的分析。"

邵麟眼尾一弯，解释道："你看那个尸体的皮肤，仅仅是一点点位移，就大面积地往下掉。正常死了一周的，皮肤还是水润有弹性的。"

夏熠皱眉："劳烦您以后不要用这种词汇形容巨人观，谢谢。"

邵麟："……"

夏熠一歪脑袋："掉皮有没有可能是海里泡过的缘故？海水是咸的。"

邵麟想了想，摇头："被暴晒倒还有可能，或者，死者本来就有某种皮肤疾病。我觉得，更大概率，这是一具被冷冻过再抛入海的尸体。所以抛尸后，会迅速发展成巨人观，且出现皮肤掉落的现象。如果是这样，死亡时间便无法明确，但这个时间一定在五天之前，所以不是徐云绯。

"而且，光天化日之下，能在公园里绑走小孩，一定是大人的行为。大人对一个孩子能有什么仇恨呢？八成是针对父母来的。可是，对方既没有绑架勒索，也没有传播什么能够从精神上虐待父母的视频，可见对徐云绯父母也没什么仇恨。那凶手随机选择一个孩子，绑架完直接杀死，悄无声息地抛入大海，又图什么呢？不是说不可能，但这种概率总归小一点。"

夏熠听着，眉心皱得越发紧了。如果不是徐云绯的话，这先走丢一个，又死了一个的……真不是一个好兆头。

小女孩丢失，继而发现了小孩尸体的事儿，还惊动了盐泉市市局一位德高望重的老刑警——罗峿中。罗老80多岁高龄，退休返聘，一生奉献于儿童打拐事业，功勋无数。据说，罗峿中家里还放着厚厚一本相册——每个从盐泉市走丢，尚未被找回的孩子在他那里都有备份。老人迟迟舍不得退休，就是希望等到寻回那些孩子的那一天。

找到一个，算一个。

老人年纪大了，佝着背，比年轻时矮了一个头，但言语间逻辑清晰，精神矍铄，盐泉市的刑警们都对他十分敬重。

下午，大家终于等来了法医的初步结果。邵麟猜得不错——根据表皮大块剥落，以及胃内容物严重腐烂，法医可以确定，该尸体在坠海前确实经历过冷冻。法医组认为，解冻坠海的时间在三至五天前，但小姑娘的具体死亡时间很难确认，可能是一到三个月之前。虽说死者年龄相符，但并非五天前失踪的徐云绯。

那么，问题来了，她是谁？

小黄哭丧着脸："我查过了，这娃可能就不是咱们盐泉的。之前走丢没找回来的都是男孩，10岁左右的女娃，一个都没有啊！"

死者胃内容物里没有发现毒物，大多是碳水化合物，量不多，但腐败度非常高，可能生前就吃了一点馒头或者米饭。法医还发现，小女孩的左腿在生前就被打断了，肋骨也断了两根，其中一根刺入肺部，手腕、脚腕均被绳索禁锢，皮下瘀青无数，没有发现性侵害的痕迹。从肺部情况看，小姑娘沉海前就死了，既不是淹死的，也不是冻死的，最致命的是那半根戳进肺部的断骨。

她很有可能是被人活活打死的。

办公室里有人倒吸一口冷气："虐杀。"

夏熠提了一嘴："捆住小孩手脚的那个，是水手结吧？一般人不会打这种结，凶手很有可能是个渔民或者船工？"

罗屿中点了点头："没错。大石滩那边，大部分居民都是世代渔民，不捕鱼的早去大城市谋生了。这种结，在盐泉还是非常常见的。"

法医继续说道："装死者的箱子在品牌上没有辨识度，但比较奇怪的是，小女孩怀里还放着一捧蓝色绢花。"

邵麟恍然大悟。之前看照片的时候他就觉得不对劲，这大冬天的，哪儿来的蓝色小花？这会儿听法医说了，才知道这原来是一捧假花。小花完全撑开有小孩拳头那么大，深蓝色的花瓣，前端还有一圈白条状的花纹。

负责案件的警员们聊开了："这花有什么特殊意义吗？"

"首先，凶手身边得有假花。这有没有可能代表凶手是女人？"

"这没啥关系吧，我家也有假花啊！"

"哎，不是说燕安市市局那边来了个有心理学背景的顾问吗？"

众人的目光第一次落在了邵麟身上。

"我随便说几句，抛砖引玉。"邵麟缓缓开口，"被虐杀的尸体边上放了一捧花，我能想到三种解释。第一种，是凶手对死者心怀愧疚，施暴后心生后悔，所以才会送花补偿。这种情况，凶手与死者或是死者所代替的某个形象之间，大概率存在某种感情联系。第二种则是凶手不止一人——施暴者与处理尸体的人，不是同一个。前者暴虐，后者愧疚。而最后一种，是某种签名或者仪式……那么，花本身应该有着某种特殊的意义。"

夏熠"啐"了一声，又想起了失踪的徐云绯："该不会撞见连环杀手了吧?！明天哪里再冒出一个箱子，里面塞着蓝花就见鬼了！"

负责案子的警察愁眉苦脸："燕安来的同志，算我求你了，你可千万别乌鸦嘴。"

"话说回来，这是什么花？"邵麟扭头问道，"你们以前见过吗？"

盐泉市的几位警察面面相觑，纷纷表示自己并没见过，大伙儿又问了一圈同事，一个觉得眼熟的人都没有。

邵麟皱起眉头。

夏熠连忙掏出手机："有个 App 可以拍摄识花的，等等，让我来试试。"

小黄短促地笑了一声："还有这种 App，夏警官生活挺有情趣啊！"

夏某人皱着一张脸，说："还不是我那傻儿子，老爱吃大街上的花。我总得知道它吃了些啥，万一出事儿了好和医生说啊！"

小黄一听，顿时懊恼："看不出来啊，你都有老婆孩子了！人生赢家啊！"

夏熠指尖在屏幕上噼里啪啦地点着，理直气壮、没脸没皮地一顿瞎吹："对啊，我有老婆了，聪明又漂亮，你羡慕不？"

小黄闻言白眼一翻。

邵麟："……"

或许是假花的缘故，App 吐出了一个不太准确的结果：紫色牵牛。众人瞅了瞅绢花，又想了想牵牛，人工智能觉得像，但人类智能觉得一点都不像。

夏熠提议："或许就是没有品类的花？毕竟只是个假花嘛，对方随手一丢？"

邵麟又把蓝色绢花的图片发给了阎晶晶。她曾经写过一个软件，可以在全网搜索类似或者完全一致的图片。

阎某人得了任务，原地满血复活。

小姑娘效率很高，还真搜出了点东西。

阎晶晶手舞足蹈的，给两人看图："这花长在热带，藤本植物，匍匐在海边沙地上。因为它的这个花纹特别像大西洋海神海蛞蝓，所以又被称为'海神花'。在东南亚环太平洋海岛一带，有渔民相信，带着这种海神花上船，可以向海神祈福平安归航！"

"组长，你看这个海蛞蝓好可爱！"

邵麟与夏熠对视一眼——盐泉市既没有这种海蛞蝓，也没有这样的传统！

"帮大忙了，谢谢你晶晶。"

阎晶晶一声哀嚎："喂喂喂——这案子能不能带上我啊？"

夏熠扭头喊道："不能！你继续教他们怎么用'回家'系统！"

回到办公室，夏熠问道："小黄，你们这里有没有大石滩一带这个季节的洋流图？"

果然，大石滩附近是两股洋流的分界点，北部有一股洋流向西南奔向海岸线，而南部有一股洋流向东南，是远离海岸线走的。如果这箱子被投掷于南边，那根本不可能被冲到岸上。

"凶手能把尸体抛在大海里，就是不想让尸体留在岸上。凶手一定也没想到，这箱子会被洋流与浪花冲上岸边搁浅。这说明，抛尸的人对大石滩附近的洋流流向并不熟悉，很有可能不是本地人。"夏熠说。

"这个抛尸的人，应该是一个外地来的水手或者船工，他在一艘拥有冷冻装置的渔船上工作。当日出海当日回的普通渔船，一般不会安置冷冻设施，所以这可能是一艘长期出海的大渔船或者中介收购船。根据洋流位置，三到五天前抛尸的时候，它应该行驶过这片海域，"邵麟伸手圈了一块地图，"这艘船可能有前往东南亚的航线，或者，这是一家国际化的公司，船上有来自东南亚一带的船工！"

"去搜一搜，这样的船应该会在大石滩港口留有记录。"

罗屿中用鹰隼似的目光盯着邵麟，若有所思。

03

调查船只的任务很快安排了下去，直到"回家"系统培训即将结束，那边也没什么消息传来。夏熠替盐泉市公安的办事效率着急："你们港口那边查得如何？有没有找到可疑船只？"

负责案子的警察连连摇头："没有。燕安来的同志可能不太了解，咱们大石滩啊，只是一个小小的三级渔港，一年卸货量撑死 1 万吨，大部分是近海作业，哪里来的远航大渔船？你们燕安和平港，那才是中心渔港，但凡有大渔船，都不会停在大石滩。

"咱们这里，不仅没有远航大船，更别提什么东南亚国籍的船工了。要进我国海域，也不是那么随便的事儿。邵顾问那个思路，听着似乎有道理，但好像……也对不上号……"

小黄凑过来，颇为可惜地叹了口气："那些心理侧写，每次我听着都觉得忒酷炫，但在实战里感觉好像没什么用武之地……"

邵麟也不觉得受到冒犯，只是笑笑，说侧写尚属研究范畴，你们且听听当个参考。说完，他还是忍不住问："你们具体是怎么查的？"

"七天内，大石滩港口停泊过的船只及其背后的注册公司，没有远洋贸易。"对方眼底闪过些许不耐，"也问了当地居民，陌生面孔不多，更别提外国人了。"

邵麟见对方态度不佳，以为对方不满自己一个外人插嘴，便点了点头，不再多言。

"那……既然船那边都没问题，"夏熠又问，"这尸体的事儿，你们接下来打算如何？"

"在全国失踪儿童数据库里，没找到能匹配的父母，盐泉除了徐云绯，其他丢失的小孩都已经寻回了。"负责案件的警察叹了口气，"也不知道这孩子到底是哪儿来的。接下来如何，听罗老怎么说吧，他对这种案子比较有经验。"

这种线索相对有限的案子，战线有时会拉得很长，核心推动力往往是那些发誓要替死者沉冤昭雪的报案人。然而，这个死去的孩子就连父母都找不到，等警方完成基础调查，未来没有新线索，案子恐怕就要搁在档案室里积灰了。

一念及此，邵麟与夏熠心里都很不是滋味。

周五晚上回家吃饭，邵麟忍不住又问了点大石滩的事儿。

邵海峰敏锐地觉察："你们想调查这案子？"

别说邵麟了，就连夏熠也不适合插手。万一忙乎半天没有结果，别人嫌你多管闲事儿；要是碰巧破了案，盐泉这边面子上也不好看，怎么都是吃力不讨好。

"你们帮忙安装'回家'系统，已经是帮了大忙。"邵海峰给邵麟夹了一筷子菜，宽慰道，"上面布置的任务完成了，早些回去吧。这世界上的冤案是无穷无尽的，大家各司其职、各尽其责就是了。如果要把每一件事儿都扛在肩上，就太累了。"

邵麟笑笑，没再反驳。

吃完饭，夏熠见他情绪不高，忍不住问："还想案子呢？"

"我仔细想了想，还是不对。"邵麟沉吟，"那个把海神花放入死者行李箱的人，一定与东南亚那一带有某种联系——这是一种内疚、惶恐、祈福的行为，如果不是深受那样的地域文化影响，绝对不会多此一举。"

"而且，"邵麟神色间闪过一丝不满，"我觉得盐泉这边，查得敷衍。"

"我也觉得。"夏熠心中一动，"咱们还有一个周末，要不亲自去大石滩看看？"

邵麟想了想，点头应下："可惜了，原本以为盐泉警方比咱们更接地气，一定能查到更多线索……"

"这话说得，"夏熠板起脸，"咱们局里上下都知道，没有你熠哥接不上的地气。"

邵麟这才露出一个笑容："那靠你了。"

从盐泉市区前往大石滩，要过跨海大桥，大约 40 分钟车程。虽说盐泉市中心发展日新月异，大厦拔地而起，高架与桥梁像有生命似的向外扩展，但那阵风似乎没有吹到大石滩上——这里依然是个小渔村。

大石滩镇上的平房不会超过三层，建筑以水蓝、米黄、白色为主，墙面在经年累月的风吹日晒中显得一片斑驳。

住在这片的人，几乎每家每户都有一艘小渔船，有涂了五颜六色的新漆的，也有饱经沧桑、修了又补的木头船，船舷紧挨着船舷，在大石滩边排了长长一列。再远一点的地方，T 字木板桥出去，泊着二三十艘型号更大一点的渔船，大约有两个人的高度。

那日多云，天空阴沉沉的，海水有点发黑。寒风呼啸，浪花拍岸，海鸟凄声叫着，飞过灰色天幕。木桩子上坐着一个扎头巾的女人，戴亮橙色手套的手动作熟练。她剖开鱼肚子，掏出一把内脏。"啪"的一声，鱼被她丢进了脚下铺着碎冰的塑料鱼筐。沿海的鱼市上四处可见打理海鲜的女人，但男人大多嘴里叼着烟，低头补着渔网，偶尔向两人投去警惕的眼神。

这就到了整个大石滩上最热闹的"鱼市一条街"了。当地警察说得没错，大石滩只是一个小港，从最左边走到最右边，仅需十几分钟，压根就没有国际远航大渔船。

两人轧着石子儿路走了一个来回，邵麟提议："还是应该找当地人聊聊。"

夏熠神神秘秘地压低了声音，凑到他耳朵边上："你知道怎么挑选阿姨吗？"

邵麟："……"

"你看，这条街上这么多阿姨，咱们要选摆摊地段最好、鱼筐里鱼剩得最少的。这种阿姨多半在乡亲里人缘比较好，认识的人多，听到的事儿也多……"说着夏熠给了邵麟一个眼神，就径自走了过去。

大妈抬起头，见夏熠正看着她，顿时操起不标准的普通话招呼着："小伙子，新鲜的海货嘞，早上刚刚捞起来的！"

夏熠仔细地看了看摊子，一脸自来熟地笑道："姐，您这儿还有鲅鱼吗？"

"鲅鱼来晚啦！"大妈黝黑的脸上皱纹纵横，咧开一嘴白牙，"鲅鱼最俏，刚捞上来，一早就被抢光了，我摊子上就剩下这些，你瞅瞅要什么。"

夏熠拿手肘捅了捅邵麟："我一条也叫不上名字，你想吃什么？"

邵麟扫了一眼，剩下的鱼大多歪瓜裂枣，不是品相不好，就是味腥多刺。

大妈抖开一只塑料袋，笑呵呵的："小伙子第一次来吧，以前好像没见过。"

"是啊！"夏熠微微一笑，"姐姐这个记性好，客人脸都能记住。"

大妈见这么一个小帅哥喊自己"姐姐"，顿时心花怒放，话多了起来："什么好记性，上咱们这儿来买鱼的，除了中间商，就是那些住附近的大妈大爷，来来去去的都认识。干咱们这行的，基本也没啥年轻人，年轻人不是上了远航船，就是去大城市享福咯！"

夏熠嘴甜，又随便哄了几句，就从大妈嘴里了解了大石滩渔村的大概状态。邵麟迅速提取了几个信息点——

第一，大石滩本身是一个非常传统闭塞的渔村，常住居民以中老年人为主，来个生面孔都够大妈们嚼上半天舌根，所以确实没有什么外籍人士。

第二，海边那些小船，均是近海捕捞的当地渔民的。鱼捞上来，一部分卖给当地的居民，绝大部分会被中间商收购，也就是停在港口的中型船——盐泉市公安排查的就是这些。

中间商自然都是内地注册的公司，既不捕鱼，也不出海，只是大箱大箱地收购鲜鱼，再以更高的价格卖给内地其他分销商。自然而然，这些渔船里不可能有远洋的航船。

整体来说，大石滩确实不是一个远洋航线点，甚至都不是一个补给站。

"姐，"夏熠蹲在摊位边上，一脸好奇的模样，"您说的这个远航船，咱们这里能不能看到呀？我好想看码头的大渔船！"

"你们小伙子就喜欢大船，但大渔船在咱们这里是看不到的嘞！"大妈伸手指向不远处电线杆上贴着的粉色传单，"喏——远航船一直都在我们这里招工的，你想看，不如去问问那边。"

夏熠一下子来了精神："好啊！"

为了感谢大妈，邵麟挑了5斤杂鱼，并多加了10块钱，嘱咐大妈去骨打成肉泥。大妈接过钱，眉开眼笑地跑马路对面找机器去了："这孩子，一看就是吃鱼的行家。"

夏熠不解地挠挠头："这吃鱼还有讲究，为什么要打成泥啊？"

邵麟在海风里微微勾起嘴角，温声说道："回去加点蛋清、盐、胡椒和淀粉，给你做好吃的鱼滑。"

夏熠眼睛"唰"的一下就亮了。

两人包好鱼肉，就直奔那张"远航渔船诚聘水手"的招聘广告。渔船去的是公海，一去短则一两个月，长的一整年都有。广告里开的工资不菲，年薪最高竟然能达几十万，但除此就没有别的信息了，甚至连个手机号都没留，只是说具体咨询"水手酒吧"的老钱。

这个水手酒吧并不难找。

因为整个大石滩上，就这么一个酒吧。

做成海盗船形状的木板上，用LED灯潦潦草草拼出"水手酒吧"四个狗爬字，下边则堆了几个积灰的装饰酒桶……但也正是这么一个邋遢的小酒吧，汇聚了大石滩夜晚全部的活力。

这里有廉价的啤酒、廉价的女人，以及在海边讨生活的各种见闻。

夏熠与邵麟一进门，所有目光就都落在了他们两人身上，有好奇，也有探究。夏熠也不怵那些目光，直接粗声粗气地说道："我找老钱，问问远航渔船的事儿。"

"来得好，来得正好呢！"小圆桌边上，一个大胡子壮汉起身，向他俩招招手，"正要给我们的小兄弟们讲远航船的事儿呢！"

夏熠扫了一眼，只见桌边还坐着两个男人和一个年轻人——看模样，估计是刚成年，精瘦精瘦的，顶多 20 岁。

同时，老钱上下打量了夏熠一眼，目光很快又落到了邵麟身上，眼底闪过一丝疑惑："不过兄弟，你俩……这是要上船吗？"

夏熠言语间特别真挚："我这不是看到你们广告，说一年能赚个七八十万嘛！不瞒您说，我在城里倒卖点小商品，一年到头了也就那么点钱，我就是看中了这收入，眼馋，想来探探路。"

老钱频频点头："您这人高马大的，我瞅着是能上船的主。但这位小兄弟……"他看着邵麟，皱起眉头："咱们上船赚得是不少，但我丑话讲在前头，这赚的可都是辛苦钱。我看这位白白净净的，怕是……"

"这我好哥们儿。"夏熠打断，"他特操心我，就是不放心我上船，怕我被骗了，所以也想来一块儿听听。"

"原来如此！"老钱一听，觉得这才对，连忙笑呵呵地说道，"那就坐下一块儿听吧。这边这三位，也是来咨询远航船的事儿的。对了，二位怎么称呼？"

"我姓陈，"夏熠笑了笑，一指邵麟，"这位姓夏。"

"好嘞，"老钱端起酒杯敬了敬，"小陈，小夏！"

几杯酒下肚，那曾经的水手红光满面，吹嘘起了自己纵横远洋的渔工岁月，什么船体从风口浪尖自由落体，什么大浪冲进船舱差点一船人都交待在那里，那些沿途经过的国家，那些钓过的大鱼，满载而归一艘船就价值几千万，一回家就买了大房子……

听得那年轻人两眼发直，眼底全是对未来的梦想。

"船上要说什么我最受不了呢，那就是没有女人。"老钱骂骂咧咧的，"当时我们去欧洲 N 国的那一年，我的妈吧，蛋都给孵成鸟了。所以，这个小弟弟，哥哥劝你，上船之前，一定要把你变成男人的那事儿给办了，上船之后还能有个念想。"

桌边所有男人都笑了起来，就那个小男孩露出了一脸羞怯的笑容。

"我就好奇随便一问啊，"夏熠食指敲在圆桌上，"你们这种跟船出去的，去公海，去别的国家，在船上会遇到外国朋友吗？"

老钱想了想，说道："有是有的，但得分船，看你跟了哪家公司。有的公司有，有的公司就没有。不过，说是外国人，但大多还是非洲、东南亚的，西方人就少了……怎么，你还想交外国朋友啊？"

"咱这出海，一图钱，二也图个长长见识。"夏熠笑了，"我这小县城里蹲着的，能认识外国人当然好了。老钱，你给我介绍介绍呗，这能遇到东南亚朋友的，都有哪些公司啊？"

老钱没有正面回答什么公司，只是打了个哈哈："兄弟，你提的这个要求倒是蛮特别的。现在想这种，也实在是太远了。不瞒你说，就连船长都晕船，这能不能克服晕船，却是因人而异的。新人上船，总得有个适应期吧，也不可能一上船就直接把你丢到公海、外国人堆里去。那万一受不了想回来了，叫天天不应，叫地地不灵了不是？"

夏熠连声称是。

老钱又吧吧地介绍了一些远航捕鱼的流程。

邵麟在脑子里迅速捋清了利害关系——

有外籍船工的渔船都在公海的渔场上，合同一签就是一两年。这种海员工资最高，但平时没有什么机会上岸，提前离开还要支付违约金。捕捞船捞满了之后，就会有冷藏运输船前往收购冰鲜，运输船一至两个月就会返航，水手工资只有前者的一半。

至于老钱这边，他带新人培训的地方，是一些"中转船"。它们介于岸边与公海之间，是海上捕捞教学、船员轮转、海事物资补给的站点。沿海有无数个老钱这样的人，忽悠人上船后统一培训，有的学员受不了海上生活，就补交3500块"培训费"后及时下船，而那些顺利拿了海员证的，按照"哪里需要去哪里"的原则，由中介安排上不同的船只，最后再从工资中扣除老钱的"培训费"。

夏熠一直特别捧场地唱着红脸，但邵麟的态度就始终冷冷淡淡的："这个培训考证也是要资质的吧，请问你们这算什么公司呢？"

"公司啊？"大胡子拍拍胸口，"什么蓝远集团啦，鲜康美啦，鱿金渔产啦，都有的。如果小陈兄弟对远海更感兴趣一点，又能接受一两年的合同，那咱们就跟蓝远。"

老钱说的这几家公司，都是渔产市场里有头有脸的，特别是这个蓝远集团，都上市了。老钱身旁那三个年轻人听了，眼睛都亮了，满脸写着兴奋，就邵麟面色淡淡的，言语间很是不信："哦？那如果我回去给蓝远集团打个电话，就能查到你们了？"

"这个……"老钱语气一顿，"我们其实……也不是蓝远集团的，就是下面有合作的小公司啦。"

邵麟显然对这个答案不太满意，追着问道："那你们的公司叫什么名字？"

老钱挠了挠头，顿时没了方才吹牛时的利索劲，只是支支吾吾地说："咱们也是正规公司，左右不会骗你钱就是了。"

邵麟扯了扯夏熠的袖子，低声说道："公司名字都报不出来，我看八成是骗子，陈哥，咱们还是走吧。"

夏熠故作犹豫，眼神在邵麟与老钱两人之间转来转去。

老钱见人要走，连忙掏出手机："哎哎哎，别。这样，咱们先加个好友，一会儿我把咱们公司名字发给你，网上都可以查到，你们再考虑考虑？"

夏熠连声称好，点开了他专门用来暗访的小号。

"那最近有没有人跑远洋回来？"邵麟又问，在桌子底下悄悄捏了捏夏熠的手，"我总觉得，还是要问问经历过的人才放心。"

"这个时间，还真没有。"老钱摇摇头，解释道，"跑远洋是个辛苦活，咱们过春节，外头的鱼可不过。一般最早也要5月，休渔期开始了，大家才会回来……"

"这样啊，行，我看小夏好像要走了，老钱，咱们以后联系啊！"夏熠与人道了谢，与邵麟走出了酒吧。

许是渔民早上出海睡得早，这才晚上九十点钟，鱼市一条街上几乎没有人了，只有港口悬浮着的几只路灯。

冰冷的夜风吹在脸上，却没有帮邵麟将思路捋得更为清晰。

他让人难以察觉地叹了一口气。

毫无疑问，老钱和他身后的组织是一个忽悠年轻人上船出海的中介，除了夸大其词坑点钱，大概率还是合法生意。他们确实与远洋渔船有那么一丝半缕的联系，但邵麟并没发现什么可疑的线索，能与行李箱里的小姑娘联系起来。

"盐泉公安花了两天做了走访，听大石滩老渔民说，最近没发现什么外来人口。老钱也说了，他们去海外的水手也没回来。"夏熠提出一个想法，"你说，有没有可能，丢箱子的是一艘路过的船，根本就没有在大石滩港口停留？"

邵麟想了想，还是摇头："我认为可能性不大。"

"如果只是路过，凶手有大把的机会把尸体抛进深海，"邵麟解释，"为什么非要靠近岸边了才抛？而且，海岸线这么长，怎么就碰巧漂到了盐泉？一个小女孩失踪，行李箱里发现了另一个小女孩的尸体，二者在时间上一前一后，且两个受害人年龄、体型都一致……实在是太巧了。"

邵麟垂眸："虽然我没有证据，但我不得不怀疑这两件事儿存在某种联系。"

夏熠一想到那行李箱里的小孩还被捆了手脚，眉心便锁得更紧，喃喃道："……走水路的儿童绑架团体。"

可惜没有能追着往下查的线索。什么都没有。

徐云绯在海滨公园里消失得奇怪，行李箱里的尸体还无法确定尸源……这要放在燕安，领导能把全队上下骂得不敢睡觉，但盐泉市就连公安都透着一股懒散……

夏熠一想到明天就要回燕安，心里像是憋住了似的难受。

还有什么，是他临走前能做的？

就在这时，夏熠手机"叮"了一声，是老钱发来了名字——盐泉市高远船务有限公司。

夏熠查了查，这公司倒是真的，但他家就连渔业贸易的资格都没有，只有船务相关的认证、培训资质。最扯的是，网上还有成功出海拿到工资的船员写了自己的经历，也不知道是不是托儿。

"我见过这个名字。"邵麟回忆了一下，"就在最近七天出入渔港的船只的那张列表里。"因为那列表里没有直接做远洋渔业的公司，盐泉警方就放弃了这条线。

夏熠在新加的微信群里翻了翻，找出小黄当时共享的 Excel（微软办公软件）表格。大石滩渔港麻雀虽小，五脏俱全，顺应盐泉市市政信息化改革，推出了渔港进出管控程序，现在渔港的所有注册船在出入港口时，都要扫描一个二维码。果然，有一艘注册公司名叫"高远船务"的船，于2月28日上午入港，在大石滩停泊了一天后，于第二天上午离港。

"这时间好像对不上，"夏熠有点不解，"这船进港的时候，徐云绯已经失踪两天了。它离港的时候，拾荒老人已经发现尸体了。"

邵麟思忖片刻，摇头："这倒也不能说明什么。"

这个高远船务有限公司是大石滩的注册公司，有自己的专属泊位——19号。大石滩不大，邵麟沿着码头随便走了几步，数着水泥地上歪歪扭扭的红漆数字，很快就到了19号位。水泥码头上杵着一只小臂粗的铁环，船位正空着。

邵麟看着漆黑的夜海，轻声呢喃："行李箱……"

"什么？"

"海上什么人会带那么大一个行李箱？"邵麟摇头，"我还是怀疑这条远洋线。普通船工上船，不会备那么大的行李箱……而且，那个行李箱很新，老水手的行李箱应该都很旧了吧？"

夏熠："你的意思是，还是要查这条线？"

邵麟再次叹气："一些猜测罢了。"

夏熠四下扫了一眼，发现这个19号位置斜对面是一家便利店，难得现在还亮着灯。他眼尖，一下子就发现便利店门口装了一只用来防小偷的摄像头，正好朝向19号船位的方向……

"查呗，反正也没别的线索。"

两人互相看了一眼，便走了过去。

这家店是港口一带唯一的便利店，什么都卖，以零食与船上常用的应急物资为主。

"老板，打听个事儿。"夏熠进门靠在门框上，拇指往身后一指，"那边19号船位一直空着吗？"

皮肤黝黑的小伙子抬起头，咧开一嘴白牙，说："您这一看就是新来的，所有带编号的泊位都有主了。那19号船位是一艘海上物资补给船，每周都要来咱们这儿进货的。"

夏熠眯起眼："进货？"

"生活用品啦，零嘴啦，还有大量晕船药啦，"掌柜的小伙子长年在渔村里生活，人也没什么心眼，问啥就说啥，"都是大单子，所以特意把船停在咱们店对面啦，方便咱们搬货嘛！"

邵麟回想起老钱介绍的事儿，心里一动："运去海上补给站？"

小伙子小鸡啄米似的点头，说所有东西一旦卖到海上，价格都能翻倍。

夏熠笑笑："都是大单子，那还是老客户了。你和那船主人熟吗？"

"熟啊！咱们这一条街上，都熟的。"小伙子挠头，这才开始觉得奇怪，"这位大哥，您打听这些做什么？"

夏熠直接亮出警察证："不好意思打扰了，咱们来询问点事儿。"

小伙子神情渐渐严肃了起来："你们怎么又来了？19号船和船工在大石滩驻了好几年，不可能是问题船只。"

夏熠伸手指了指便利店门口的摄像头，说："方便回看一下录像吗？"

掌柜的连忙点头。

夏熠点开录像，熟练地找到了2月28日那天的文件夹，开了快进。

两人一边看监控，一边听掌柜絮絮叨叨地介绍，说那19号的船主人叫什么自己也不知道，因为那人不会说话，所以大家都叫他"小哑巴"。他只是哑，但不聋，听得懂别人讲话，还是出海到国外见过大世面的人，业务能力很强。

小哑巴个子矮，但肌肉结实，黑不秋溜的，也不知道多大岁数了，但肯定没到30，毕竟海风吹得人显老。掌柜还说小哑巴人很好，逢人就咧嘴傻笑，带新人出海还会给人备着晕船药……

从摄像头的画面来看，小伙子说得没错，那船靠岸后，跳下来一个矮个子男人，从便利店这里搬了好几箱货，然后就再没回来。

一成不变的画面看得人乏味，夏熠拖着进度条，跳了几个画面。可到2月29日凌晨3点多时，邵麟突然握住了他拿鼠标的手："等等！"

只见那个画面里，铁环空荡荡的，上面系船的绳子已经不见了，只剩下地上一个红色的"19"……

邵麟低呼："船走了。"

"小黄给的记录里，这艘船是2月29日早晨8点30分离开的。"夏熠皱眉，"这应该就是从港口程序里导出的数据。"

他又向前移动进度条，发现这船是在凌晨2点到3点之间离开的。夏熠突然屏住了呼吸——在2点多的时候，19号船边人影晃动，似乎是上了最后一批货。上了货后，船就径自离开了，再也没有回来！

夏熠一颗心怦怦地跳了起来。

那批货是什么？

为什么要半夜搬运？

19号船为什么要伪造出港记录？

可惜，摄像头拍的是远景，画面很模糊，再加上天色暗，除了两个人影，别的什么都看不清楚。夏熠导出了视频，记下时间点，准备再找大石滩其他监控。

邵麟眸子微沉："给阎晶晶打个电话，咱们明天可能先不回去了。"

由于两人之前是来度假的，还带着哈崽，不方便坐高铁，夏熠原本连SUV都租好了，打算两人一狗一块儿开车回去。

"喂，晶晶，有任务了！你能不能给你装的那个'回家'系统加点料，或者删减几行代码，让它出点bug（故障）？"

阎晶晶原本已经躺下看剧了，半夜一个电话惊得她从床上跳起："组长，这是什么奇怪的要求？"

"就说系统突然出了点问题，咱们不得不在盐泉市多待几天了。"

在阎晶晶的三声大笑之下，"回家"系统没出bug，但安装了"回家"系统的所有电脑系统都出现了bug，只能劳烦她再次出山……

与此同时，夏熠悄悄把最新发现分享给了小黄，几人又查了2月29日凌晨港口其他位置的监控——有一处监控拍摄到，与哑巴接头的那个男人，手里赫然拉着一只大号行李箱！

于是，盐泉市公安正式介入。

04

根据大石滩港口的出入记录，哑巴的渔船来得非常有规律，每周都会来岸边进货。眼看一周的时间就要到了，警方为了避免打草惊蛇，没大肆搜查，只是在港口守株待兔。

果然，又过了一天，一个风平浪静的早晨，哑巴驾船驶进了港口。他像往常一样，将便利店的一箱箱物资搬上了船，就去岸上玩耍了。哑巴走进水手酒吧边上的一家理发厅，显然他是熟客，知道这家后边有一家小型赌场……可他刚把筹码掏出裤袋，就被警方以身份普查为由，"请"进了大石滩的派出所。

哑巴常年在海上风吹日晒，肤色黑得油亮。他长了一头微鬈的短发，眼睛又大又圆，眼白格外亮，倒是显得年纪不大，很是单纯。

哑巴一张嘴，邵麟才发现他整个舌头都被割去了。等进了局子，他似乎才发现事情没有那么简单，嘴里"啊啊"叫着，手舞足蹈地比画着。

"不会讲话的啊？这……"负责这个案子的小组长头疼地捏了捏眉心，拿了一套纸笔，递到哑巴面前，"不会讲话，字会写不？"

哑巴先是点了点头，拿起铅笔，歪歪扭扭地在纸上写了"李飞飞"三个字，大约是他的名字。然后小哑巴又摇了摇头，在名字边上画了一只口吐黑线球的海鸟，再次手舞足蹈了起来。

看来是个只会写自己名字的主。

小组长无奈，只能扭头吩咐手下："去！去把能做手语翻译的找来。"

邵麟盯着哑巴的手，突然开口："他在说他什么也没干。"

哑巴突然面色激动，忙不迭地点头，表示邵麟说得没错。

小组长狐疑地看了邵麟一眼："你看得懂手语？"

邵麟点了点头，也没多解释。夏熠突然想起来，邵麟之前提起过，他的生母也不会讲话。

小组长皱眉道："你有专业的手语翻译证吗？"

邵麟又摇了摇头。

"这不行啊，他说的话要进笔录的……按规定，这种情况得全程录像，翻译还必须是持证的。"小组长叹气，扭头叮嘱小黄，"去去去，快把人给叫来。"

不一会儿，大石滩派出所来了个胖乎乎的男人，大概50岁的样子，"地中海"，啤酒肚，笑起来特别像弥勒佛，是不出外勤的文职。小组长、小黄和翻译一同进了讯问室，而邵麟和夏熠被安排去了隔壁旁观。

队里的其他警察进进出出地忙碌，再次走访鱼市，调各处监控，联系哑巴渔船所属的盐泉市高远船务有限公司，试图找出那天半夜与哑巴接头的男人是谁。以至于旁听室里，只有邵麟与夏熠两个人。

邵麟颇有兴趣地盯着讯问室内。派出所里的持证翻译也不是专业的，似乎只是为了提升自己的职场竞争力，给局里撑撑门面，业余去考的。大约是平日里技能用到的机会不多，翻译得磕磕绊绊，好几次还理解错了意思，被哑巴"啊啊"叫着打断。

邵麟也不太熟练，但好几次都抢在翻译开口前，把哑巴比画的内容翻译给夏熠听。以至于夏某人双眼灼灼地看着他，眼神真诚又崇拜："邵老师，你怎么这么厉害，你到底还会多少种语言？"

"也就中、英、西、法，"邵麟想了想，诚恳地答道，"不多。"

"哦——"夏熠嘴角抽了抽，"不多呀？"

"那你教教我，"他突然凑近了一点，低声要求，"在手语里，'夏警官英俊潇洒机智无双'怎么比画？"

邵麟原本还认真地旁听，这会儿被打断，冷冷瞪了夏熠一眼："你竟然难倒我了。"

夏某人不依不饶："教我嘛，就教一个常用的！"

邵麟眼神一暗。朦朦胧胧的记忆里，母亲披着一头栗色大波浪，眼睛笑成了两弯月牙，一遍又一遍地对着他比画，逗得小邵麟咯咯直笑……

他侧过头，无声地做了一个动作，又点了点夏熠。

夏熠照葫芦画瓢，比画了一遍："这什么意思？"

邵麟冷笑："你快闭嘴的意思。"

夏熠："……"

邵麟回过头，又认真听起了讯问。

小哑巴没什么文化，性格单纯，胆子还小。警察拿着几张照片，一个声色俱厉地逼问，一个温声劝他坦白从宽，配合调查可以减刑，哑巴就把自己给抖了个干净。

原来，行李箱是哑巴丢的没错，但人不是他弄死的。他对小女孩是谁、什么时候死的一无所知，只是说那行李箱是别人给他的，叫他处理掉。他只是一个负责运输的人，算是"海上快递"，常年在岸边与海上的船之间跑来跑去。

而这个装着小女孩尸体的行李箱，正是他的一个同事给他的。他同事不愿意在船上抛尸，是觉得晦气，索性把行李箱给了他。谁知哑巴对抛尸也完全没有经验，直接把这事儿给搞砸了。

和哑巴一样，他那同事从小就在远洋渔船上长大，也不知道自己爸妈是谁，小时候跟着一群来自东南亚的渔夫，每次出海，船上都得摆这个花。在当地，如果有人在海上死了，或者逝者选择海葬，大家都会送上海神花……据说这样，亡灵才不会故意搞怪，让人翻船。也正是在这种文化的引导下，同事为了安抚亡灵，才往箱子里特意丢了一束自己随身携带的海神花。

听这意思，人似乎也不是他同事杀的。

"那你这个同事在哪儿？"

哑巴比画了一番，翻译说道："一直在海上。"

小组长又问："这个小孩已经死很久了，他们为什么现在才丢呢？"

哑巴似乎自己也捋不清楚，断断续续地做了不少手势，最后把翻译也给绕晕了，半天，大家才搞明白他到底想说什么——

"或许是因为又来了一个。"

徐云绯！

显然，在哑巴身后，还有一整个贩卖儿童的团伙。在贩卖途中，一个女孩不幸身亡，但也不知道对方出于什么考量，直到填上空缺后，才把第一个死亡的女孩抛尸。

根据哑巴提供的信息，那艘船上，竟然关着不止一个小孩！想来，被拐走的孩子来自天南海北，而漂在一艘不靠岸的船上，自然能够躲过各种搜查……

小组长倒吸一口冷气，在大石滩派出所召开了紧急会议。

虽说还有诸多疑点，但哑巴在局里待的时间越久，对方就越有可能发现哑巴被警方抓获了。一旦觉察，对方必然会舍弃哑巴这个小喽啰，直接跑路，至于他们又会如何对待船上剩下的孩子……

倘若想钓更大的鱼，必然需要哑巴在海上带路，让警方顺着这条线索摸下去。

可是，哑巴现在看起来非常配合，但他们又凭什么去相信这个人呢？谁知道哑巴会不会在大海上带他们兜圈子，最后一个深潜，一走了之？

"我真见鬼了！"大石滩派出所的一个小警察忍不住骂了一声，"他那艘船只有一个 GPS 与声呐，是没有电子导航的！这老船长啊，闭着眼睛开……"

也正是因为没有电子导航，哑巴也说不清海上那些有问题的船只到底在哪里。

夏熠提议："要不，咱们找一个人跟哑巴一块儿上船？一则到了地方可以发定位，二则确保哑巴不会在路上告密。"

谁知老刑警罗屿中拒绝得非常坚定："不行！"他灰白的眉毛下，一对眼珠子都要凸出来了。老人素来随和，夏熠就没见他情绪这么激动过，吓了一跳，差点不敢继续发言。

"不行，我不允许。"罗屿中连连摇头，"风险太大了。"

"警察这个职业本来就是要承担一定风险的，要是没人愿意去，我可以去。"夏熠皱眉，"时间来不及了，必须尽快出发，要不然等对方反应过来，及时撤离止损，这么大一片海，上哪儿找人去？"

罗屿中依然持反对态度："要去就多几个人，开直升机一起去。"

"可一队人过去也太明显了吧！还直升机？这不在路上就暴露了吗?!"

最后，鉴于时间紧迫，双方妥协了一下，小组长亲自带定位器随哑巴上船。组里又挑了几个年轻刑警，与海警的同志们跳上直升机，远远地跟着船只，以防万一。

这次的案子上面很重视，罗屿中一个招呼，海警部队就一切就位，武装批得也很爽快。

路上，小黄悄悄告诉夏熠，很久以前，罗屿中派出去过一个警察，那个警察单独上了对方的船，却再也没有回来，这事儿从此成了罗老心头的一根刺。

远远地，哑巴的船变成了一个小黑点。小组长亲自押送哑巴，对方也很老实地带着路。一行人往外海开出去了整整两小时，海平面上竟然还真锚着一艘破旧的中型渔船，也不知道没有导航的哑巴是怎么找到的。

这正是哑巴的送货点之一，也是他拿到尸体行李箱的地方。

可奇怪的是，哑巴按了半天的送货喇叭，甲板上也不见他同事出来。哑巴率先登船，小组长不敢冒进，却听到消息说船上没人。

终于，直升机也到了。夏熠原本想陪着邵麟一起下去，可念及船上万一发生意外，空中火力压制效果最好，才留在直升机上架枪。

众人武装戒备，顺着吊绳落到甲板上，又四处散开。

确实没人。

众人踩过船板，脚步落下又抬起，声音凌乱。可就在这时，只听海浪声里传来一声微妙的、奇怪的响动，邵麟心中瞬间"咯噔"一声——这太耳熟了。

下一秒，只听脚下传来"轰"的一声，船板巨震，他人差点飞起。邵麟下意识地伸出手抓住了一根绳索，额头却不小心撞上了什么，剧痛间他恍然想起了蓬莱公主号爆炸的那一晚。

唯一的区别是，爆炸声只响了一次，整艘船在剧烈的晃动中平静了下来，随即开始缓缓下沉。

没有见过这种场面的小黄一声尖叫。"有炸弹！啊啊啊！"他嘴里嚷嚷着，跌跌撞撞地就开始往回跑，"撤离！迅速撤离！上直升机！"

耳麦里与头顶上，同时传来夏熠的声音，在喊邵麟的名字……

邵麟揉了揉额角，缓过神，却急急忙忙反身再次往船舱里走去。

小黄扭过头，崩溃地盯着邵麟："你干吗呢？这船怕是要沉了，说不定还有其他炸弹。反正船上已经没人了，咱们快跑吧！"

"你们先上去。"邵麟脸上没什么表情，直接打开手机的录像功能，弯腰走进船舱，语速飞快，"如果还有炸弹，第一下就把咱们给炸飞了，估计船上就这么一点库存，只能尽可能地发挥炸药的效用——炸个洞把船沉了。"

耳麦里传来夏熠的叮嘱："那你快点，有水的区域就不要进去了。"

"这船离彻底沉了起码还有 3 分钟。"邵麟在船舱里走了几步，顺手捡起几张被撕碎了的白纸，上面似乎手抄着一些电话号码，"船舱里卫星电话图标上是空的，估计被人带走了，GPS 已经被砸了……"

邵麟一边走，目光像扫描仪似的一寸寸扫过室内空间。他伸手摸了摸桌上的泡面碗："水还没凉彻底，人刚走不久。"

很快，他又往下走了一层，那里海水已经漫了进来，而邵麟的摄像头所对准的地方，正是两只大型拉杆行李箱，一个浅灰色，一个橙黄色，里面都是空的，外面散落着一些束缚用的道具，以及塞嘴的布团。

冰冷的海水已经漫到了邵麟的膝盖，他拍摄完证据，这才转身离开，看着船舷外空荡荡的"Emergency（应急）"红牌，淡淡说道："这船上的救生艇刚离开，或许可以追。"

夏熠搭了把手，将他拉上直升机。呼啦啦的风中，同事们都在讨论方才突如其来的爆炸，而邵麟看着渔船在自己身下缓缓沉没，突然露出了一个极浅的笑容。他又想起了蓬莱公主号，但这次他不再畏惧。

小组长回到哑巴的船上，试图用声呐寻找附近海域的船只。

邵麟靠在机舱里，喃喃道："撤离速度真快，他们是怎么知道的？"

05

邵麟在心底思忖着——采取甲板压杆触发的方式，代表绑匪尚心存侥幸，如果警方没有带人上来，那这艘船或许在未来还可以被回收利用，但凡警方发现，那就直接爆破沉船。

绑匪没有直接开船逃离，说明船上有非常重要的线索，他们无法承担整艘船被警方发现的后果。毕竟，打捞沉船需要大量的人力物力，且不说证据很有可能被破坏，仅打捞本身就极耗时间，能给犯罪团伙足够的时间来转移。

可是，他们到底是怎么发现的？

无论是安装压杆炸弹，还是带着孩子上救生艇，都需要时间准备。船上的泡面吃了一半，汤尚有余温，很有可能是在中午的时候，绑匪突然接到消息，才开始布置这些。

也就是说，哑巴的船刚出发，绑匪就得到了消息。然而，小组长确认过船上没有监控，哑巴也没有任何报信的行为。为了避免对方察觉，哑巴与便衣小组长低调离开之后，直升机从海警基地直接起飞，半小时后，才根据 GPS 远远尾随上，似乎不存在被人发现的可能。

海上没有信号，一切仰仗卫星电话。无论是谁通风报信，这个人都与绑匪船有直接的联系……

或许，陆地上有人一直在监控哑巴的动向？

对了，邵麟突然想起，哑巴在 2 月 29 日凌晨 2 点多就离开了，但是港口的记录显示他是在 2 月 29 日上午 8 点 30 分离开的。讯问时，警方也问了这个问题，但哑巴当时的回答是，他离港时明明扫了码，没有修改时间。后来，警方问了港口，说有可能是系统坏掉了，晚上没扫进去，第二天工作人员上班时，确定船只离港后补充的"离开"，但他们走得匆忙，这事儿还没有定论。

会不会，港口的工作人员里有他们的人？

邵麟大脑正转得飞快，但没能得出什么结论。夏熠往他手里塞了一只望远镜。

或许是救生艇太小的缘故，小组长利用声呐搜索附近的船只，一无所获。直升机只能以船沉没的地方为圆心，1 公里为半径，开始 O 形旋转，缓慢扩大视野。

当天的天气很好，碧空如洗，万里无云，无论往哪个方向望出去，都是没有尽头的大海……

"绑匪拿走了卫星电话，他们很有可能会和同伙联系。"

"救生艇的速度有限，估计也逃不远，主要是确认方向。"

直升机的速度到底要比救生艇快，15 分钟后，夏熠就发现了目标："东南方向，大概 600 米，有艘小艇。船头有一个男人，暂时没有发现小孩。"

小游艇是不可能自己开到这种地方来的。

飞行员连忙掉头，往救生艇方向全速前进。很快，船上的男人发现了向他飞来的直升机，二话不说，直接丢下救生艇，跳水了。

夏熠怒骂一句："这是不要命了！"

哑巴和警方说，他们这种风里来浪里去、在大海上长大的孩子，一口气潜个十几分钟不是问题，哪怕没有工具，在海上漂个一整天的也能活。

当警方抵达救生艇上空时，夏熠突然发现很远很远的地方有个东西冒了一下头。可是，他这边刚拿望远镜捕捉到那个黑色脑袋，那人却像鲸鱼似的，瞬间下潜消失了。

那个方向，竟然还是外海。

"见鬼了，那人肯定有问题，但小孩在哪里？"

邵麟冷静地说道："还是先下去看看。"

救生艇上没有座位，唯独船尾披着一层厚厚的银色遮阳布，在阳光下反光，显得格外刺眼。小黄跳了下去，掀开遮阳布，倒吸一口冷气——乖乖，里面赫然躺着三个昏迷的小孩！

不是一个，是三个，都还活着！

队伍立马兵分两路——海警直升机继续去寻找那个跳海的男人，另外几个人将孩子们抱上了哑巴的船，同时联系了岸上的医疗队、心理辅导员……

三个小孩，两女一男。两个女孩看上去都在十一二岁，男孩年纪更小一点，可能只有七八岁。三个孩子都被捆住了手脚，身上脏兮兮的，头发油得像是一个月没有洗过。其中一个，小组长一眼就认出来是徐云绯！

小姑娘面色苍白，瘦得脸颊都凹了下去，虽然没有穿着那件明黄色的羽绒马甲，但里面的毛衣符合她母亲的描述。

至于另外两个孩子是从哪里来的，警方暂时没有线索。

船上，哑巴似乎对那个小男孩格外感兴趣，东瞧瞧，西看看。当渔船再次发动回航的时候，哑巴突然拍着手"啊啊"叫了起来。夏熠奇怪地看了他一眼，小组长问他怎么了，但哑巴也不回答，只是手上拍着节奏，嘴里"啊啊"地叫着，在海浪声中断断续续的，似乎连成了一首古老的船歌。

他扭头看向广袤无垠的大海，眼里突然噙满了泪水。

在那一瞬间，邵麟的心像被什么抓住了一样，莫名其妙地与他共情了。

邵麟喃喃道："你小时候，也是这样……被抓去海上的？"

哑巴仰天大喊："啊——啊——"

虽说这次行动出了一点意外，绑架儿童的船只爆炸沉海，但一口气救回了三个孩子，可谓满载而归。

当直升机飞回盐泉市的时候，三个小孩都迷迷糊糊地醒了过来。

徐云绯的父母见到孩子，尖叫着扑了过来，在走廊里相拥大哭。不过，这是一个大案子，警方还有大量的笔录要做，孩子暂时还不能与父母回家。

医院统一安排了体检，三人除了有点脱水、营养不良、手腕脚踝上有勒痕，倒没什么其他伤。随后，大家吃了一些饭菜，喝了一杯热巧克力，在儿童心理专家的陪伴下，一人进了一个房间，与警察单独谈话。

徐云绯的身份已经确认了，小男孩也自报家门——他来自国内最北方一座偏僻的县城。夏熠估算了一下，从那旮旯坐飞机来盐泉，可能都要飞上一个多小时。

小男孩今年才7岁，家里是开店的。当时，放寒假的他一个人在店门口玩耍，外头突然滚过来一只花皮球。只见一个戴着墨镜的中年男子向他招了招手，问他能不能帮忙把皮球拿过去，他屁颠儿屁颠儿地去了。当他抱着球走近，就被人一把拖进了一辆车，再醒来的时候，人已经在船上了。他晃悠悠地漂了四五天，也不记得中转了几次，直到三天前才上了这艘船。他到的时候，那两个小姑娘就已经在了。

他说，两个小姐姐都很照顾他。

盐泉警方一搜，还真搜到了男孩的相关信息，连忙联系了男孩父母，男孩父母连夜乘飞机赶来。

徐云绯与小男孩都很配合，警察问什么就答什么，还会像小孩子向大人告状那样，絮叨自己在船上观察到的事儿。唯独另外一个小姑娘，状态始终不是很好。

女孩说自己叫张胜男，来自燕安近郊的一个小镇子。夏熠一听，就拍着大腿说："巧了，这竟然还是半个老乡！"

"可是这信息怎么查不到啊！"小黄苦恼地挠了挠头，"全国走丢儿童的信息库里，我搜不到张胜男这个名字，女儿丢了难道还没报警吗？"

夏熠知道小姑娘所说的村子，直接通过燕安市市局的内部关系，联系上了当地派出所。

这一问，他们档案里倒还真有一个叫张胜男的孩子，只是从来都没有被正式录入全国失踪儿童数据库。因为，并没有人报案张胜男失踪了，是警察自己发现的这件事儿……

这事儿说来也很玄乎。一个半月前，村里发生了一起车祸，张胜男一家——父母和哥哥都在车里——在一条窄路的转弯儿处，与一辆大货车相撞了。货车吨位极大，一家三口无人生还。事后交警调出监控录像，发现是张家轿车先违反的交通规则。警方又在车里发现了大量现金，以及一小袋白色粉末，一做尸检，发现张胜男父亲吸毒驾车，所以与货车司机无关。

警方在试图联系张胜男家属的时候，才知道这一家只剩下了一个 12 岁的女儿。可是，警方去了张家租的房子，没有找到女孩。他们询问邻居，邻居也说好多天没见了。最后警方追到张胜男就读的学校，才听班主任说，孩子得了红斑狼疮，父母在一周前给孩子请了病假。

在张胜男家中，警方发现了一份当地医院的红斑狼疮确诊病历，然而去医院一询问，才发现这份病历是伪造的！这时，警方才意识到事情的严重性——幺女张胜男似乎失踪了。

没人知道张胜男去了哪里，但她的父母显然有重大嫌疑。可惜，她家人死在了车祸之中，再也无从问起。当地警方还认为，张家人不仅好赌，可能还涉嫌贩毒。要不然，这一家人无房，只有一辆二手车，四处借债让亲戚避之不及，怎么会在车里藏有两万现金？

夏熠听了这背后曲折的故事，唏嘘不已。

张胜男似乎不太愿意跟警察坦白，一问她怎么上船的，就抹着眼泪摇头。警方反倒是从徐云绯与小男孩的嘴里听出了一些端倪。

最开始，在小男孩还没有上船的时候，徐云绯与张胜男两人一见如故，在那样恶劣的环境里，几乎是瞬间成了患难之交。在船上的第一个晚上，徐云绯辗转反侧，一直低低地啜泣，张胜男倒是也不嫌她吵闹，反而好心安慰她。

徐云绯问她："你不害怕吗？"

当时张胜男的回答让她印象十分深刻。昏暗的船舱上下颠簸，她只听张胜男平静地说，海上似乎也没有那么坏，每天都有饭吃，不用做家务，也没有大人会打她，逼迫她做一些事儿，所以，这么想来好像也没什么不好的。

徐云绯说她想自己的爸爸妈妈，而张胜男冷笑一声，说自己一点都不想。

第二件事儿，是小男孩与警方说的。他告诉小组长，张胜男一见到他，就特别惊奇，还问了一句："你是个男孩子，你爸妈也舍得把你卖掉吗？"

一句话把他都给问傻了。

现在综合起来，似乎可以断定一件事儿——张胜男的父母直接把女儿卖给人贩子，换了钱吸毒、还债，却留下了家里的男娃。可是恶有恶报，钱到手后，三人竟然都出车祸死了。

儿童心理专家特意给警方提了一个醒：张胜男的精神状态非常不健康。而且，专家怀疑张胜男有过被侵犯的经历。体检时，医生让她掀开衣服，她就尖叫着不配合。后来，医生问了她身上有没有伤口，她说没有，这才尊重了小姑娘的意思。

徐云绯是三个孩子里最健谈的，还与警方说了船上诸多细节。比如，看管他们的是一个皮肤很黑的男人。那人不和他们说话，只是管饭，以及不让他们跑了，也从未有过打骂责罚，但她不知道他叫什么名字。邵麟心想，这应该就是哑巴的同事，带着大家上救生艇，后来又跳海，生死不明的"管家"。

小姑娘虽说年纪不大，但一直很留心船上的动向。她说她有两三次偷听到"管家"在电话上与人吵架，内容大概是他认为小孩子不能再待在他的船上了，应该直接送走了。然而，不知道对接方出了什么问题，迟迟没有行动。

他还一直和对方强调："死了的那个补上了。"

但徐云绯不知道死的是谁。

笔录做到这里，警方大概摸索出了这个犯罪团伙的作案方式——

他们从全国各地的人贩子手中收儿童，集中于一条水路，用远洋渔船送去海外。这艘沉掉的船，恰好是他们的中转站。碰巧，这次有个小姑娘在运输路上死了，也就是行李箱里的那个，徐云绯就成了她的替补。不过，三个孩子都说自己没有见过行李箱里的女孩，她很有可能在他们上船前就死了。

瞒天过海运几个孩子出去，也不是那么简单的。周边国家的海关再不严格，一条路线上也需要多处打点。或许是对方航线最近严查，这一船的孩子就暂时搁置了。

如果不是警方及时发现，后果简直不堪设想。然而，又有多少孩子，已经经由这条线路，去了再也不可能回来的地方？如果不能把这条线路连根拔除，又会有多少孩子，即将踏上这条路？

邵麟只是想想，便觉得不寒而栗。

然而，在这件事儿里，警方还发现了一个非常离奇的点，那就是徐云绯被绑架的方式。

她既不是被父母卖的，也不是被人骗的。

徐云绯说，当时她走进了海滨公园的鬼屋。那是第三个房间，当时光线很暗，有一处垂着帘子，上面用"血"写着"从这里通过"。可她一掀开帘子，就被人从一侧勒住脖子打晕，随后不省人事。她第一次醒来，是在一间黑房子里，但药物让她昏昏沉沉的，再醒来时，人已经在海上了……

"这么说来，绑匪很可能还在盐泉市。"小组长用拇指、食指捏着下巴，缓缓分析道，"徐云绯是 2 月 27 日下午失踪的，但 2 月 29 日凌晨才上了哑巴的船，所以，那间黑屋子应该就是盐泉市绑匪所在的地方。"

"不对啊！"邵麟突然眉心微蹙，"是我记错了吗？当时复盘公园录像，明明有摄像头拍到徐云绯离开了鬼屋，她怎么说自己是在鬼屋里被绑架的？"

"这不见鬼了吗！"小黄一拍桌子，连忙找回了公园的录像。可是，等小黄导出又放了一遍，大家确确实实看到徐云绯穿着明黄色羽绒马甲，在进鬼屋 8 分钟后，从出口走了出来……

小伙子们坐在监控前，放大像素，反反复复看了好几遍，面面相觑。

"可惜，鬼屋内部只有两个监控，完全没有拍到她出事儿。"

小黄结结巴巴的："她……她是不是脑袋被绑匪打坏了，把事情记差了？"

"被绑架这种肾上腺素飙升的事儿还能记差？"邵麟皱眉，"如果徐云绯讲的是真的，那就只有一个解释——这个跑出去的小女孩，并不是徐云绯。"

警方通过录像确定了两点：第一，前后 15 分钟内，进鬼屋的小女孩与出来的小女孩人数对等；第二，进去的小女孩里，只有徐云绯一人穿了明黄色羽绒马甲。

邵麟想了想，比较肯定地说道："那应该就是说，早就有个小女孩藏在鬼屋里，她在徐云绯被打晕之后，穿上了徐云绯的外套，又跑了出去。"

"绝了，那个小女孩是谁啊，该不会是绑匪的女儿吧?!"小黄的脑洞已经开去了火星，"或者，绑匪之前抓的，斯德哥尔摩综合征患者?!"

"不对啊，怎么可能凭空冒出来一个小女孩替身！这个小女孩最开始是怎么进鬼屋的呢?"

"你不如问问，'徐云绯'是怎么出来的吧！"

大家继续查看前前后后的录像，邵麟突然发现，鬼屋里有大量黑色的道具箱，其大小装一个小女孩绰绰有余。在一天结束的时候，鬼屋里的灯全部打开，保洁开始打扫卫生，工作人员推着道具箱进进出出……

两个小姑娘，很有可能都是藏在道具箱里被推进推出的！

这个案子不难查，因为，能顺利出入鬼屋、有搬运道具箱权限的人，必然是公园里的员工。

"去，去彻查那天进出鬼屋的工作人员。"小组长怒气冲天，"海上咱们不好查，区区一个海滨公园，还抓不出一个绑匪?"

06

盐泉公安连夜弄到了海滨公园所有员工——特别是在 2 月 27 日当天出入鬼屋的员工——的信息，无论全职，还是兼职，都列了出来。

原本，警方希望通过哑巴指认当时交给他行李箱的男人。可是，哑巴称对方戴着口罩、鸭舌帽，再加上凌晨时分光线昏暗，他并不知道对方长什么模样。他只能说，那人比自己高了一个头左右，身高正常，就是人特别瘦，竹竿似的。

不过，根据 2 月 29 日凌晨大石滩港口的监控，在哑巴与人贩子碰头的时间点前后，进出大石滩的车辆里有一辆可疑的挂牌车——黑色的，型号是老款桑塔纳 2000。

盐泉公安对海滨公园里的员工逐一进行排查，很快就锁定了目标：王强，42 岁，男，海滨公园里的道具师——因为重新设计布置鬼屋，徐云绯被绑架前后都在鬼屋里工作，且身材符合哑巴的描述。更重要的是，他同事提到，见过他回家时，开一辆黑色的老款桑塔纳 2000。

第二天一早，警方就在王强的公寓里逮捕了他。警察破门而入的时候，王强正急着收拾行李，看上去似乎是打算跑路。

小组长把人按在地上铐住，恶狠狠地骂了一句："怎么，这么巧？你丫还想跑？有人给你通风报信了不成？"

王强一声不吭，只是用脚钩出一份今早的《盐泉快报》，踢到警方面前，头版头条赫然是徐云绯等人被成功救出的消息。

小组长冷笑一声。

王强全程很配合，看着好像没什么情绪，也没有挣扎。正如哑巴的描述，他确实很瘦，但面部黑黄浮肿，扁平的五官带着一层阴郁的冷漠。

王强话不多，但警察问什么，也能答个大概。

王强的解释是：他需要一笔钱，就在网上到处打听来钱的法子，最后听说了一个消息，就是有人急求一个 11 岁左右、长得不丑、身材匀称的小姑娘，能给到他要求的价格。

恰好王强在公园里工作，平时接触的小孩子多，就动了歪心思。原来，王强在鬼屋里能看到监控。他一直在筛选符合对方性别、年龄与身材要求的小孩，而且专门是那种没有同伴、门口没有家长等待的小孩。

恰好徐云绯完全符合罢了。

"你还有一个小女孩同谋，那人又是谁？"

王强冷哼一声："小女孩？"

"你丫别装！"小组长一手重重拍在桌上，"在你绑架徐云绯之后，那个披上她的衣服，跑出鬼屋来误导警方的小女孩！"

王强呷了一口桌上的热茶，盯着小组长，眯起双眼，脸上浮起一个古怪的笑容："你问我？你还不如去问问——问问——"

男人说到一半，突然卡住，只见他双眼突然睁大，眼球突出，面部肌肉僵硬，鼻孔张大，模样十分诡异。

"你不要以为给我做几个鬼脸就能糊弄过去——"小组长一句话还没骂完，不过几秒钟的工夫，王强就趴在了桌上，不省人事，把刚才喝的茶水推倒，洒了一地……

"怎么回事儿?!

"医生,法医组有没有人？叫 120!

"没有呕吐迹象,我摸不到心跳。"

小组长将人平放在地上,三两下扒开王强的外套。之前隔着厚衣服感觉不到,可现在,小组长在王强的右臂上摸到了两三个婴儿拳头大小的瘤状突起。他连忙把王强的袖子卷了起来,惊呼:"这是什么东西？这人是不是本来就有什么疾病？该不会是猝死了吧？"

他在王强身边蹲下,本能地想给王强做心肺复苏,却发现王强咬紧了牙关,不使点劲竟然还掰不开嘴。等他好不容易掰开了,鼻子最灵的夏熠却皱起了眉头:"苦杏仁味？"

小组长使劲闻了闻:"我咋就只闻到了口臭呢？"

邵麟蹲在王强身边,掰开嘴看了看口腔,发现牙齿完好,没有藏毒的地方,口腔黏膜却呈现出一种妖艳的鲜红:"氰化物。不要嘴对嘴呼吸了。"

虽说暂时还没有法医的确认,但面部强直性痉挛、苦杏仁味,以及如此短暂的窒息速度,基本可以判断出是毒物。

王强进局子至今,除了那杯水,没有吃过、喝过任何东西。

夏熠嗅了嗅水杯,闻出了问题,摇了摇头:"来人取液,提取纸杯上的指纹。"

所有人的目光都看向了桌上的那杯水。最讽刺的是,那个一次性纸杯上面,还印着盐泉市公安局的名字——可是,什么人,敢公然在警察局下毒？

夏熠回头,对着办公室中气十足地吼了一声:"在场所有人,今天的事儿结束之前,一个人都不允许离开！调饮水机处监控,把今天上午从那个饮水机接过水的人全记录下来！"

办公室里所有人面面相觑,有的人都还不认识夏熠,不知道这位是什么意思。

"夏警官,"小黄擦着脑壳,上前轻声提醒,"这事儿瞧着要坏。我没有冒犯您的意思,但您到底不是盐泉市市局的,还是等咱们领导发话吧……"

"不。或许正因为我们不是盐泉市市局的,"邵麟语气温和,但眼底泛着冷光,"才能更加公正地看待这件事儿。"

这次的案子引起了极大的轰动，再加上受害者里有燕安那边来的小姑娘，夏熠与邵麟不用再找借口，顺理成章地留了下来。于是，"回家"系统给服务器带来的问题一夜之间全修复了，阎晶晶也全力投入到了这个案子之中。

夏熠让她去查的第一件事儿，就是大石滩港口进出的管理程序。原本，这个出入港的小程序只是为了方便大家记录船舶位，鉴于不是什么保密信息，数据库没有任何电子安全措施，也没有最简单的人工智能系统。唯独一点，船员只要用小程序扫描港口的二维码，就会于那个时间点，在数据库里留下痕迹。

之前盐泉警方看到的2月28日达、2月29日走，仅仅是数据库的明面数据，阎晶晶在冗长的操作日志记录里找到了一条删除记录。2月29日凌晨，哑巴的船确实有出港打卡记录。只是，这条记录又被标成"错误打卡"删掉了，在第二天早晨，哑巴的船重新打卡，才有了警方所看到的记录。

而那个删除了记录的员工，早已在半年前离职，现在人都不在盐泉了，大概率是被盗用了早该停掉的权限。大石滩港口归盐泉公安管理，各种数据互通，无论是大港口的工作人员，还是盐泉公安，都能轻易拿到这个信息。

之前，海上人贩子的船发生爆炸，邵麟还不能确定那个传信的人来自大石滩港口，还是盐泉公安内部，但他现在几乎能肯定，内部确实存在这么一个人，急着杀同伙灭口。邵麟犀利的目光扫过办公室里的每一个人，他们有的震惊，有的迷茫，有的愤怒……

王强到底还是没撑到医院。

到医院的时候，人已经没了。

今天局里人不多，不少人都出去调查哑巴那条线了。三个小孩也不在——徐云绯被父母接回家了；小男孩与另外一个小姑娘，在一位女警与一位社会工作者的陪同下，在盐泉公安的招待所里休息。

会议室里，大伙儿一块儿看着监控，去饮水机那边倒水的人不少，但摄像头并没有捕捉到到底是谁给了王强那杯水。王强在走进讯问室的时候，手里就拿着杯子了。

邵麟缓缓开口："我之前思考了很久，为什么哑巴领我们去的那艘船发生了爆炸。根据船上泡面的水温，以及救生艇开出的距离，我们可以确定，对方恰好是在我们出发的那个时间前后收到通知的。这个时间点，一直让我觉得很微妙。

"我这里有一份名单，但仅仅是根据实情排除，希望不会冒犯到诸位……"

盐泉市市局的大队长刘队被今天的事儿气黑了脸，直接命令："你想到什么就说，不必顾忌。"

邵麟拉出一张警员列表，包括那些没有参与案子、仅仅是处于同一个办公空间的人，用磁石贴在了白板上。

"我来给大家捋一捋时间线。哑巴这条线索，是夏警官与我，在 3 月 4 日晚上发现的，我们第一时间小范围告诉了小组里的同事，也就是说，直到 3 月 6 日哑巴再次返回岸边，这件事儿一直只有我们组里的人知晓。

"所以，我认为小组长、小黄，以及咱们小组里的每一个人——暂时可以排除嫌疑。"说着，他在名单上去掉了一些名字，"倘若我们当中有通风报信的人，人贩子得知了消息，那么 3 月 6 日就不会让哑巴上岸了，不是吗？这个报信人，是在哑巴被捕后，才知道这件事儿的。"

"剩下的这些人里，都是有机会通风报信的。"

"你开什么玩笑?!"有一个名字没被去掉的警察不满地叫出了声，"罗老竟然也在你的这个列表里？你一个外地来的，不知道罗老对我们打拐做了多少贡献！说了半天，就是怀疑了一半人，不全是废话吗？刘队，我们为什么要找外地来的帮我们查？"

"哦？是吗？"夏熠微微眯起眼，活像一只护食的头狼，"话这么多，您心虚呢？邵顾问话讲完了吗？没讲完你就废话，还不如先闭嘴，给我好好听着。"

不满的警察："……"

"我们再来看王强被投毒这件事儿。谁拿了杯子，谁没拿杯子，这个我数不过来，监控看得眼花缭乱，但或许，我们可以换个思路。"邵麟换了一支蓝色的水笔，"投毒者要杀死王强，必然是因为王强手里掌握着可能暴露他的证据，如果只是间接接触，把自己洗干净相对容易。可是，他这么心急，让我怀疑这是他直接接触的实锤。那么我相信，这个人一定知道王强的存在。可是，在徐云绯获救的时候，也就是昨天，他就应该知道，我们根据徐云绯的口供找到王强简直是轻而易举。

"这人不惜冒着大风险，公然在局里投毒，胆子都已经这么大了，他为什么没有提前找王强封口？哪怕用网号给王强打个电话，发条短信让他走，警察都会扑空，也不需要他在局里下手了。他为什么不呢？"

"所以，我认为昨天晚上没有通宵工作，有时间回家，有机会上网的同志，嫌疑都不大。毕竟，他们有一整个晚上的时间，来避免今天来公安局毒杀。"邵麟去掉了长长的一列人，只剩下了从昨天通宵到今天、没有离开过的同事。

"或许，他完全没有机会接触到手机。"邵麟拿笔杆戳了戳哑巴的名字，"又或许，他专门联系人贩子的手机藏在家里，在局里又不敢当着这么多人的面公然泄露消息。"

现在，邵麟那张列表上，有些人被二次去掉了，更多的只被去掉了一次，可是，有三个人，无论哪种情况都没有被划掉——

罗屿中、哑巴的翻译，以及方才那个很不满的警察。

那个很不满的警察更加不满了，一脸要跳起来和邵麟拼命的模样。刘队大约是比较了解这三个人，摸着下巴，也是一脸难以信服的模样："邵麟啊，你这是在假设，提前向人贩子告密和毒杀王强的是同一个人。但事实上，这完全有可能是两个人。"

"对，确实存在这个可能。"邵麟摇头，"可是队里出一个黑警就够罕见的了，难道您觉得同时出两个的可能性更大？"

一句话把大队长噎了回去。

就在这个时候，盐泉公安一个小痕检员急匆匆地推开了会议室大门："刘队刘队，我们分析完杯子上的指纹了。"

"哦？怎么说？"

"杯子上发现了王强的指纹，除了这个，还……还……"他神情慌张地瞅了一圈，才结结巴巴地说道，"还发现了邵……邵顾问的。"

痕检员的一句话，再次让邵麟成了场上焦点。

"我听邵海峰说，徐云绯失踪那天……"罗屿中一双眸子精亮，死死盯着邵麟，"你恰好也在海滨公园？"

还不等邵麟开口，夏熠就呛声道："那我也在啊！我全程陪着的，你总不至于说是我俩一块儿参与了，所以才要毒死王强灭口的吧？"

之前被夏熠撑了的警察这会儿抱着双臂冷笑："也不是没有可能啊！"

小组长拿手肘戳了戳他，低声提醒："别忘了，要不是他们最早告诉我们哑巴的事儿，那三个小孩可能已经被送到公海上去了！"

一想到那三个小孩，他只好闭嘴。

邵麟清秀的眉目倏地展开："不吵了，有我的指纹也是新的信息。"

邵麟笑得好看，眼底却冷得像冰一样。他好像是在看罗峙中，又好像是在用余光扫着其他人，一字一顿地说道："拿我的杯子，就是白送一个人头。"

之前态度一直不好的警察挖苦道："张嘴就来。大侦探，您倒说说，您都看出了些什么？"

"是这样，我确实拿过水杯，而且只拿过一次——因为之前喝的都是瓶装矿泉水。昨晚我们熬了一宿，快早上的时候，夏熠问我要不要冲杯咖啡提提神。我不喜欢喝局里那种速溶的，外卖也都还没开始，就说算了，还是泡杯茶吧。所以，如果你们去调监控，应该能发现我在早晨 6 点 30 分前后，去茶歇那边泡过一杯茶。

"但没过多久，小黄他们抓了王强回局里。当时我站在门口，与夏熠聊天，匆匆下楼看了一眼，随手把水杯放在了你们二楼办公室入口处，就是那个放了几盆绿萝的白色架子上，随后我就忙忘了。"

"后来我又想喝水，回去拿杯子的时候，发现杯子已经不见了。当时我也没多想，以为是自己放的位置不对，被保洁阿姨收走了。"邵麟顿了顿，"根据王强所在讯问室的监控，他进门时手里就拿着那杯茶水，且直到毒发都没有换过。也就是说，投毒者去拿我茶杯的时间，是在我离开后，王强走完程序进讯问室之前。这个时间间隔并不长，甚至可以说非常短——"

"我记得小黄他们带到王强的时候，早餐外卖小哥刚给我打电话来着。"夏熠低头翻了翻手机记录，"是早上 7 点 12 分。"

邵麟连忙接上："那就是 7 点 12 分到 8 点 30 分监控拍到王强进讯问室之间。"

刘队深深地看了邵麟一眼，指示他手下的人："去调监控，重点观察一下他们说的那个时间段。"

邵麟环视一圈，目光在他之前重点怀疑的三个人身上停留片刻。罗峙中脸上没什么表情；他身边那个本就不满的青年对他怒目而视，眼底满是怀疑；而哑巴的翻译大约是熬夜讯问翻累了，打了个哈欠。

很快，刘队的下属回来了，支支吾吾地说，离绿萝那边最近的摄像头视角有限，恰好拍不到白架子，那里竟然是一片监控盲区。

"这孙子还真会选地方。"夏熠忍不住骂道，"其他监控呢？"

"我们办公室就这三个监控，"支队长从手机里翻出了监控覆盖图，"你们看。"

邵麟在大脑里重建了一遍办公室结构，突然指着另外一个摄像头："这个！"

"你看这个扇形广角才是覆盖面，你说的这个摄像头是拍不到绿萝架子的。"

"对，是拍不到。"邵麟伸手在结构图上比画了两下，"但如果我没有记错的话，这里不是实体墙，而是一面深色的玻璃幕墙。如果有人在绿萝架前来去，这面玻璃上应该会映出影子！这个摄像头确实拍不到架子，但能拍到这面玻璃幕墙。"

"如果看不太清楚，叫阎晶晶调一下对比度，她很擅长这个。"

很快，电脑小能手就把图给调出来了。玻璃幕墙上反射的图案非常模糊，完全无法辨识人的五官，只能看个大概。

只见7点12分左右，邵麟与夏熠从绿萝处离开，大约过了半小时，有一个白色人影在那边停住片刻。那是唯一在绿萝架前停留的人影！虽说看不清五官，却能摸清他大概的身形——那是一个腰围格外粗的男人。邵麟细细想来，当时还在局里的人中，有这个身材的，再比对之前筛出来的名单……

大石滩派出所的文职民警，哑巴的那个胖翻译。

而且，胖翻译今天全程跟着他们，一直困顿地站在自己身后。

邵麟猛然回头，还是晚了半秒。他还没出声，就突然被身后的人单手箍住了脖子。"咔嗒"一声，那人拿枪抵住了他的头，嘶吼着："谁敢动一下我就开枪！我不和你们开玩笑——谁敢动一下——我就杀了他！"

胖翻译还真逮住了一个好时机，因为在场的人都是来开会的，根本没人随身佩枪。盐泉市市局素来太平，再加上事发突然，持枪绑匪还是局里二三十年的老同事，几个人一时半会儿都没反应过来。

因为有一把枪顶在头上，邵麟也不敢太挣扎，任由胖翻译拖着他飞速往后撤了几步。很快，两人就到了走廊里，胖翻译高喊："刘队，给下面一个电话放我走。"

支队长为了稳住对方情绪，拿起手机。

几个人都追了出来，但显然忌惮胖翻译手里的武器，没有冒进。

"你们出来干什么？你们乖乖放我走，我不会伤害他。"胖翻译嘶吼着，"回去，回去！你们再走近一步，我就开枪了！"

邵麟的目光在空中与夏熠短暂交接，两人同时一点头。

一切无须多言。

夏熠再次往前冲，胖翻译一手死死勒着邵麟，但持枪的另一只手已经瞄准了夏熠："回去！不要命了？回去！"

"就你那下三烂的枪法?!"夏熠径直对着枪口冲了过来，给邵麟创造了机会。

那一瞬间，邵麟猛烈地挣扎了起来。

其实，颈部被制，他深知自己处于一个非常被动的姿势。但邵麟同样明白，自己一旦开始挣扎，对方所能做出的最简单、最有效的动作就是膝袭，用最坚硬的膝盖，来撞击他最柔软的地方。

邵麟早就料到胖翻译的后招，身体微微下蹲，将浑身的力气运到手肘与背部，向后狠狠撞去，护住了自己的腰腹。也正是那一下，让邵麟突然意识到两人力量悬殊。他像是撞了铁板似的，半条手臂都麻了，而对方不仅还扣着他的脖子，力量也半点都没泄，整个人如山似的，岿然不动。

别看胖翻译现在中年发福，在年轻的时候，可是拿过市里的泰拳冠军，加上现在"吨位"上来了，力量上绝对占优势。

"砰"的一声，胖翻译对着夏熠开枪了，但夏熠猫身S形走位，矫健地躲开了子弹。

与此同时，邵麟放弃了硬碰硬，借力打力。他以撞到对方身上的手肘为支点，腰部向右旋转，带动左腿飞起，虽说脖子被卡住，却硬是凌空扭出了半个身位，给自己创造了更多的行动空间。

夏熠向这边冲来，胖翻译一时无暇同时顾及两人，只好对着夏熠又开了一枪。

而邵麟这时身体转了一半，腾出左手抓住了对方手腕，再次借力于对手，把自己微微撑了起来，一个膝袭，直接撞上了胖翻译的大肚子，两人同时倒下。

于是，这一枪又打歪了，子弹斜斜地飞向天花板，没有伤害到任何人。

两人一起摔到地上之后，邵麟就像一条灵活的鱼，一个滚翻就从对方的手肘里脱了出来。而夏熠直接没客气，把武器从对方手中踢开后，一个跪颈锁喉把人压住。很快，当地警察七手八脚地把胖翻译给铐走了。夏熠这才伸手，一把拉起坐在地上喘气的邵麟。

邵麟的心跳还没平复，喘息着与他一击掌："默契。"

"那是！你向我瞅一眼，我就懂了。"夏熠拍了拍他的背，故意压低声音，"你眨巴着一双大眼睛是不是在喊'大哥救我'？"

邵麟的脸一拉，突然将人推开："我明明是叫你引开枪口！亏得我还以为咱俩真默契……"

"哎哎——"夏熠双眼笑成了两弯月牙，"这不一个意思吗？"

等盐泉的警察走得差不多了，罗峄中这才走了过来。

方才，他站在一旁，目睹了邵麟逃脱的全过程，再次陷入沉思——邵麟灵巧扭转时全身肌肉的张力，反击时大开大合的力度，看上去似乎只是一个个平凡无奇的动作，却是一口气融入了传统武术、自由搏击、散打等多种元素。柔软，又充满了力量。

很多时候，越是突发、越是紧急的时刻，一个人的身体反应就越是出自本能。这种本能往往来自长期的训练，而特定的训练会给身体动作打上特殊的印记——至于是跆拳道、散打，还是泰拳，往往一眼就看得出来，比如，换成夏熠，那一定是干净利落、一击必杀的擒拿。

罗峄中眼底再次闪过一丝疑惑，颤颤巍巍地拍了拍邵麟的肩膀："小伙子，你平时练的什么功？"

邵麟有点腼腆地摇了摇头，说："哪有练什么，都是小时候的三脚猫功夫，东拼西凑学的，也不知是什么套路，就没认真学过。"

罗峄中眨眨眼，似乎对他的格斗派系很感兴趣："哦？跟谁学的？"

邵麟刚想说"爸爸"，但两个字涌到唇边又变成了："就……老师。"

罗峄中也没多说，拍了拍他的肩膀："孩子，明早8点，如果有兴趣的话来海鸥广场。"

邵麟不太明白老刑警葫芦里卖的什么药，依然带着夏熠赴了约。

海鸥广场是盐泉市里晨练的黄金地段，每天早晨都热闹非凡——跳广场舞的、打太极拳的、玩空竹的、拿着麦克风练嗓子的……许多方阵都有各自的服装，显得非常正式。

罗屿中只说了海鸥广场，却并没有告诉邵麟具体在哪里见面。两人沿着广场走了一圈，邵麟突然停下脚步，全身肌肉都绷了起来。

"怎么了？"

夏熠顺着他的目光看去，广场舞大妈们一个个扭得花枝招展，再过去，是一群手忙脚乱、在跟着学拳的小屁孩……

邵麟比了一个"嘘"的手势，静静地站在那边，看着小孩子们"嘿嘿哈嘿"地打完了一套拳。

"这拳有什么好看的？我看这拳不仅简单，还是个四不像！"夏熠跳到邵麟面前，学着小孩子的样子"嘿嘿哈嘿"地打了一套，"你看！"

直到他的屁股被人拿藤条抽了一下："发力点错了！"

夏熠回头，这才看到身后站着一身雪白太极服的罗屿中。老人花白的须发在海风中扬起，很有几丝仙风道骨。他笑盈盈地看向邵麟："这套拳法，看着眼熟吗？"

邵麟眼底泛起了一层薄薄的水光，嘴角勾起一个弧度，没有说话。

"既然你说不出套路，那我现在告诉你。"罗屿中缓缓开口，"这套拳，在下不才，正叫'屿中拳'。说出去倒是让人笑话，也就咱们盐泉市有人听过。"老人自嘲般低声笑了两下。

"这是我研习武术、散打与自由搏击后，组合出来的拳法。最早，我对这套拳法的期待，是让它变成一种灵巧凌驾于力量之上的防身术……但后来搁置了，"罗屿中扭过头，看向那一个个小白杨似的孩子，语气里流露出几分惆怅，"变成了空有花架子的强身健体拳。"

"昨天，你从背缚箍颈中脱离出来的那一套动作，曾经就是这套拳的一个组合。"

邵麟只觉得胸腔里"咚咚"直响。

那动作，就是他父亲教给他的。

小时候，父亲教了他无数遍："如果有人从身后袭击你，如果那个人在力量上远超于你，你应该如何脱身？"在无数次的摔倒、无数次的失败、无数次的练习之后，那些动作终于融入骨血，变成本能。

"当然，那个组合太复杂了，根基打不好学了也没什么用，现在早就不教了。"罗屿中摇了摇头，竖起五根手指，"现在想想，那套动作，我也只教过五个人。"

"其实，最早那日，我一看到你的眼睛，就想到了他。"

"你父亲把你教得很好。"罗屿中拍了拍邵麟的肩膀，"现在想起来，他也是我最得意的一个徒弟了，唉，可惜了。"

"我父亲……是那个……"邵麟艰难地开口，嗓音像是被撕扯出一道裂痕，"去了海上，再也没回来的警察？"

罗屿中略微混浊的双眼也跟着湿润了，他无声地点了点头。"我老了，但我舍不得退休啊！"罗屿中看向海鸥广场外的海岸线，长叹一声，"我总想着，或许有一天，他就回来了。"

07

罗屿中原本只喊了邵麟，这会儿还想请他回自己家喝茶详谈，却没想到邵麟还带上了夏熠。罗屿中迟疑地看向邵麟身边高大的男人："邵麟，此事是公安盖章 30 年后才解封的秘密，我看，你的这位同事……"

言下之意是，夏熠理应回避。

邵麟面上看着镇定，但一时半会儿还没从方才那阵天旋地转里回过神来。

夏熠非常理解地一耸肩："好说，你们聊，我在楼下等着。"

邵麟却突然扭头看向夏熠，嘴唇微微颤动，眼底罕见地闪过一丝无措。17年来日夜折磨着他的真相，让他觉得有点窒息："你不用回避……"

夏熠小心而珍重地接过了那份信任，假装随意地搭了一只手在邵麟肩头，不露痕迹地点点头："好。"

邵麟难以察觉地吐出了一口气。

罗屿中上下打量了夏熠一眼，最后还是点点头："你俩感情倒好。"

夏熠咧开一个笑容，霸道而灿烂："那当然，罗老，这是过命的兄弟。"

最后，两人结伴去了罗屿中家里。一进门，却发现邵海峰已经坐在了沙发上，罗屿中满头银发的夫人笑呵呵地给大家端来了一盘水果。

罗屿中一见到邵海峰，就指着他鼻子痛骂："你一直瞒得我好苦！"

邵麟无言地看着自己的养父。

海外的远房亲戚？亲生父母出了一场车祸死了？

他也一直被蒙在鼓里。

"我是为了保护他们！"邵海峰一拍大腿，怒道，"我一直叫麟儿不要在盐泉插手案子，就是怕被你猜出身份！"

邵麟缓缓吐出一口气，不可谓不失望地看向邵海峰："你一直都知道。"

"是。他一直都知道。"罗屿中哼了一声，"海峰英语比较好，当年是与国际刑警联络的人。因为这个案子是跨国合作的，他就成了你父亲唯一的联络人。"

这个故事，要从当年沿海一带儿童丢失案高峰期说起。

那时候，盐泉海港部分受地头蛇控制。那些地头蛇所在的帮派，正是"海上丝路"的重要一环，被劫走的孩子一旦上船就不知去向。据说，女孩10岁出头就会被卖去做一些特殊服务，而男孩的年纪更小一点，直接去当船工，连年四季无休，有时候还有婴儿拐卖，以极高的价格卖给需要孩子的家庭……

罗屿中为了一举击破这个绑架团伙，决定暗插一枚棋子打入内部。选中的卧底正是邵麟的父亲。

曾经身居要职的老刑警戴上老花镜，从书架上无数的归档箱里，翻出一份泛黄的塑封复印件，递给了邵麟。

那是一份古老的警员档案，照片里的男人五官棱角分明，嘴唇抿得很紧，眼神坚毅，年轻冷峻。与邵海峰一家不同，夏熠只需看一眼，就能在邵麟父亲的眉宇间认出邵麟的影子。

邵麟盯着照片里的年轻男人，食指颤抖着抚过塑封，心底的情绪难以言说。17年了，他终于又看到了那熟悉的容颜。说来也是可笑，这是他有生以来第一次知道，原来自己的父亲名叫"林昀"。

当年，任务进展得并不顺利。林昀在成功混上犯罪团伙的船只后，彻底失去联络，生死不明。盐泉市只能暂时搁置了卧底计划。然而，整整一年之后，林昀奇迹般地又传来了消息——他说自己在海上漂了一整年没有机会通信，如今已经上岸，去了海外，并获取了团队的信任。

那也是警方第一次知道，这个地下团伙的网络竟然如此之广、如此之深。

既然不方便回来，林昀索性在"海上丝路"藏了整整 13 年。

林昀传的消息不多，但大都能敲在重点上。

17 年前，邵海峰却收到了林昀的紧急求救。那时，邵麟母亲带着邵麟通过当地驻华大使，用密钥联系上了邵海峰。事发突然，林昀都不曾亲自露面，只是亲笔写了一封长信给邵海峰——信里说，接下来的一周内，他要做一点大动作，妻儿很有可能被牵连。他说自己卧薪尝胆卖命 13 年，也没什么可求的，只求邵海峰看在共事那些年的分上，带他的妻儿回国。

在这之前，邵海峰与林昀的交流仅限于工作，他甚至都不知道林昀在国外还有个孩子！林昀的信里，也没有提及孩子母亲是何人，只是说孩子他保护得很好，从未接触过那些脏事儿，是个聪明乖巧的好孩子。

邵海峰感到这件事儿非同寻常。然而，林昀在外 13 年，从来就没有向组织求过什么。所以，他决定无论如何，都要帮人办妥这件事儿。

可这国岂是说回就回的？邵海峰用尽全力，只能帮邵麟争取到"出生在国外的本国孩子"自选国籍的权利，对没有国内签证，甚至在 S 国也没有合法身份的邵麟的母亲，他却无能为力。

最后，邵海峰只能通过大使与邵麟母亲商议，让她陪着孩子上飞机，下药，再离开，用这样的方式强行把孩子给送回来。而为了保护邵麟，也为了保护本不应该在外面有孩子的林昀，邵海峰对此缄口不言，就连自家夫人都不知道其中的波折。

"……麟儿，或许你总觉得我们收养你，是因为我与静静没有孩子，"谈起往事，邵海峰神色间也有些恍惚，长叹一声，"其实不然。我收养你，是因为你父亲是我极其尊重的人，我必须完成他对我的唯一请求。"

邵麟的拳头捏紧了又放松，几乎用尽全力，才保持住面上的平静。

邵海峰回忆着："林昀求救后没多久，那边就出事儿了。"

邵麟点头："S 国'暴君'落网的那次围剿。"

"没错。林昀算是给出了关键信息的功臣。"

"我查过那件事儿。"邵麟蹙眉，"我甚至去国际刑警的档案里查过。可为什么我从来没有在任何地方听说过这个卧底？"

邵海峰眼底是同样的茫然："因为他消失了。林昀没有在说好的地方等待接应。行动最开始，他说好了参与，却始终没有出现。"

邵麟急道："既然他早预感到自己要出事儿，那么突然失踪不正代表着他出事儿了吗？或许他暴露了？"

邵海峰又摇了摇头："遭'海上丝路'侵害的国家不少，多国警方都有尝试送卧底进去。根据这个组织的传统，卧底但凡暴露，尸体就会被以非常血腥暴力的方式示众，以羞辱警方。"

邵麟脑内立刻有了画面，下意识地打了个寒噤。

"但是，林昀既没有留下任何活动痕迹，警方也没有发现尸体。最后审问落网的罪犯，也没有听说卧底被杀之类的消息。"邵海峰摇了摇头，"他们甚至不愿意供出林昀。"

邵麟："……"

"更糟糕的是，警方发现林昀透露的信息真假参半。有一部分信息，对'暴君'落网起到了至关重要的作用，而有一部分信息，完全就是浪费警力，甚至让更多的人逃脱了……"

邵麟茫然地睁大了眼睛。

"当时，参与该案调查的工作人员中，有人认为，林昀本人跟着那些罪犯逃脱了。而且从那以后，我再也没有收到过他的消息。"邵海峰停顿片刻，"这也是为什么，他从未得到他应有的功勋。"

听了一白天的往事，邵麟晚上睡不着。

夏熠听着他辗转反侧，忍不住问："怎么了，不舒服？"

邵麟揉了揉自己的腰，把脸埋进了枕头里，声音很闷："那天突发状况，扭过去的时候用力过猛，拉伤了吧。今天肌肉哪儿哪儿都酸。"

夏熠失笑道:"看起来有模有样,不知道的还以为你是什么高手,原来就只够看那一下。"

"早和你说过了,我打架不行的。"邵麟想了想,又补了一句,"我只会逃跑。"

现在想想,邵麟似乎也能明白父亲的苦衷。他大约是担心会有人对孩子不利,所以打小就教育孩子怎么从各种各样的禁锢下逃脱……打谁都不行,逃跑第一名。

一念及此,邵麟忍不住又笑了起来。现在想到父亲,心底终于不再满是怅惘,里面也夹着一丝半缕的甜蜜。

他不是被父母无端抛弃的孩子。

他始终被好好疼爱着。

他们尽了最大的努力,做出了最大的牺牲,只为在黑暗中劈开一道裂口,给自己第二次新生。

邵麟有一搭没一搭地揉着自己的肌肉,五指突然僵住。

他刚想起来,那天在幸运星会所,男扮女装的阿秀给他讲了一个故事——国王有三个儿子,大儿子暴虐,二儿子纨绔,三儿子体弱而聪明。有一个骑士保护三儿子,骑士娶了公主。然而,骑士其实是刺客,在反杀国王及其大儿子、二儿子后……

他唯独放了三儿子一条生路。

再对比邵海峰今日所言——林昀没有在说好的地点出现,他甚至给了错误消息来误导警方。

电光石火间,邵麟意识到——阿秀不可能平白无故给他杜撰一个故事。哪怕这故事不是百分之百真实,但应该也有部分还原了真相!假设"海上丝路"犯罪集团是"国王"一家,那么伪装成骑士的"刺客"正是自己的父亲!骑士娶了的"公主",难道是指母亲?林昀给警方提供了错误信息,是为了放那个"三儿子"一条生路?

那么,后来呢?他们又怎么样了?

08

经过 72 小时连番审讯，胖翻译差不多交了底。

一开始，他还骗人说自己昏了头，只做过这么一票生意。可是，倘若只是这么一票，账面上怎么会有这么多解释不清楚的东西——孙女上着一年学费 20 万的幼儿园，他名下海外置业无数，这远不是月薪刚刚过万的他能供奉的。

最后，胖翻译还是磨磨蹭蹭地招了。原来早在 20 年前，他就做起了不干不净的生意。

起初，他只是收点小钱，从局里给人贩子传点消息，帮他们擦擦屁股，做点小动作，倒是从不和犯罪分子直接接触。然而没想到，人的贪婪是无止境的。当年他随便传一点消息出去，就能换来自己大半个月的工资，于是胃口越来越大。他总想着"下一单我见好就收"，却没想到一单复一单，胆子越来越肥，底线越来越低。

而这次，他直接帮助王强转移了小孩。一旦王强落网，他深知自己无论如何都洗不清，这才一时着急，想杀人灭口，但事情发生得突然，做得不干不净，处处是破绽。

胖翻译说，那些被交易的孩子大多不是在盐泉市被拐走的，而是像张胜男那样来自内陆偏远农村的被父母狠心卖掉的小姑娘。盐泉这边，不过是中转罢了。如今，胖翻译自己都说不清从他这儿转走了多少孩子。大部分时间，他只是帮人打个掩护。这次若不是邵麟与夏熠坚定地沿着"海神花"的线索一路排查下去发现哑巴，这案子恐怕也是不会有下文。

胖翻译还交代——最早，他们有一个 QQ 群，后来公安严打时解散了。偃旗息鼓一阵子以后，那个交流人口贩卖的群在"秘密星球"App 里上线了。当然，如今东窗事发，匿名社群自然解散，再也查不到一丝记录。

雇用哑巴的高远船务有限公司也被查了。不过，老钱送人出海务工的那条线确确实实是合法生意，一时半会儿查不出什么问题。盐泉公安还在努力扩大排查范围。

后续调查中，盐泉市警方还有一个意外发现——

哑巴租船、工作时，用的都是"李飞飞"的身份证，但局里一查，发现这个身份是被盗用的，可哑巴说来说去，似乎笃定自己就是李飞飞。

在哑巴被捕时，公安给他例行做了 DNA 检测，又拿 DNA 数据到库里进行了比对，却意外地在全国失踪儿童数据库里找到了匹配！

原来，被割去了舌头的哑巴，竟然是在二十几年前被拐卖送出海的孩子之一！

哑巴被抱走的时候，只有 3 岁。

盐泉警方本想牵线让哑巴与父母见面，这种团圆的故事报道出去，远比什么"公安揪出硕鼠"好听。可谁知哑巴"啊啊"地叫了起来，情绪很激动，手语的意思是不想再与家人相认。一是他自己对生父生母已没有任何记忆，二是他不想让伤心了那么多年的家人见到自己如今的模样再次伤神。

还不如让他们以为自己早死了。

最后，警方还是尊重了哑巴的意思。

三个孩子获救，人口贩卖中转船沉海，内鬼被抓……这个案子已经算得上圆满了。但即便如此，案情中依然存在着疑点。

首先，对那个穿着徐云绯衣服跑出去的小姑娘，胖翻译表示一无所知。他只知道王强绑了一个小女孩，并协调送出。至于王强到底是怎么绑架的，胖翻译声称没有参与。

其次，王强的财务流水对不上。王强坦白，自己绑架徐云绯是为了拿一笔巨款，但在他家里既没有发现任何现金，银行账户上的数字也少得可怜。他父母离世，他自己终身未娶，名下只有一辆老旧的二手车，没有房产。他在发现徐云绯获救后，把手机记录删了个一干二净。

绑架徐云绯，他到底拿了什么好处？

不过，王强生前患有尿毒症，已经病了七八个年头。

这也是为什么当时小组长在他右臂上摸到了那些个婴儿拳头大小的疙瘩。那是长年静脉血液透析的后遗症。王强早早上了等待换肾的名单，却一直没能实现移植。警方怀疑，人贩子承诺的是一笔换肾的钱，或许要等徐云绯被顺利送出海后才会到账。

盐泉市这边还有许多后续工作，但与燕安警方就没什么关系了。邵麟倒是在夏熠的帮助下，在公安系统里拼命搜索"林昀"。

只是想……更多地……了解那个人一点……哪怕是一条记录、一张照片、过往的一些小事儿……

然而，公安系统里几乎没有与林昀相关的记录，只有 30 多年前，林昀因"打架斗殴，持械伤人"进劳改所的一份档案。按罗峤中的话说，这个当然是假的，公安只是找个由头送林昀进去，"偶遇"当年的地头蛇老大。

除此之外，邵麟一无所获。

要说不遗憾，那是不可能的。

临走前，邵麟还是没忍住问邵海峰："我父亲……在盐泉市……可还有什么亲近的人？"

"你父母本就去得早。"邵海峰叹了口气，"你也知道，卧底这种危险的任务，肯定不会选上有老下有小的去，对吧？"

邵麟张了张嘴，最终也没反驳，只是听了心里很不是滋味。

邵海峰自知失言，这才补了一句："嗐，也不能那么说。其实，林昀当时是局里最出挑的年轻人，聪明、果敢、能打、冷静，还非常善于观察。所以，队长的意思，未来有功勋傍身，好歹是个晋升的跳板。只是谁都没想到他一走那么多年。"

邵麟不死心地又问林昀是否在局里还有遗物，但当年林昀走时孤身一人，无牵无挂，就算留有什么手信，也一股脑地被封进了那个还不能解开的档案袋。为了避免暴露，林昀那些年的照片也早就被付之一炬。

"他当年倒是有一个未婚妻。"邵海峰耐不住邵麟缠着，一开口却又后悔了。

邵麟："嗯？"

"不过，未婚妻是我们私下叫的，没个正经。主要是女方父母嫌你爹穷，这婚一直没订成。"邵海峰长叹一口气，"这事儿说来也是作孽。那姑娘现在和我差不多大了……一辈子没嫁。"

邵麟听了胸口莫名一紧。

原本，他只是想着，自己也没什么能帮父亲做的，或许可以替他寄一笔钱给爷爷奶奶尽孝，万万没想到，血亲没有，倒是欠了一笔情债。

邵麟急道："你认识她？她……她还在盐泉？"

"你打听这个做什么？"邵海峰瞪了他一眼，"多少年了，你不要去打扰人家！我就不该多嘴！"

邵麟："……"

在盐泉的最后一天，清晨5点，邵麟又去了一次小时候最爱去的石滩。

太阳还没升起，他看向灰蒙蒙的大海——

当年林昀离开的时候，看到的也是这样的一片大海吗？是了，城市日新月异，大海总是不会变的。

他离开的时候，害怕吗？

又是带着怎样的决绝、热血与豪情？

他在海上，想念过那个"未婚妻"吗？

自己的母亲又是什么身份呢？

爸爸真的爱妈妈吗？

30多年，出走的少年永远消失在了岁月之中。十年磨一剑想要杀死的敌人，却蛰伏着，完成了从线下"海上丝路"到线上"秘密星球"的重生。

想到这里，邵麟无声地握紧了拳头，眼前浮现出林昀难得温柔的笑容："Be my little hero.（做我的小英雄。）"

浪花声起起伏伏，一声海鸥的唳鸣划破天际，太阳照常升起。

回燕安的路上，还多了一位"不速之客"——张胜男。

儿童福利院的社工递过一摞心理评估资料，邵麟看了一眼，觉得张胜男的情况确实非常复杂，复杂到他都不觉得自己能提供什么有用的疏导。不过，张胜男在盐泉市并无户籍身份，本就不享受盐泉这边的福利。恰好夏熠、邵麟要回燕安，便顺路把小姑娘带回去，对接给那边的社会福利院。

就这样，一辆SUV，邵麟、夏熠、阎晶晶三人，带着一脸紧张的张胜男，以及扑在小姑娘怀里蹭来蹭去卖萌的哈崽，终于踏上了归程。

途中，夏熠的手机突然响起。

夏熠正在开车，邵麟很自然地帮他接起电话："您好。"

对面传来一个软软的女声："您好，这里是盐泉市福锦招待所。请问您是今天上午 8203 退房的客人吗？"

邵麟不知自己与夏熠是否落了什么东西："您说。"

"是这样的，先生。"那个女声顿了顿，"在您退房之后，前台收到了一个打给您房间的电话，是个网号，所以我们也没法给您发短信。当时电话无人接听，就转去了公司的自动留言。这里给您转达一下——"

"嘀"的一声，前台就把电话接去了留言箱。字正腔圆的电子音传来："你猜骑士最后死于自己的一瞬之仁，还是变成了新的国王？"

邵麟指尖一僵。

夏熠的手搭在方向盘上，眼睛正专注地盯着前方高速，问道："谁啊？"

邵麟考虑到车后还有两人一狗，用眼神暗示夏熠回家再说。明面上，他直接按键结束通话，淡淡说道："打错了。"

一行人回到燕安已是晚上。夏熠一边忙着与社工交接张胜男，一边接局里打来的夺命连环电话，转眼就把途中那个电话忘到了脑后。

不过，邵麟心里一直惦记着这件事儿。

他想再了解一些招待所收到的留言，于是换了自己的手机，根据夏熠的通话记录，给盐泉市福锦招待所回拨了过去。邵麟这才发现，这竟然是一个以假乱真的网号。他一开始没起疑，觉得酒店大堂用网号节约话费也可以理解，便在网上搜了招待所座机，再次拨了过去。

谁知这么一问，邵麟才知晓，原来盐泉市福锦招待所 8203 房压根就没收到过任何留言！也就是说，当时给夏熠手机打电话的，根本就不是什么酒店前台，而是……

邵麟触电似的反应过来——对方必然不会直接给招待所留言。因为，那人压根无法掌控有多少人能听到这段话，所以，以招待所的名义、单独用网络号码打电话，才是最私密的选择。

这哪是什么留言？根本就是赤裸裸的威胁！

邵麟深吸一口气。不管他在燕安，还是在盐泉，这个人始终对他的行程了如指掌。他住在什么酒店、住几号房，甚至夏熠的手机号码，他都一清二楚！而"骑士"这个比喻，说给夏熠听只会让人一头雾水。难道对方早料到了，这个时候接电话的会是自己，而不是夏熠？

这得是一个知道他们租了车返程，且夏熠开前半段的人！

如果说在燕安存在这样的一个人，邵麟并不会觉得奇怪。可去了盐泉，这个人的消息依然如此灵通，一念及此，邵麟不寒而栗。

他能快速想到几个人，但他一个都不想去怀疑。

或许，他平日里言行应该再谨慎一些？

客厅里立灯昏暗，小哈似乎是感知到假期即将结束，明天又要回警校训练了，此刻正不停摇着尾巴，舍不得似的舔着邵麟的脸。夏熠还没回来，邵麟陷在沙发里搂着哈崽，决定先把这件事儿压下来，有眉目了再与夏熠说。

第七案

夜囚

他踏过山川湖海，
终将与自己一战。

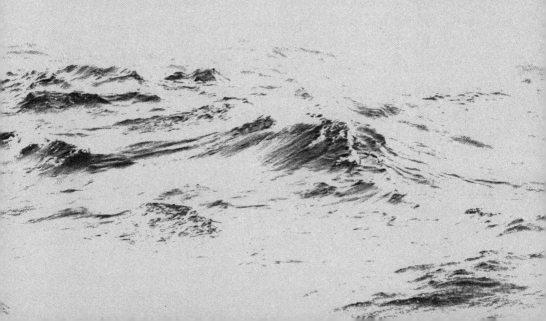

01

第二天，郑局召他们几个从盐泉回来的开了个小会。

"'秘密星球'，又是'秘密星球'。"郑局摇着头，圆珠笔头狠狠地在纸张上压出了一个小洞。

夏熠抱着双臂靠在椅子上，眉心微锁："这种建于海外的服务器，到底怎样才能彻底捣毁？这次盐泉查到的那个人口贩卖群，直接解散，线上消失，估计过不了多久，就会换个名字重生。见鬼了，换名字不要钱一样，比蟑螂生孩子还快。"

郑局无奈地摇了摇头："服务器在海外，咱们手也伸不了那么长啊，国际刑警只能比咱们更头疼。在本土的话，和暗网一样，想上的人依然能找到办法。"

邵麟思忖片刻，补充道："要不就是降维打击三次元，直接把创始人一锅端了。但这种也只能缓一阵子，平台1.0彻底关了，用不了多久，2.0、3.0版本就会冒出来，到时候还有内部竞争。"

"没错，就是这样。"郑局摇了摇头，"但倘若一举就能让罪犯彻底消失，那还需要警察做什么？这本就是一场旷日持久的战斗。"

郑局快速拍板："这样，我先派人去当地派出所，查一查张胜男那个村子贩卖女娃一事。邵麟，你把最近跟'秘密星球'相关的事儿整理一下，咱们不得不上报国际刑警了，或许那边也有用得上的线索。"

邵麟难得被点名，微微诧异地睁大双眼。

"没错，就是你，还真当我白替他们养人呢？老同事好久没叙旧了吧？"

邵麟眼底一暗，面无表情地点了点头。

随着天气渐暖，燕安市市局难得度过了一段清闲的日子。夏公子在桂雨榕庭那个高档公寓里的小日子过得愈加滋润，只是——宠物医生说哈崽到了比较适合绝育的年龄。

邵麟查了许多资料，觉得对宠物狗来说，绝育似乎是一件利大于弊的事情，可夏熠突然舍不得了起来，哈崽毕竟还在警校学习……

听驯导员说，哈崽在警犬基地的表现渐入佳境，爆发力、耐力都是绝佳的，嗅觉也是灵敏的，就是在凭嗅觉搜查的时候很难集中注意力，时常间歇性"抽风"，不然还是有望通过考核，成为全国第一只混了哈士奇血统的工作搜救犬的。如果绝育了，那身体素质、嗅觉灵敏度都会大大下降，和一块儿上学的小伙伴玩耍时也会自卑。不妥！

邵麟不满："驯导员都说了，祖上染点'哈'，就没有通过考核的！"

"能不能对你儿子有点信心，在盐泉那会儿你弟弟都教会他 1+1=2 了，我瞅着这都能学量子物理！"

邵麟顿时气不打一处来："可是你问他 2+1 就等于 5 了！"

一天天地，两人就"哈崽绝育"问题吵个不停。

"人家夸哈崽两句，还不是给你这个当爹的面子？你心里要有点数，看着差不多就行了，啊？医生说了，现在绝了正合适！"

夏熠义正词严："不行，我儿子长大了是要报效祖国的，真训不好也就算了，只能退而求其次，做一条遵纪守法的狗，可这不是……这不是成绩好起来了嘛！说不定人家是潜力股呢？"

"这次接回来小李还投诉，说哈崽原本闻着血迹一路追踪，追到最后追了个小母狗屁股，再也挪不开脚了！"

"就是啊，他多喜欢小母狗啊！楼下的萨摩妹妹、公园里老遇到的那只金毛小美、德牧欢欢……不行，哈崽还是个万人迷，这绝育了可不行。"

好端端一个周末，两人也没设闹钟，早晨 5 点 59 分，夏熠准时睁眼，迅速坐起。邵麟被那突如其来的动作吵醒，脑内警铃大作，猛地冲进隔壁，谁知夏熠"嗷"的一声："不要带我去绝育！"

撕心裂肺，惨绝人寰。

邵麟心想，这事儿咋就磨磨叽叽地没完了？

夏熠东张西望片刻，这才一甩脑门子上的冷汗，长出一口气："还好还好。"

邵麟还没开口，夏熠就委屈巴巴地说："做了个噩梦，你要带我去绝育，我不愿意，还吵了半天。都把我给捆上手术台了，贼逼真，麻药都不打，那银刀子亮闪闪的，嘻，把我给吓得。"

日有所思，夜有所梦，也不是这么个梦法吧?! 邵麟忍不住骂道："行了，别叫唤了，这不还在吗?!"

夏熠不依不饶："一定是咱儿子托梦给我的，绝育的事儿，咱们先放一放！"

邵麟这才妥协："行——随便你吧！我看你这德行，还不如美梦成真的好。"

与此同时，地板上传来"踢踢踏踏"的脚步声，只见某个毛茸茸的小家伙儿蹭进房间。哈崽见两人醒了，叼起遛狗绳，脑袋往床上一搁，"呜呜"叫了起来。狗子遗传了哈士奇祖上的语言天赋，很少"汪汪"，倒是经常发出一些奇怪的声音，有时候像羊，有时候像鸡，有时候像消防警铃。

比如现在，这声音很有往"消防警铃"发展的趋势，把两个想睡懒觉的人都给叫清醒了。

两人收拾收拾，带着哈崽去华容湖跑步。

这次回来，哈崽似乎变得与以前不太一样了。大约是最近在反复训练"血迹追踪"的缘故，路上偶遇了一个来例假的小姑娘，要不是有牵引绳拉着，哈崽怕不是一路追着人屁股嗅，把小姑娘吓得连连尖叫，大喊这是什么变态狗。

无奈之下，邵麟只好一个劲地给人赔礼道歉。

不过，夏某人依然对哈崽充满了信心——学习，总是需要过程的嘛！

回到家后，哈崽的状态还是不太对劲，哼哧哼哧地把整个房间都嗅了一圈，最后罕见地窝进邵麟的次卧，不出来了。

夏熠围着围裙，正照网上的菜谱学习给好室友邵麟做好吃的，邵麟有点费解地跟哈崽走了进去："崽，你干啥呢?"

谁知狗子从衣柜里叼出了一个上了锁的盒子。

邵麟一看，脸色骤变。

那正是他藏着自己所有秘密的密码盒！

哈崽平时从来没有对这个东西感兴趣过，它为什么要把这个拖出来?

邵麟狐疑地输入密码，盒子一开，里面不过是他小时候塑封的材料，以及那几张不知道谁给他送的卡片。哈崽埋头进去又嗅了嗅，顿时兴奋了，拿肉垫拍在那几张带着红色笔迹的卡片上，"汪汪"地叫了起来。

它不仅叫，还像发现了什么似的在地上转着圈。

邵麟神色一凛，哈崽受过训练，在家里不可以"汪汪"扰民……他拾起那几张卡片，看着那些红色的花体字，突然莫名产生了一个念头——难道这不是墨水，而是血？也不对吧，血液暴露在空气中会缓缓变黑，再不济也是铁锈色，这鲜红不褪色，怎么可能是血？

他安抚似的一撸哈崽的脑袋，狗狗立马坐了个笔挺。邵麟藏好卡片，决定偷偷找郁敏帮个忙。

可就在这个时候，局里又来了个电话，夏熠一点接通就听到了阎晶晶的大嗓门："出警啦！出警啦！组长！出警啦！"

02

黑色的 GL8 风驰电掣般停在了燕安市大学城某公寓楼下，一路上，二人已经听阎晶晶在电话里做了简单的介绍——

死者名叫王洋纯，19 岁，女，是大学城里某职业学校幼教专业的一年级学生。学校辅导员发现王洋纯连续两天没有回学校上课，还错过了考试，电话也无人接听。她联系了王洋纯的母亲与同学，得知这几天王洋纯在网络上也没回消息，这才亲自上门，然而却从门缝里闻到了异味，直接报警。

夏熠刚推开车门，李福怀里抱着笔记本，就迎了过来："基本上可以确定是自杀吧，就需要警方走个过场，确定一下。"

"哦？"夏熠眼皮都没抬一下，"自杀怎么说？"

"桌上俩药瓶空了，死者还写了遗书，笔迹也核对过了，没有问题。房东说公寓一共两把钥匙，一把在他那儿，一把就在死者口袋里。进去的时候，门窗都锁着，痕检员也没在现场发现第二人的痕迹，看着不像他杀。"

夏熠点点头，大步走了进去。

明黄色的警戒线内，法医组的人已经在忙了。

大约是只有一具尸体，还疑似自杀的缘故，郁主任没有亲临现场，而是派了手下的人带队。邵麟远远地看了一眼，发现地上的女孩子个子不高，但大号牛仔裤被撑得鼓鼓囊囊的。按法医组的说法，死亡时间差不多是三天前的晚上，屋子里没开暖气，腐烂程度尚好，所以，膨胀感应该不是来自腐败气体，而是女孩扎扎实实很胖。

姑娘原先化了妆，后来又哭花了，最后妆容姹紫嫣红地凝在她青白的皮肤上，便显得格外诡异。

离尸体不远的书桌上，书籍与一台 Mac（苹果电脑）摆放整齐，边上还有三四个可爱的盲盒娃娃。桌子正中央，摊着一张设计精简的米白色信纸，上面用黑色水笔写着一句话："下辈子，我希望我生成一个漂亮的女孩，如果不行，那我只希望做一朵无名的小花。"

文字下，还画了一棵向日葵盆栽，从笔触来看，是温暖可爱的日系彩铅风格，功底匪浅。

邵麟低头又翻了翻抽屉里的东西，里面藏着不少精致的绘画纸，以及一些日文包装的彩色材料，还零星散落着几幅作品，画的大多是零食点心——涂着巧克力的甜甜圈、奶油甜霜点缀成圣诞树模样的纸杯蛋糕等，色彩明丽，栩栩如生。

邵麟的目光落回遗书上的"漂亮"二字，突然觉得呼吸一滞。光凭这一句话，以及那些可爱的甜品作品，便能感受到，这是一个内心多么温柔的女孩子。19 岁的年纪，太可惜了。

然而，死亡后整整三天，最早发现她失踪的，竟然不是她的父母，不是她的朋友，而是学校的辅导员……

她一定过得很寂寞吧……

王洋纯的书桌上一切都收拾得非常整洁，唯独两个拳头大小的卡通陶罐附近，散落了点泥土。邵麟凑过去看了看，发现陶罐底部也有些土，似乎之前装过一些疑似多肉的盆栽。

但现在陶罐已经空了。

法医组还在忙，他先绕着屋子走了一圈。房间面积不大，是最普通的那种单人宿舍，除了厕所单独隔开，水池、灶台、书桌与床之间就连个挡板都没有。邵麟看了一眼卧室的窗户，确实是从室内反锁的。

他思忖着："密室成立吗？"

邵麟走进厕所，发现厕所的小窗户倒是开着通风的。小窗户呈长方形，邵麟测了测，只有 $18cm \times 20cm$ 左右。从这个窗户出去，距地面只有两层楼的高度，且靠近隔壁的外置空调，但按照窗户的大小，除非现实世界里真的有什么缩骨大法，否则以成年人的体型根本不可能通过。

遗憾的是，大学城这片住宅区非常安全，基本没有什么偷鸡摸狗的事儿，所以监控数量也不多，离公寓楼最近的监控在拐角，视野覆盖范围非常有限。

警方开始逐一排除他杀的可能。

房东说钥匙一直在自己手里，从没给过别人。死者的邻居们也纷纷表示，从没见过王洋纯带什么人回来。辅导员说，王洋纯是一个非常内向安静的女孩，不太合群。之前是住学校宿舍的，后来和室友处得不太开心，就自己搬出去了。她每天就低头抱着手机看，也不和人说话，但是很喜欢画画。别说男朋友了，她就连同性朋友都没几个。虽然在学校里被欺负过——偶尔会被嘲笑"死胖子""肥婆"之类的，但这些事情从来没有闹大过，她没想到小姑娘竟然会自杀。

阎晶晶那边破解开手机，发现王洋纯运营着一个绘画博客，经常发一些自己的绘画作品，也有小几万个粉丝。在博客上，她的人设似乎就是一个软软甜甜的女孩，言语间没有半缕阴霾，也从未向与自己日常互动的网友告别。

邵麟快速地扫了扫，博客最后一次更新是一周之前——画面里，是一簇鲜红的玫瑰花，下面连着一块红丝绒蛋糕。

王洋纯的博客，就这样永远地定格在了如此热烈、喜庆的画面上。

令人猝不及防。

"好像……暂时没发现什么问题。这边我们再问一下老师与同学。她母亲已经同意尸解了，等法医结果吧。"夏熠递过一个印着"燕安市第三人民医院"的装药的纸袋，"三院那儿你熟吧？她这药是三院开的，看时间就是一周前，你去查查记录。"

邵麟接过纸袋，开了一句玩笑："你现在倒是会使唤我。"

燕安市第三人民医院有着全市最好的精神科与心理咨询部门，当年邵麟与夏熠第一次见面的悦安心理健康服务中心，就有大量三院的医生出诊。

邵麟有一段时间没与老同事联系，要说问谁才不显得突兀，那便是贺连云。毕竟哈崽是从他们心理治疗犬培育中心领养的，对方还来回访过一次，他也带着"学业有成"的哈崽去培育中心见过贺教授一次。

"我说哪阵风把你给吹来了，"贺连云伸出食指，故作不满地点了点邵麟，"也不带着咱们小哈，就直接来找我帮忙？"

邵麟笑了："那贺老师就当给小哈一个面子。"

贺连云还是像往常一样，穿着一丝不苟，非常考究。倒是一段时间没见，整个人似乎老了很多，白发多了，法令纹也比以前更深了几分。

"王洋纯？名字耳熟。"贺连云沉吟片刻，突然问道，"是那个想开甜品店的吗？"

邵麟一时没反应过来："什么？"

"有的，有的，我想起来了。"贺连云戴上眼镜，眯着眼睛在数据库里搜出资料，直接点了打印。

"我不是她的咨询师。当时给她做咨询的是我刚毕业的学生，但我在一旁全程督导。"贺连云扫了一眼资料，就想起来了，"王洋纯的主要问题是神经性贪食症。她来看病的时候说，自己就是控制不住地暴饮暴食，吃完以后又非常内疚、痛苦，有催吐、过量服用减肥药、长时间节食的心理代偿行为。节食后呢，身体报复性地又要吃东西，最后越吃越胖。我们开了氟西汀与舍曲林，配合行为认知治疗。话说回来，你怎么突然问起她？"

"她在咨询过程中，表露出过自杀倾向吗？"

贺连云闻言，脸上那点见到邵麟的喜悦瞬间烟消云散。他皱起眉头，压低声音："她自杀了？!"

邵麟没有立马回答。

贺连云缓缓摇了摇头："在我看来，她确实有抑郁、焦虑的症状，但自杀风险不高。这个小姑娘一直说自己有一个梦想，就是做一个甜品艺术设计师，只是暂时对自己暴饮暴食的行为感到困扰。你也知道，一般来说，这种有积极念想的病人，是不会选择自杀的。"

邵麟忍不住又想起了王洋纯藏在抽屉里的画，以及那个甜甜的博客。

"这样，我把她的咨询师喊来，你们细谈。"

王洋纯的心理咨询师也对小姑娘自杀一事感到震惊。按她的话说，王洋纯是那种对治疗特别积极的病人——约好了一周一次的咨询从不请假，而且治疗小有成效，王洋纯已经瘦了 20 多斤，上周还很高兴地告诉咨询师，自己的裤子从 XL（超大码）换成了 L（大码）。

邵麟若有所思地点了点头。

贺连云递过一摞文件："病人的信息我们都是绝对保密的，但如果警察需要，病人档案、每次的咨询记录都在这里了。"

邵麟连忙道谢。

从贺连云这边离开的时候，他接到了夏熠的电话。

法医那边，初步检查结果出来了，死者确实是死于精神药物服用过量，但奇怪的是，在死者胃里，法医还发现了大量碳水、油脂、泥沙混合物，甚至还有完全没消化的多肉植物。

也就是说，死者在死前吃了很多东西。她整个胃都被撑得出血了——人还活着的时候，生生被撑破的。

邵麟猛然想起了王洋纯书桌上那两个空了的小陶罐，以及附近散落着的泥土。

显然，夏熠也想到了同样的细节："这事儿还真邪门。阎晶晶扒了王洋纯的社交网络，发现她之前发过几张很清新的照片，里面有两棵多肉盆栽，和她胃里发现的好像是同一品种……"

她把自己的盆栽混着泥土吃了下去。

很快，邵麟回到局里，组里正在与法鉴中心进行远程视频会议，讨论王洋纯是否可以排除他杀。

"除了死者服下的精神类药物，没有发现其他毒素。死者身上没有瘀痕、擦伤，手腕、脚腕、脖子处均未发现捆绑束缚的痕迹，所以，没有任何证据表明死者当时受到了胁迫。同时，在死者右手指甲缝里也发现了同类泥沙，因此，法医组认为，死者很有可能是用手直接抓着泥土，把盆栽吃了下去……"说着，郁敏脸上也闪过一丝纳闷，"不过，这个多肉是最后吃下去的。"

市局会议室里顿时议论四起。

"这不可能是她自己吃下去的吧？"

"难道是有人逼她吃的？可房间里也没发现任何第二人在场的生物信息啊！"

夏熠补了一句："对了，我们现场检查的时候，发现王洋纯的公寓里已经完全没有吃的了。"

"什么意思？"

"就是饼干啊，薯片啊，泡面啊，都只剩下了外包装，冰箱里也空了，能吃的全都吃完了。哦对了，她泡面都没泡，而是掰碎了吃的。"

有人诧异地睁大了双眼："你的意思是，死者在吃完所有东西后，还停不下来，才去吃了盆栽？"

"医疗记录说，死者生前患有神经性贪食症，每周都会去看心理医生。"

"可王洋纯的咨询师认为死者康复进度良好，没有自杀倾向。"一直沉默着的邵麟这才开口，"而且，从专业上讲，神经性贪食症与异食癖是两种完全不同的进食障碍。神经性贪食症只是在发病状态下无法自控进食，吃的却还是食物，不会选择泥土。"

他一说完，会议室再次陷入沉默。

良久，夏熠清了清嗓子，分享了自己的调查进展："从王洋纯的手机来看，我们大概可以推算出王洋纯死亡当日的行动路线。那天白天，她中午在学校食堂吃了饭，一下午都在上课，4 点 50 分才下课。5 点 45 分，她在自家楼下最近的小卖部里有 198 元的消费，也成了她死前最后一次生活记录。"

立马有人插嘴："她买了什么啊？小卖部 198 元开销，不算便宜吧？"

"福子立马去小卖部调了那日的监控，根据时间点顺利找到了王洋纯，她穿着死亡时身上的衣服，198 块钱买的全是零食，稍微有点贵是因为那盒巧克力吧，她全部吃完了。"

阎晶晶说着一按播放键，屏幕里出现了从小卖部截取的一段录像。视频里，王洋纯似乎没什么异常，只是看到东西就往购物篮子里丢，想都不带想的。

夏熠耸了耸肩："福子还问了收银员。收银员记得这个小姑娘，原因是小姑娘特别胖，每次都一口气买很多零食，她看到王洋纯就开心，觉得生意来了。"

阎晶晶补充了她在手机端的发现："王洋纯主要活跃在二次元社群，但她没有安装任何能匿名聊天的 App。至于现实里，她确实没什么能聊天的朋友，无论是死亡当日的聊天记录，还是手机短信记录，都没有人约她见面。"

李福苦着脸，问夏熠："组长，这事儿咋定啊？还继续查不？上面催呢。"

有人小声提了一句："那房间一共就两把钥匙，一把在房东手上，一把在死者身上，遗书、病历都有，咱就报个没发现他杀证据吧。"

夏熠却沉默地转着笔。

死了一个学生，社会舆论压力很大，校方要求警方尽快给个结论。虽说现场没有留下第二人在场的痕迹，但监控存在不少漏洞。而且，王洋纯的死法诡谲，却又没有任何板上钉钉的线索，能够明确指向他杀。

上面催得是紧，但夏熠觉得"排除他杀"这四个字沉重如山——一旦说出口，那么一条曾经鲜活的生命就彻底盖棺论定了。

王洋纯确实有进食障碍，但一个真的想自杀的心理疾病患者，为什么会每周积极参加心理治疗，从不提及自己的自杀倾向？

做出吃泥土这种奇怪的行为，到底又是为什么呢？

"啪"的一声，夏熠把笔重重拍在桌上："证据不足，上面我来沟通，你们继续查。"

很快，组里通过校方，挨个儿联系了最后与王洋纯一同上课的学生。同学说的话大同小异——王洋纯不怎么爱说话，与王洋纯不熟，没发现异常云云，仿佛王洋纯就是个与大家擦肩而过的空气人。正当夏熠几乎想放弃的时候，有个比王洋纯高一级的女生听说了警方的调查，主动向警方透露，说她在厕所里亲耳偷听到，二年级有个叫方洁的同学，和闺密吐槽要"教训教训那个死肥婆"。

该职业学校人不多，带着"死肥婆"绰号的，也只有王洋纯。

这位同学之所以主动举报，是因为方洁仗着家里条件好，很喜欢欺负人，她曾经也是受害者之一。

警方连忙传唤职业学校二年级学生方洁。

来人留着斜刘海，头发中等长度，披在肩上，染成了栗色，眉眼间带着点戾气，瞅警察都是一脸"你欠我100万"的模样。夏熠问起王洋纯，她就轻描淡写地提了几句，说那天放学后她确实堵人教训了两下，也没怎么着。一问时间，竟然就是王洋纯死亡当日！

"没怎么着？"夏熠抬高音量，"这人都死了，你和我说没怎么着?!"

方洁眼里闪过一丝慌乱，但很快，她定了定神，理直气壮地说："她死了我是真没想到。我当时在气头上，话可能是骂得难听了一点，但也不是真的想让她死啊！这年头骂人难听也犯法吗？"

邵麟语气倒很平和，问道："你与王洋纯年级不同、专业不同，社团好像也没什么交集，她怎么惹你了？"

方洁说起缘由，依然恨得牙痒痒："那死肥婆勾搭我男人！也不撒泡尿瞅瞅自己长啥样，连我男人都敢勾搭！我就是骂了她几句，叫她离我男人远点呗！"

夏熠心想，这谁能想到呢……

邵麟语气倒是很平静："你具体骂了什么？"

方洁眼珠子一转，这才有点不好意思起来，支支吾吾的："大概就是骂她肥，骂她丑，还妄想做小三一类的，反正怎么难听怎么来呗。"

邵麟点了点头："那王洋纯做了什么，让你认为，她在勾搭你男人？"

方洁一讲起这个就来劲了，嘴里噼里啪啦倒豆子似的。原来，方洁的男朋友叫蒋奇，是个艺术生。在学校画室空闲的时候，王洋纯经常去那儿画画。两人一来一去就认识了，蒋奇还挺欣赏王洋纯的作品，夸过几次，就让王洋纯起了心思。有一次，方洁去画室找男朋友，却发现王洋纯在偷看蒋奇的侧脸，她顿时气得要命，直接把那画给撕了。

当时，她就警告过王洋纯离她男朋友远点，但王洋纯狡辩自己对蒋奇没有意思，这事儿暂时就算过了。

再后来，方洁日常"出警"检查男朋友手机，王洋纯正好发来一条消息，问蒋奇是喜欢亲手做的松露巧克力，还是喜欢一款银色雕花的高档钢笔。当然，王洋纯并不知道，收消息的人是方洁而非蒋奇。方洁用蒋奇的账号直接把王洋纯给拉黑了，并且决定当面痛骂她一顿。

"我骂人骂爽了，就和朋友吃饭喝酒去了，不管接下来她做了什么，都与我无关！"

警方再一敲打，方洁立马把当晚聚餐的时间、地点、同行人都交代了。根据方洁的电子消费记录，以及同行闺密朋友圈里的合影，警方可以断定，从王洋纯进小卖部买零食开始，方洁就有充分的不在场证明。

王洋纯死亡当晚，方洁确实没有和她在一起。

"最后一个问题，"邵麟眨眨眼，"你教训王洋纯的那天，她化妆了吗？"

方洁愕然："什么？"

邵麟重复了一遍。

方洁想了想，摇了摇头，说王洋纯是素颜去上课的。

邵麟点了点头。小卖部的摄像头下看不出来，但王洋纯死的时候，脸上分明化了浓妆，还哭花了。

根据方洁的证词，警方又传唤了她男朋友。

蒋奇是一个白白净净、高高瘦瘦的男生，说话文气温和。他的证词与方洁大同小异，唯一不一样的地方，是他否认了王洋纯在勾搭自己。蒋奇表示两人就是普通朋友，对艺术的理解颇为投缘，有聊天记录为证，没有过任何暧昧的言语或举措，至于礼物一事，王洋纯只是问问，并没有直言要送给自己。他认为方洁管得严，神经质，什么都要吃醋。

方洁听了来气，当场就和他斗起嘴来："放屁，她就是要送你礼物，只有你看不出来，再过两个月就'5·20'了！"

堂堂市局讯问室，变成了小年轻的狗血是非地。

王洋纯出事儿当天，蒋奇是与方洁一块儿出去吃饭的，同样有不在场证明。夏熠这听了一整天，最后还让线索彻底断了，只觉得一口老血堵在胸口。听到最后，就连"王洋纯是不是真的暗恋蒋奇"他都没个结论，只觉得一个头变成三个那么大。

半夜，夏警官洗完澡都换上睡衣了，却又挪到了电脑前面，把报告修修改改，仿佛坐成了一尊雕像。邵麟几次催他睡觉未果，索性往他身边一坐，翻阅起已经看了无数次的王洋纯的心理咨询记录。

"王洋纯确实说过，"邵麟指了指其中一行，"因为心里有了钦慕的人，所以希望努力减肥，克服贪食症，让自己变美，变得更优秀，才配得上他。也正因为这个，咨询师才认为她有积极的念想，自杀风险低。"

"有没有一种可能，"夏警官捏了捏眉心，缓缓开口，"正如心理咨询师所说，王洋纯确实没有自杀倾向，却被方洁的事情狠狠刺激到了，这个刺激触发了不可控的暴食行为？王洋纯觉得自己追蒋奇无望，自我评价极低，才有了一时冲动之举？毕竟，她留了那么一张遗言，还特意化了妆，核心似乎是觉得自己不够美。"

邵麟翻过一页，思忖良久，才答了一句："确实存在这种可能。"罢了，他一耸肩："但我还是不知道她为什么要吃盆栽。"

夏熠报告修改到凌晨，虽说延了 24 小时，最后却依然是之前的结论——暂时没有证据指向他杀。

邵麟一直陪他熬着，看完了心理咨询记录，又开始翻王洋纯的那些画，有电脑上的，也有她平时零散的手绘。那些鲜亮的色彩、活泼的设计，一时间显得有些刺眼。

迷迷糊糊间，邵麟突然发现一页手绘草稿。

草稿是黑白线条的，但足以分辨形状——那是一系列以"器官"为主题的草图：有一颗"心脏"，动脉、静脉口里开出了满满的牡丹；有一个"胃"，贲门口往上长出了一盆满天星；有一对"肺"，管状绽开的器官尽头，开出了牵牛花；还有两个肾脏，以器官脉络为延伸，长出好多邵麟认不出的花……

03

邵麟因为这个发现而睡意全无，他一一比对着草稿与博客上的成品，逐渐发现了规律："王洋纯一般会先在自己的草稿本上打几遍轮廓，尝试不同的风格，然后再发布成品。"

虽说草稿本上没有标注日期，但邵麟根据草稿前后的作品，以及它们在博客上发布的时间，推断出这个"器官与花"系列的创作时间差不多在一个月前。

可是，这一系列的成品又在哪里呢？

王洋纯并没有把它们发表在自己的博客上，甚至类似的图案都不曾出现在王洋纯电脑"未完成"的文件夹里。

这个"胃"里长出了"花"，到底有什么意义呢？

那边夏熠"咔嗒"一声合上电脑，总算是交了报告，但他也说不上来为什么心里总是硌得慌，总觉得自己判错了，却又拿不出具体的证据。他一闭上眼，就看到王洋纯的脸，她面无表情地盯着他，盯得他如坐针毡。

邵麟跟着合上材料："睡觉。"

夏熠还是瞪着双眼，愣愣地坐着。

"咦？"邵麟突然凑近，拨开夏熠的鬓角，"长了一根白头发。"

头皮上好像被针微微刺了一下，夏熠这才扭过头，恰好对上了邵麟小心翼翼又专注的眼神，忽地心头一暖，开玩笑道："年纪大了，你可不准嫌弃我这搭档。"

邵麟笑着起身，回房前叮嘱了一句："别想了，早点休息。"

第二天，邵麟与阎晶晶翻遍了王洋纯的电脑与手绘草稿，却再也没有发现那套主题为"器官与花"的图。这个案子，最终还是以自杀报了上去，遗体转交给家属，不日火化下葬。

倒是王洋纯在燕安市的粉丝，听闻了噩耗之后，在她的学校自发举办了一个小小的告别会。当粉丝们挂起一张张画风可爱甜美的插画时，王洋纯同校的许多同学，终于第一次认识了这个一直被霸凌、被无视的女孩。

王洋纯的母亲也来了，神情恍然。

王母曾经是个芭蕾舞演员，直到现在年过半百，依然一丝不苟地盘着头发。王母心里一直有个演员梦，与一个名不见经传的导演结了婚，就盼着有朝一日飞上枝头变凤凰，可谁知女明星没当成，导演却很快出轨，抛妻弃女。王母一个人把孩子辛苦拉扯大，将自己所有的希望都寄托在了女儿身上——因此，她从小就对王洋纯的身材有着严苛的要求。

王洋纯一方面不想当演员，一方面因母亲的"高压食谱"而变得格外叛逆，一找到机会就会暴饮暴食，给日后的神经性贪食症埋下了隐患。因为这件事儿，母女俩关系日渐恶劣，几乎到了断绝母女关系的程度。

也是因为这个，王母找了许久，只找出了一些王洋纯很瘦时拍的照片。有粉丝提出王洋纯与"身体形象"问题斗争许久，最后便把纪念照换成了她博客的卡通头像——一朵灿烂的向日葵。

大约是出于刑警的直觉，夏熠心里放不下这个案子，他让邵麟陪同参加了王洋纯的告别会。

纪念堂里，花与蜡烛堆了一地，还有一张张小条，都是粉丝手写的暖心寄语。邵麟只是无意扫了一眼，却在小条中发现了一张 10cm×10cm 大小的便笺，上面黑色的笔迹非常流畅，赫然是一对长出了牵牛花的肺！

王洋纯那些草稿的成品?!

两人问了一圈在场的粉丝，很快，邵麟便成功定位到了送便笺的人。

那是一个头发灰白的女人，脸色憔悴，嘴唇青白。邵麟找到她的时候，女人正要离开。邵麟问起那张图，女人掩嘴咳了两声，对着他微微皱起眉头。半晌，她轻声说，那张画是王洋纯亲自送给她的，在医院看病的时候。

"真没想到，喀喀。"女人自嘲地笑了笑，"她当时还拿这张画宽慰我，说人要与自己的身体和解，喀喀，走得竟然比我还早……"

——与自己的身体和解！

这才是那套画的立意！

"花"这一意象经常出现在王洋纯的作品里，代表着美好与快乐。而那一套图，花从每一个器官里长了出来，代表一个病人与自己的身体和解。

一个如此努力与自己和解、好心劝慰他人的女生，自杀的概率似乎又小了几分。邵麟思索着——这一系列图是否还有其他便笺？如果有，那些便笺又去了哪里？这个创意还有谁知道？王洋纯最后和着土吃下盆栽，这种完全不合理的行为，是否表达着什么？

虽说女人不愿意再透露相关细节，但邵麟知道，王洋纯唯一的医疗记录就是在三院精神科！这次，他直接去见了王洋纯的心理咨询师，询问白发女性的信息。

"对对对，听你描述我知道，确实是咱们这里的病人，姓阮，阮老师。"贺连云的学生连忙调出病人档案，递给邵麟，"是不是她？"

邵麟看着照片，连忙点头。

"一般这种信息我们真的不外传，就是不知道和案子有什么关系？不是说是自杀吗？"

邵麟只是含糊地答道："暂时没有发现他杀的线索，但有一些小细节还在调查中。"

年轻的咨询师犹豫片刻，还是说道："是这样的，阮老师呢，之前是个大学老师，但前段时间查出了肺癌，特别不甘心。因为阮老师平时是一个特别注重养生的人，一辈子早睡早起、坚持锻炼、健康饮食，可能就是吸了丈夫的二手烟，50岁就得了肺癌，但让她吸二手烟的罪魁祸首一点毛病都没有。因为这个，她心里特别不平衡，但又希望最后的一段日子过得快乐点，就来找我们开导。"

"阮老师确实是认识王洋纯的，"咨询师回忆着，"有一次我喊号的时候，见两人坐在候诊室里聊天，大约是一起等号的时候认识的吧……"

邵麟又问起了"器官与花"的事情，咨询师却摇头表示自己从未见过。

"如果是看病的时候给阮老师画的，应该是这个活动吧。"咨询师直接带邵麟去了候诊室的一角。只见墙上挂着一些心理学科普知识，下面桌上有彩笔，以及一本 10cm×10cm 的空白便笺本。

西方研究表明，通过绘画表达一个人心里的想法，可以带来许多精神卫生上的益处，比如缓解抑郁、更好地了解自己等。所以，在心理咨询的候诊室里，他们也专门准备了纸和笔，欢迎大家把自己的所思所想画下来。

邵麟看着那便笺本，以及本子附近的不少涂鸦，沉默地点了点头。看便笺的纸质与大小，应该是这个没跑儿了。

"其实我不太了解这个绘画的课题，主要还是贺教授牵的头。"年轻的咨询师说道，"他新立了个项目，主要研究绘画如何帮助孩子提升自我认知。你倒是来得巧，今天刚好有个公益活动，快结束了，要不你直接去找他说说？"

邵麟点头："公益活动？"

"和燕安市福利院合办的，他们那边都是一些孤儿啊什么的，总体来说小孩子心理障碍更多一点，所以免费请来画画了。"

邵麟好奇："画什么？"

"自画像吧，我也不太清楚。"

两人还没走到会议室，远远地就听见了小孩子们极具穿透力的嬉闹声。咨询师笑了笑，说听起来好像玩得很开心啊。

恰好贺连云出来，年轻的咨询师向他打了招呼，邵麟就跟着贺连云回办公室了。

"邵麟，你最近找我挺勤快啊？"

"来得不勤您念叨我，勤了您又嫌我烦。"邵麟只是笑，"倒是您这么忙，还要带孩子，也是辛苦了。"

"这不一样，看着小孩子多开心啊！"贺连云摇了摇头，脸上刀削似的轮廓似乎柔和了几分，"其实很多时候，也很难说是我治愈他们，还是他们治愈我。"

"哦？"

贺连云长叹一口气，推开自己办公室的门："我以前有一个女儿，要是没出事儿，现在也上初中了。"

邵麟并不了解贺连云的过去，没想到随便一问就问出了这么沉重的往事，一时语塞："抱歉，我不是——"

"没事儿，这也不是什么秘密。"

也不知是不是方才与小孩子们玩触景生情，贺连云从自己的皮夹里掏出一张塑封的全家福："你看，多好一孩子，可惜了，先天性心脏病。"

照片里，贺连云还很年轻，搂着妻子和女儿，背景是一棵圣诞树，边上金红相间的，有不少礼物盒。

邵麟轻声说道："我很抱歉。"

"这事儿对我和我太太打击都挺大，我们最后闹得特别不愉快，就离婚了。"贺连云又叹了口气，"那之后我才回国任教的。"

邵麟安静地点了点头。

"行了，不提这些。"贺连云在桌前坐了下来，"你找我什么事儿？"

邵麟给贺连云看了几张草稿的照片，可贺连云只是摇头，表示从未见过。

至于候诊室里放着的那些画纸，单纯是给来访者提供一种多元化"发泄"

的途径，除非案例特殊，否则平时也不会作为治疗的一部分。

"贺教授，那以您的专业意见，"邵麟皱眉，"神经性贪食症患者，有可能和着泥土吃盆栽吗？"

贺连云沉吟片刻，直直地看向邵麟的双眼，嗓音富有磁性而低沉："邵麟，心理学永远只能解释一部分的人类行为，而生命最有趣的地方在于，它遵守规则，却又一直在打破规则。我只能说，没有任何一个诊断，会与某些行为100%嵌套。"

这条线索，就这样彻底断了。

邵麟出门的时候，特意瞥了一眼钉在贺连云办公室门口的周计划。他的目光落在了王洋纯出事儿那天，贺连云连续两天都是灰色的，显示在外参加一个学术会议。

或许，正如夏熠猜测的那样，王洋纯是在被方洁羞辱后引爆了多年埋在心底的压抑？难道这些图，真是被他过度解读了？

转眼间，到了4月初，燕安市的气温却丝毫没有回升的迹象。

小夏警官忙得稀里糊涂，要不是突然收到来自邵麟的生日礼物，他恐怕都忘了4月10日是自己的生日。毕竟，夏爸爸是个双标的宠妻狂魔，老婆过生日，那是天大的事儿；但儿子的生日，那就是老婆的辛苦日，应该给媳妇买礼物，儿子哪儿凉快哪儿待着。

糊了一辈子的夏某人受宠若惊，双眼闪闪发光，开心得结巴起来："礼……礼物吗？我……我的？"

邵麟微笑着拆开包装，只见里面静静地躺着一台灰色的、骨头形状的小音响，看着有那么几分神似曾经很流行的"天猫精灵"。

邵麟眼底露出一丝对新兴科技的兴奋，介绍道："X-Lab（X实验室）最新的人工智能产品，据说经过后天'学习'，它可以模拟任何人的声音，并与其他人进行对话。"

虽说学渣夏熠对这种新兴科技不太感兴趣，但依然感动得一塌糊涂："听着也忒高级了，这……这种AI啥的，挺贵吧？那啥，其实也不用为我这么破费……"

邵麟淡淡一笑，说也没几个钱，就图个新鲜。

可与此同时，只见 AI 头顶的圆圈红色变绿，发出了一个悦耳的电子女声："5998，只需 5998，X-Lab 人工智能陪聊机器人带回家！"

夏熠顿时惊了："5998?!"

邵麟突然不好意思起来："这功能还是蛮多的，而且据说在智能上有了突破性的进展，我看过演示，如果教得好的话……"

夏熠对着 AI 凑过头去："喂，我说你，值不值那么多钱啊？"

AI 突然开口："你可以问我任何问题。"

"好啊，"夏熠抱起双臂，"那我问你，5998 够我买几个肉包子？"

邵麟："……"

机身上的圆形光环闪了片刻，机器人一本正经地答道："我没听懂您的问题，请重复一遍。"

还不等夏熠发问，哈崽就蹿了过来，显然对这个骨头模样的玩具很感兴趣。哈崽前爪一顿乱拍，也不知它按到了什么键，绿圈又变成了蓝色："嘀——开启学习录音模式。"

"汪汪汪！"

夏熠手疾眼快地从狗嘴里把"骨头"抢了回来："哎——这是送我的，又不是送你的！"

邵麟静静地看着他俩，只是微笑。

今天毕竟是夏熠生日，邵麟决定做他最喜欢的香煎嫩牛肩庆生。夏熠觉得自己如果有尾巴，肯定已经摇成了哈崽那样。他热情洋溢地给邵麟打下手，还与邵麟一块儿去了附近最大的超市。

邵麟穿着一身休闲服，正挎着一个购物篮，在敞开式冰柜前找冻肉。

有一个进口的牌子夏熠特别喜欢，肉筋道不说，精肥恰到好处……邵麟在冰柜旁挑挑拣拣，心头因这些染着烟火气的杂事儿而倍感平静。

就在这时，一个身着西装的男人从冰柜那头走来，邵麟敏锐地抬头，却猛地愣住了。他只觉得自己脑子像是被狠狠捶了一下，无数在国际刑警组织工作时的记忆纷至沓来。

他来这里做什么？

男人架着一副很窄的半金边眼镜，双眼狭长，眼角微微上扬，五官锐利得有点冷漠。他和邵麟差不多高，但身板很瘦，脸颊都轻微凹了进去。

"好久不见。"

看这架势，他显然是冲着自己来的。邵麟眉心一皱："你跟踪我？"

"什么话？是你不接我电话。"男人嗓音冷冷的，不怒自威，"郑局给我的联系方式。我刚到你家楼下，就看到你和室友出门。"

邵麟看了他一眼，扭头就走："那你也看到了，今天周末，我不工作。"

男人盯着他的背影："你那份关于海上人口走私和'秘密星球'的报告，我收到了。说实话，我没想到竟然是你。"

邵麟这才停下脚步，神情喜怒难辨，嘴里淡淡一句："升官了啊，恭喜。"

男人喊了一句："Kyle！"

他又压低声音："'海上丝路'的事儿，我想与你私下聊一聊。"

"我和你私下已经没什么好聊的了。"

就在这个时候，夏熠拿着邵麟写的购物清单，一溜烟跑了过来，挥舞着手里的东西："买到啦！葱！姜！蒜！还有你要的百里香！我这次没买错吧！嗯？"很快，那兴奋劲一闪而过，夏熠本能地发现邵麟情绪不对劲，而且肯定和那个西装男有关。他瞥了那人一眼，目光不善："你谁啊？"

对方倒是大大方方地上前，伸出一只手："国际刑警委员会联系人总代表，邵麟的前任上司，王睿力。"

夏熠上前与人握了握手，简单地吐出一个字："哦。"

握手一个来回，两人就狠狠地在手劲上较量了一番，夏某人在差点没握断对方指骨后，才慢悠悠地自报家门："夏熠。"

王睿力："……"

邵麟皱着眉头："你有事儿直接找郑局，好吗？我今天有很重要的事儿。"

王睿力微微一挑眉，盯着邵麟的菜篮子，嘴角勾起了一个没有温度的弧度："Kyle，你真是变了好多啊！"

夏熠警觉地看了他一眼，心说什么叫"变了好多"，难道以前你们很熟？邵麟脸上都写着不想理你了，你还想咋的？但鉴于对方那官职听起来好像有点来头，夏熠也不好发作，嬉皮笑脸地往人怀里塞了俩苹果："王 Sir，我看这苹果又大又圆。An apple a day keeps the doctor away.（每天一苹果，医生远离我。）你要不拿回去尝尝？"

邵麟："……"

王睿力瞪了他一眼，甩手走了，只是撂下一句："行，咱们周一局里见。"

东西买得差不多了，两人并肩走着，却各怀心思。

夏熠故作轻松地开口："你以前的老板啊？"

邵麟似乎不想多说："嗯。"

"我最讨厌这种大周末还穿着西装一本正经的人了，看了就烦。"

邵麟扯了扯嘴角，却并不是真的笑了。

"他怎么还知道你叫 Kyle？"

邵麟的笑意这才真了几分："我英文名啊！"

"从来没听你提过他。"

夏熠说完这句话，突生一丝不安——何止王睿力，邵麟从来就没有提过自己在国际刑警组织工作时的事儿，以及蓬莱公主号后来到底发生了什么。眼下的平静仿佛只是一味温柔的毒药，而两人头顶始终悬着一把达摩克利斯之剑。

邵麟轻声说道："我为什么要提他？又不是什么重要的人。"

果然，周一上班第一件事儿，就是郑局召大家开会。

这回，王睿力换了一身警服，依然是一副冷漠、不苟言笑的模样。

"我们有足够的证据认为，你们在盐泉市发现的那个人口走私网络，属于东南亚最大的地下人体市场。我们追踪这个组织多年，曾经，他们洗钱都要通过银行，相对容易留下痕迹，后来他们的交易方式换成了由区块链保护的比特币，而现在——"王睿力介绍道，"我们在东南亚的同事发现，他们的交易单位还多出了一个'人头'。很多被送出去的小姑娘，被迫非法代孕，一生的价值均是百万美元起步。"

邵麟听着，心底一阵一阵地难受。

"我这次前来，正是因为国际刑警追踪到了他们售卖这些女孩的暗网——ReBirth，一个人体部件交易平台。但凡你能想到的身体部位，没有他们不能明码交易的。除了非法代孕，他们还做非法器官移植生意，这个地下移植市场每年现金流可达 15 亿美元，总移植数量占了全球的 10%。"王睿力切到 PPT 下一页。

邵麟突然打断："等等。"

王睿力看向他。

邵麟疑惑地皱起眉头："麻烦你倒回去一页。"

王睿力往回切了一页，回到了之前的暗网主页上。

"那个图能放大一下吗？"

王睿力放大了之后，邵麟与夏熠同时看向了对方——这个网站与大部分暗网的简单粗暴风格不同，难得带着一缕艺术气息，器官交易的部分，赫然是王洋纯画的那一系列"器官与花"。

这图片不再只有线条，而是彩色的完稿。

04

王睿力疑惑地看了邵麟一眼："有什么问题吗？"

邵麟不想打断对方准备好的报告，摇摇头表示事后再议。

王睿力简单介绍了一下这个地下网络及其主要活跃范围、犯罪模式。邵麟心里一直想着王洋纯的画，听得有几分心不在焉。

会议的大概意思是，东南亚一些岛国的居民，由于前些年的大海啸而流离失所，至今还住在难民营里。难民生活拮据，收入来源极其有限，为了钱，产生了全球最大的器官贩卖市场。有的难民营被西方起名为"肾脏村"，有近四分之一的女性卖掉了自己的一个肾脏。不同的难民营由不同的黑中介掌管，而最近，那些个"中介"很不太平，暴乱频发，内讧不歇，给当地治安带来了很大的困扰。

而根据线人的话，内乱频发的原因，是他们这条线路上的总负责人已经很久没有露面了，利益链也经常被警察突击打断。地头蛇们按捺不住，一个个的都想闹独立，从黑市集团中分离出去，以吞噬更大的利益。

有传言说，这个许久不曾在当地活动的负责人近期一直藏在燕安，但由于这条消息没有任何确凿证据，警方也只能当成传闻。直到收到了盐泉市的报告，王睿力才怀疑起了传闻的真实性，第一时间赶了过来。

等他汇报完，邵麟才和组里人聊起了王洋纯的画。

阎晶晶补充道："王洋纯的电脑不像与暗网有直接联系。而且我搜过了，这幅画没有在任何别的地方发布过，大概率就是王洋纯画的。对比成品与草稿也能看出来，她做了一些修改。"

"不是直接的……"夏熠沉吟，"那就是间接的联系？"

一念及此，邵麟脑海中闪过很多画面，不由得有些懊恼。

如果说是间接的联系，那他真的只有三个人可以怀疑。

出现在王洋纯追悼会上、身患肺癌的阮老师，给王洋纯提供心理疏导的咨询师，以及负责督导咨询师和心理绘图项目的贺连云……然而，邵麟拿着王洋纯那一系列图的草稿问了一圈，这三个人中，但凡谁与暗网有些联系，警方的调查方向绝对已经被爆了个彻底。

邵麟通过公安检查了这三人的银行流水，都没有发现什么问题，也暗地观察了这三人的动向，大家该干什么干什么，没有任何异常。

咨询师日常上班；阮老师的肺癌早已扩散，完全没有做移植的意向；贺连云依然沉迷学术，百忙之中还去他们家撸了一次哈崽。

所以，暗网上的那幅画，到底是怎么回事儿？

"轰隆隆"，一声春雷在燕安市的凌晨炸响，某高档小区的一间屋子突然燃起熊熊烈火。黑烟滚滚，窗户里火舌跳跃。大火安静地燃烧着，而整个小区正在沉睡。直到睡眼蒙眬的保安看向夜空中异样明亮的一角，吓得魂不附体，跌跌撞撞地拉起警报……

"什么？烧死了？还是燕大一个教授？"

"你说贺连云?!"

收到消息的时候，夏熠正叼着早饭走进办公室，惊得包子都掉了。

警笛呼啸，等一队人抵达现场的时候，消防员已经把火给灭了。那火大约是从卧室烧起来的，整座建筑黑乎乎的，烧得一塌糊涂，空气里还弥漫着热腾腾的水汽。

邵麟越过人群看了一眼尸体，白色裹尸布里有一个焦黑的人形，整个身体像打拳击防御似的蜷起，其他不再可辨。血肉横飞的尸体邵麟见过不少，他却无法直视平日生活里熟悉敬重的前辈变成如此模样，飞速地别开目光。

现场有无数人走来走去，声音嘈杂，邵麟的思绪乱成一团。

他愣愣地看着那扇红木门。一闭上眼，邵麟眼前都是贺连云言笑晏晏地开门的样子。男人五官锐利，但笑起来又是很温柔的样子。他的气色总是有点苍白，但聊起心理学来滔滔不绝。

消防队的同志穿着橙红色的衣服，在里面大声嚷嚷："这火不太对劲！卧室没煤气，再怎么烧也不可能突然烧成这个样子，也没找到电器源头，不对劲！"

"房间里全看过了，就烧死了一个，没其他人！"

夏熠戴着手套，蹲在烧得最厉害的卧室边上。他摸了摸焦黑的地板，放到鼻子下一嗅，很快就皱起了眉头。

汽油味。

夏熠神色凝重："一定是人为纵火。"

有点驼背的保安在他身边走来走去，操着乡音，焦虑地重复那些他已经说过无数次的话："那个，我发现着火的时候是早上 4 点多啊，但那时候火已经很大了，也没听到有人喊救命。我直接打了 119，也没看到有人逃出来啊！"

穿着橙色衣服的消防员指着木床的废墟："人发现的时候在那里面，夏组长，您觉得是他杀？"

李福拿着小本子跑了过来："组长组长，物业监控我调了，昨晚 8 点半，贺连云的车开进了小区，就再也没有离开过，也不知道车里几个人。不过问了物业，死者平时是独居的。"

"家门口的监控呢？有没有什么可疑的人？"

李福苦着一张脸："昨天那车直接进了车库，卷门一拉，人直接从车库里进家了。正门的监控里，反正是没人出来过。不过院子那边也有一扇门，只是那门外的监控坏好久了。物业说这小区特安全，也就一直没人修。"

夏熠怒道："这都是什么破理由？每次出事儿了都找这种理由糊弄我们！"

李福总结："反正就是没拍到人，房子自己烧起来了！不过，小区晚上12点后进出要登记，着火前后的时间里，整个小区都没人进出。"

也就是说，假设是他杀，那纵火的人不是还在小区里，就是药倒了贺连云，然后泼洒汽油，做了一个定时引燃。不过，人是不是被药倒的，法医组应该能给他们一个明确答案。

夏熠恼火地在卧室里又来回走了一圈。这火太大了，哪怕这个房间里曾经放了什么定时引燃器，也早已被烧得一干二净。

他从卧室里出来的时候，就见邵麟一个人怔怔地看着客厅里的食品柜发呆。汽油集中泼在卧室，这里又与卧室隔了两道墙，倒是没有被完全破坏。

"你还好吗？"夏熠一只手搭在了他的肩上，低声问道。

邵麟沉默地摇了摇头。

食品柜里放着一包进口谷物圈，他的目光就落在包装盒五颜六色的卡通人物上。邵麟来过贺连云家几次，从来没见他买过这种东西。而且，根据谷物圈满满的容量，这玩意儿似乎是刚买不久。

邵麟忍不住觉得奇怪。明明是给小孩子吃的东西，大人为什么会买这个？

"我先去确定一下，昨晚贺连云有没有带什么人回来。"不过，监控信息不全，贺连云的手机也已彻底烧毁了，这次的案件，连个嫌疑人都没有。

一行人从火灾现场离开，又直奔贺连云的办公室。

邵麟在办公室里发现了一摞最新的儿童画，看落款时间，就在这几天，贺连云又组织了一期小孩的公益活动，主题是画"想象中的自己"。

与此同时，阎晶晶熟门熟路地打开他的电脑，却发现贺连云生前最后一条行为记录——

贺连云家起火的那天凌晨1点2分，他登录了自己的学校邮箱，并且写了一封从未发出去的邮件。

那封邮件是写给燕安大学心理系主任的，内容却是请辞道歉。贺连云说，因为自己的疏忽，不小心将心理咨询来访者的信息泄露了出去。最近他突然发现，自己无意泄露出去的信息，可能导致了一个年轻女孩的死亡。他对这件事儿越想越惶恐，却又始终没有勇气坦白，因为对心理咨询师来说，在不涉及非法行为的情况下，对来访者信息保密，是咨询师与来访者关系建立的基石。他觉得自己辜负了病人，也辜负了自己的职责，备感内疚，深受煎熬。

阎晶晶读完邮件就傻眼了："组长，他可不会是自杀的吧？他这什么意思，他说的年轻女孩，就是王洋纯吧?!"

"别扯了，这怎么可能是自杀？"夏熠在电脑前眯起了双眼，突然不说话了。

邵麟也陷入了沉思："如果是自杀，他为什么又没有发出去？"

警方为贺连云家的火灾案忙得焦头烂额，局里电话不停。可就在这个时候，案发当日下午4点半，邵麟收到了一个来自燕安市福利院的电话——一个中年女性焦虑地问起贺连云一事。

"听说贺老师家着火了？张胜男呢？"

"什么？"邵麟愣住，"张胜男？"

那个被父母卖去海外，又千里迢迢从盐泉送来燕安市福利院的小姑娘?!

只听负责人焦虑地讲了起来——谁都知道，张胜男刚被送来福利院的时候，心理问题很大。不过，她在参加了一期贺连云举办的公益绘画活动后，明显开朗了不少，而且特别黏老师，其他同学也都很开心，学校才连着举办了两期。

贺连云每次看到张胜男这个年纪的小女孩，都会触景生情，和福利院的负责人说，要是自己女儿还活着，差不多也该有这么大了。再加上张胜男本就性格古怪，唯独与贺连云在一起的时候才会露出些许活泼的神态。老师见两人投缘，便与贺连云聊了聊是否考虑资助或领养。

福利院有一个规定，领养前必须送孤儿去预备领养人家里住上一两天，看看是否合适。可谁知，张胜男在贺连云家住的第一晚，就出了这么惊人的大事儿。

贺连云家里新买的进口儿童谷物圈！

邵麟想起那个身高不过自己一半的小姑娘……想起她小麦色的皮肤、微微下垂的眼角、厚厚的嘴唇、冷漠而警惕的眼神……心一寸一寸地凉了下去。

他当时怎么就没有想到呢？

那个与邵远一起上课、将他引去双生树下的"小女孩"。

那个披着徐云绯大衣跑出鬼屋的"小女孩"。

那个在盐泉将他的行踪掌握得一清二楚的"告密人"。

王洋纯的"死亡密室"里，那个小孩子可以、大人却不能顺利进出的窗口……

邵麟从物证袋里翻出了一摞福利院小朋友们画的画，攥紧了其中一张非常诡异的"自画像"——画面非常潦草，毫无章法，但能看出一个小女孩的脸下面竟是一具异常成熟的女性裸体。

如果那个"小女孩"，从来都不是什么小女孩呢？

她以受过侵害为由，几乎躲过了所有的身体检查。

"夏熠，"邵麟觉得自己的指尖冰凉，心跳飞快，"你之前说，去张胜男那个村子里确认过了？"

"是啊，小孩父母、哥哥全部吸毒出车祸死了，证据确凿，没什么疑点。"

邵麟皱眉："没有任何亲戚？"

夏熠肯定地点了点头："没有任何亲戚。要不然，当时也不至于被送去福利院呀！"

邵麟急了："那她爸妈的尸体还在吗？"

按理说，尸体六十天无人认领，早该被火化了，烧得半点 DNA 都提取不出来。不过，说来也巧，老天又给了一个机会——在张胜男老家那种落后的小村庄里，人大多迷信，而且很多有钱人家会选择土葬。

村里有个大户人家，太太四十出头就得癌症死了，也不知道什么原因，太太死后家里一直不太平，她男人生意亏了大钱不说，那十几岁的儿子也经常生病。有一天晚上，她丈夫梦见亡妻哭哭啼啼地说想儿子了，吓得他花重金请了道士。

那道士说，是太太一个人在阴间寂寞，所以才时常作怪，碰巧张胜男的哥哥是一个 15 岁的少年，尸体躺在殡仪馆里无人认领。道士建议她丈夫把那个男孩的尸体埋下去，陪陪太太，压一压阴气。

小地方殡仪馆没那么多管控，就这样，张胜男亲哥哥的尸体误打误撞地保留了下来。

当然，破土重挖费了不少劲，但好歹警方从张胜男哥哥的头发里提取到了足够完整的 DNA。很快，结果出来了——

被警方救下的"张胜男"，与张胜男的哥哥没有任何血缘关系。

不过，郁敏在数据库里找到了一条匹配信息：最早的时候，那个被关在箱子里，漂到岸边，怀里塞着蓝色海神花的无名女孩。她在受尽虐待，被父母贩卖，惨死海上之后，终于找到了自己的名字。

05

夏熠盯着"张胜男"的收养档案瞠目结舌："如此说来，在哑巴那个案子暴露之前，她就未雨绸缪地装扮成受害者，以骗取其他人质的信任！"

邵麟寻思片刻，点了点头："难怪徐云绯说，这个'张胜男'一直跟她讲，去海上生活未必那么糟。她这么做，很可能是为了稳住这些被绑架的小孩。如果我没猜错，这个'张胜男'在人口买卖这条线上地位不低。她儿童的外表，非常容易骗取他人的信任，可以说是得天独厚。"

"能干出这种事儿的，不可能只是一个 11 岁的小姑娘！"夏熠大呼小叫的，"这女的到底几岁了？吃了什么神仙药，怎么长不大呢？去给那种护肤品拍广告多好啊，干啥非得干这种刀口舔血的事儿?!"

"组长组长，"阎晶晶凑了过来，"那天我看了个节目啊，特邀嘉宾是个'男孩'，看上去才 10 岁，其实已经 31 岁了，那个什么综合征来着？"

邵麟接嘴："Highlander Syndrome，高地人综合征，非常罕见。不过，在医学上，这似乎还不是一个明确的病症。"

"对对对，就是这个！"阎晶晶双眼发亮。

"先把人抓到再说！"夏熠把话题切回来。

提到抓人，一队人愁云满面。

福利院的人说，贺连云把孩子带走当天，原计划是带"小女孩"去买裙子，再带她去吃她念叨了很久的肯德基。毕竟在福利院，能吃上一次肯德基是很值得炫耀的事儿。这事儿后来被警方证实——根据贺连云的消费记录，他出事儿的前一天晚上，确实在西区某家肯德基消费过。

邵麟根据付款时间，去调了那家餐厅门口的监控，确实捕捉到了贺连云带着"小女孩"出门的画面。"张胜男"已经换上了贺连云给她新买的公主裙，与贺连云手拉手地往外走，非常亲昵，没有半点异样。两人走向停车位方向，很快离开监控范围，应该是去取车了。

这是警方最后一次见到"张胜男"。

贺连云出事儿当天，燕安市就发布了寻找"张胜男"的通告，一无所获不提，更奇怪的是，就连贺连云小区的摄像头也没有捕捉到"小女孩"的影像，守在门口的保安们对此也毫无印象。

以至于警方至今不仅没查到"张胜男"的真实身份，也没有她离开贺连云小区的具体时间。

这事儿就很奇怪。邵麟思忖着，假设"张胜男"坐贺连云的车进了小区，那么她又是怎么出来的呢？贺连云住的是高档小区，总共只有两个门，都没有拍到她。而且，铁栅栏上都带着摄像头与红外报警器，不存在翻出去的可能。

或许，她还有个同伙？那人开车带着"张胜男"离开，或者把"小女孩"藏在家里，直到案子风头过了，才偷偷离开？如果有同伙，就更难查了，"小女孩"只需要戴个口罩，与一个大人手牵手——谁会去怀疑这样的一对家长与孩子？

又或许，张胜男很早就离开了，压根就没有与贺连云一块儿回来？

可是邵麟什么证据都没有。

警方甚至查了贺连云的车进入小区后所有离开小区的车的车牌，就连出租车等非小区业主的车都没有放过，却一无所获。那个之前假扮张胜男的"小女孩"，就这样扑朔迷离地消失在了警方的视野之中。

三天后，国际刑警对这个女人也发布了通缉令。

不仅仅是刑侦口陷入僵局，法医组那边也没什么重要进展。根据骨头不难判断，贺连云宅邸中发现的尸体是一名50岁左右的男性。经DNA检测，与贺连云办公室里发现的头发DNA相符，尸源似乎没有什么问题。

但法医组还需要确定：这是自杀还是他杀，以及死者是被活活烧死的，还是说，大火不过是掩盖了抛尸现场……

然而，由于尸体重度烧伤，部分暴露在外的骨头十分脆弱，一碰即碎。至于那些早已炭化的表皮，放在显微镜下，郁敏也分析不出来，这到底是否存在过生活反应。

由于助燃剂的存在，火焰燃起的速度远快于自然火灾，死者颅内容物受热迅速膨胀炸裂，导致颅骨骨折。也无法根据尸体眼睑是否存在鹅爪状改变，判断起火时死者是否还活着。

如果一个人是被活活烧死的，那么在他死之前，气管乃至肺部会被灼热的气体烫伤，同时不自控呼吸时，会吞入大量的烟灰、炭末。然而，当法医取出焦黑的消化道切块放到显微镜下，几乎没有找到任何生活反应特征，内部气管切片也没有热作用呼吸道综合征的表现。

"尸体烧得太厉害了，"难得郁敏做报告时没了往日冷漠的自信，甚至还有一些狼狈，"我们认为火烧的时候，死者已经死亡了，但死因仍有待商榷。我们没能从尸体中检测出任何致命毒物，但发现了少量安眠药残留——不过，其实我们不能确定毒物浓度，因为很多化学键在那样的高温下分解改变，非常影响测量结果的准确性。"

"但有一点，尸体的上半身皮肤烧伤的程度远比下半身严重。也就是说，助燃剂很有可能是不规则地洒在这人身上的，主要位置是上半身。"郁敏顿了顿，"综合这两条线索，我们认为他杀的可能性更大。"

"我也同意他杀。"邵麟提出，"贺连云在死前几小时，还在修改一封有自杀倾向的信件，但是他没有发送——根据我对贺老师的了解，他哪怕是自杀，也一定会把遗书写得清清楚楚，不会存在草稿箱里不发送。"

一个小姑娘如何对付一个成年男性？

唯有下药。

贺连云家确实有安眠药。

可是，"张胜男"为什么突然起了杀心？她如果要走，完全可以找个契机消失，从而避免暴露自己的身份。她的身体，是得天独厚的"优势"，完全没必要像现在这样，闹得尽人皆知。

所以，她纵火的行为，一定有着更深的目的。

根据贺连云存于草稿箱的信件，他显然是知道了一些信息。可是，贺连云是掌握了什么样的信息，才会让"张胜男"以如此极端的方式离开？

走出会议室的时候，邵麟还没在脑子里把案件捋明白。在他的余光里，似乎有人向他挥了挥手。邵麟扭头，发现郁敏手里拿着一份文件，对自己使了一个眼色。

邵麟会意，连忙过去。郁敏推开一个打电话的小房间，脸色似乎有几分沉重："你让我查的事儿有结果了，抱歉拖了这么多天，这几天实在是忙。"

王洋纯与贺连云接连案发，邵麟自己都忘了，他之前偷偷拜托过郁敏一件事儿——那些让哈崽嗅着就不停乱叫的卡片。

"你怀疑是血的那些字迹，"郁敏眉心微蹙，"颜色之所以鲜红，是因为混入了鲜红色的染料，但鲁米诺反应非常强烈，证明那墨水里确实有血液成分。"

邵麟面上没什么表情，但心底"咯噔"一下，静静地等着郁敏的下文。

"我尝试着提取了一下生物信息，还真没想到，竟然从那血迹中提出了DNA。最近案子做了好几次测序，索性一起提交了。"郁敏递过一份报告。

邵麟刚想接过来，郁敏又把报告往后一扯，严肃地盯着对方："我希望你做好心理准备。"

邵麟只觉得自己的心更沉了，但面上还是故作轻松地笑了笑，说："这有什么好接受不了的？"

"这份 DNA 我在数据库里没有找到任何 100% 匹配。"郁敏扭头看了看门外，确定没人往这边走才压低了声音，递过报告，"但是，匹配度最高的人是你。"

"什么意思？"邵麟眼睛微微眯起，"这是我的血？"

郁敏沉默地摇了摇头，翻开鉴定报告——50% 匹配，染色体镜下观有 Y，这个血大概率来自邵麟的亲生父亲。

邵麟只觉得耳畔"轰"的一声，愣在原地。半晌，他强行挤出一个僵硬的笑容："这方面我不太懂，请教一下郁主任，血液 DNA 能保存多久？"

郁敏微微蹙眉："什么意思？你的意思是，多久会降解吗？"

邵麟只觉得自己胸口怦怦乱跳，点头道："比如，有一管血，放了十几年，将近 20 年的那种，还能提出 DNA 吗？"

"快 20 年？"郁敏抬了抬眉毛，"经过处理，以实验室条件储存，是没有问题的。"他抬头指了指文件，"但你这放到墨水里，十年二十年，绝对不可能。

写在卡片上，看储存条件，最多两三年吧，DNA再稳定，接触空气也会慢慢降解。所以，这次能从里面提取出DNA，我也非常诧异。"

邵麟脑子转得极快："你的意思是，这墨水里的血……这血是近期加进去的？"

郁敏点头。

邵麟喉结动了动，却没有再说话。

难道，林昀真的还活着?!

"邵麟，我不知道你为什么要找我测这个。"郁敏认真地看着他，眼底闪过一丝忧虑，"现在我愿意帮你保密，但倘若未来，这件事儿变成了潜在的线索或证据，我会毫不犹豫地交上去，希望你能理解。"

邵麟僵硬地连声道谢，说："那是自然。"

郁敏面无表情地点了点头，说了一句"你好自为之"，便转身推门，却与往这边走来的夏熠撞了个满怀。热心警察小夏手里大包小包的，拎着给大家点的饮料。

夏某人眯起双眼，狐疑的目光在郁敏脸上打转："哟，你们俩讲什么悄悄话呢？"

邵麟对他扬起一个苍白的笑容："之前有点事儿想请教郁主任……"

夏熠看向邵麟时，变脸似的又成了一只热情的大狗，往他手里塞了一杯Rox不加糖美式咖啡，还不忘阴阳怪气地瞥郁敏一眼："你瞅啥？想要啊？想要下回早点和哥说，哥给你也一块儿点上！"

郁敏一垂眸，像是躲避什么病原体一样，头也不回地说："打扰了。"

邵麟："……"

邵麟捧着咖啡，探头往夏熠手中的袋子里瞅："你还买了什么？"

夏某人立马吧吧地介绍起了阎晶晶同志最近盯上的奶茶店。

邵麟往不远处瞥了一眼，只是笑："快送去吧，看人那眼巴巴的样子，就等着这杯奶茶续命呢。"

夏熠憨憨一笑，连忙当起了外卖小哥，把方才郁敏与邵麟之事抛在脑后，而邵麟捧着咖啡，眼底的笑意渐渐淡去。无论手里的纸杯如何烫手，他心底一片冰凉。

倘若那是近期加入墨水的血，似乎就只有两种可能——第一种，他父亲在与组织失去联系后，不知道染了什么变态的毛病，拿自己的血写字来逗他玩。而第二种更加令人不安，他父亲错过了与警方接头的时间，可能不是因为他叛变，而是因为他被抓走了。17年，整整17年，倘若林昀还活着，且那个组织依然以折磨他乃至他的儿子为乐……

邵麟忍不住打了个寒战。

无论是哪种，他都觉得父亲还是死了好。

邵麟麻木地回到工位，不动声色地藏好文档。为了看起来一切如常，他随便点开了一段监控录像。然而，当邵麟把贺连云带着"张胜男"从肯德基门口出来的录像反复播了十几遍之后，他突然有了新的发现——

贺连云在带着"张胜男"出门的时候，他一手牵着"小女孩"，一手拿着自己平时常用的黑色公文包。可在他走路的时候，左侧牛仔裤口袋里，有一个诡异的凸起。毕竟摄像头位置较远，且像素有限，如果不仔细看，很难发现这个细节。

邵麟将画面放至最大，发现口袋口露出了一些类似塑料包装的东西。他的目光再次落回到肯德基的广告牌上，那里画着几只史努比玩具，正是这几个月的套餐赠品。

邵麟心中一动，光看大小与形状，这凸起似乎很像一个史努比玩具。

在肯德基店内，监控没能拍到两人的餐桌，但收银台前的摄像头拍到了贺连云来取餐。邵麟一看，果然，餐盘上放着一个五颜六色的儿童套餐礼盒，所以，他们确实有过一个史努比玩具！

可是后来，那个玩具又去了哪里？

贺连云家里没被烧掉的部分，已经被搜了个底朝天，玄关里放着贺连云当天穿的鞋，但是没有"小女孩"的鞋，那个公文包就搁在客厅的沙发上。邵麟可以确定，他没见过那个玩具，贺连云的车里也没有。

这么大个东西，一直放在牛仔裤口袋里，估计会绷得很难受。贺连云不可能一直把它放在口袋里。但是，在"张胜男"暴露身份之前，这个玩具本该是给"小女孩"的，不会放在贺连云的房间里。难道是凶手为了毁尸灭迹，一起烧掉了？可是，福利院一早就明知"张胜男"当天的行踪，查到她身上并非难事，所以，"张胜男"没必要多此一举。

还是说，这个玩具被"张胜男"当成战利品拿走了？这个概率似乎更大一点。可是，她杀人放火，匆匆逃离现场时，为什么要带着这样一个累赘？假设这个玩具对她来说有一定的精神意义，从肯德基走出来的时候，拿玩具的为什么不是她，而是贺连云呢？

邵麟双手狠狠插进自己的鬓角，只觉得这案子里有太多他想不明白的细节。根据他的经验，当一个案子出现这种情况的时候，问题很有可能出在源头上。也就是说，或许他对这案子最基本的判断或假设，是不成立的。

可是这个"源头"，又是什么呢？

整整一周，警方都没能发现"张胜男"在燕安的任何行踪，她还留在当地的概率已经微乎其微了。王睿力那边的线人传来了消息，说他们的总负责人终于回来了，并且开始了对东南亚当地人口贩卖市场的清算。邵麟觉得，如果自己没有猜错的话，"张胜男"很有可能已经回到了她的主战场——海上。

可是，警方各种线索表明，这个犯罪团伙的最高层，是一个以"父亲"自居的人。虽说对犯罪嫌疑人不应该先入为主，但邵麟依然认为这个"父亲"可能就是"张胜男"，不过他很难想象"父亲"的外表会是一个小女孩。

如果那个"父亲"另有其人……

邵麟又想到了那些寄给自己的卡片。

06

大伙儿连轴转了一个月，邵麟与夏熠总算轮了个周日休息。上午，邵麟出去买点东西，仅仅是这么一来一回的工夫，家里就来人了。他拿着钥匙，整个人愣愣地杵在门前。

夏熠这公寓什么都好，就是隔音效果太差。

只听，房间里有个女人："……这是水晶虾饺、豉汁排骨、榴梿酥，都是那家粤菜馆你最爱吃的，周日就是要吃早茶嘛，你看我都给你带过来了。"

随后，门那头又传来了夏熠的声音："妈，您放着，放着，我来——哎，我说，你俩怎么来之前也不打一声招呼，说来就来了，我都没个准备……"

"你妈特意叮嘱我不准和你讲。"另外一个男声低沉地笑道。

邵麟脸部又是一抽，夏熠爸爸也来了啊？

一时间，他推门也不是，离开也不是。

父母总是有数不清的叮嘱，担心这个担心那个，再大的孩子在父母面前永远都是个宝宝。邵麟站在门外，偷偷憋笑。

笑着笑着，他又感到一阵遗憾。他永远都不会被父母"突击查房"了。他永远都不会再听到父母那些令人不胜其烦，却又充满了爱与期待的唠叨。

他的父母……

邵麟又想起不久前郁敏交给自己的报告，表情逐渐凝固。

他沉默地凝视着内心那片广袤而深邃的蓝海，从来没有如此清晰地意识到——他与他的过去，终有一战。

邵麟抬起脚，悄无声息地从门口离开了。

碰巧就在这个时候，局里接连两个电话。

"有案子有案子！"夏熠如获大赦一般地从椅子上蹦起，"局里有事儿啊，我先走了，爸妈你们自己吃点啊先！"

"哎——怎么不再吃口虾饺呢？你看你，都没吃多少东西，这样子怎么行？"

夏熠也顾不上他妈的话，拎起自己的外套，一溜烟地往外冲。

几天苦无进展的案子，突然迎来转机。

铺天盖地的通缉令已经发了好几天，警方反复提醒广大市民，不要被"张胜男"小女孩一般的外表欺骗，要是遇到相貌相似的"流浪女孩"，务必第一时间报警。虽说警方没能抓到"张胜男"，但在无数"看错了"的消息里，警方发现了一条至关重要的线索……

夏熠与邵麟在公安局碰了头，来不及聊半句家里的事儿，就被王睿力赶上了一辆车。

夏熠探头："干啥呢这是？要出警？"

"不是，去医院。"

"医院？"夏熠瞪圆了一双眼睛，"谁出事儿了？电话里不是说发现了'张胜男'的行踪吗？"

"没错，我们接到消息，燕安总院里有个病人，看了电视里反复插播的通缉令后报警，声称自己见过这个'小女孩'，并且有重要线索要向警方举报。"王睿力顿了顿，"但他病得太重，不方便出院，只能咱们亲自跑一趟。"

病床上躺着一位 50 多岁的男子，面色苍白，全身浮肿，脸和馒头似的。他身体上上下下插满了管子，周身仪器"嘀嘀"叫个不停。

"移植后排异反应，导致多器官衰竭。"医生对警方摇了摇头，"主要他这个肾移植还是国外做的，很多信息我们也不太了解，现在突然排异得这么厉害，可能撑不过去。"

患者名叫何成飞，十几年前因为药物过量患上了肾病，再加上饮食不节制，很快就发展成了尿毒症，一血液透析就透了十年。苦于一直等不到肾源，他就研究起了去国外看病，毕竟何成飞早年生意有成，什么都缺，就是不缺钱。

买自己一条命，多高的价格他都愿意出。

就这样，他通过一家"海外就医"的中介，在海外找到了肾源匹配，花了200 多万人民币，给自己换了一个肾。说来也奇怪，八个月前手术非常成功，也不知为什么，现在突然起了排异反应，何成飞直接病危。

他说，自己的移植手术几经辗转——飞机、汽车、轮船、海上直升机，再到轮船，最后才到了一艘医疗设备齐全的大船上。按何成飞的话说，那几乎像是一艘医疗军舰，医生和护士都是外国人，操作专业，服务热情，术后还包了海上游轮休闲疗养，整体服务好得令人诧异，他觉得这钱花得还挺值的。

当年，他就是在那艘船上，见到了通缉令里的"小女孩"。他之所以对"小女孩"印象深刻，是因为在船上，她熟练掌握多国语言，而且，有一天晚上他去甲板上散步，碰巧看见她拿着一把枪指向一个成年人的脑袋。当然，何成飞那时不敢发声，更不敢暴露自己，却深知这"小女孩"绝对没有她看上去那么简单。

何成飞躺在床上，目光空洞地望着天花板，呢喃道："报应啊，都是报应啊……"

刚移植完那会儿，何成飞一直说自己对肾源一无所知，因为这种信息是不会对移植者公开的。他只知道生理数据上，这个肾源与他自己是匹配的。

可现在起了严重的排异反应，他才涕泪纵横地老实交代。其实，他知道这个肾是海外穷人卖的，但买卖均是出于自愿，也没什么强迫人的事儿，他买命，对方赚钱罢了。可这几天突然病危，也不知是不是心理作用，高烧恍惚间，何成飞老是感觉有一个黑影向他索命，让他把肾给还回去，这才心生一丝后怕。

大约是人之将死，其言也善，那天他一看到警方让大家警惕在逃犯"张胜男"，就想起了这件事儿。何成飞在状态好一些的时候，第一时间报了警，希望自己能做点贡献。或许，老天看在他醒悟的分上，能再给他一次机会，留他一口气。

病房里不方便有太多警员，只有夏熠与阎晶晶两个人在里面提问，而邵麟与王睿力戴着监听耳机，坐在病房外的长椅上。

听到病房里聊起医疗费用时，邵麟突然问道："在国外卖个肾能赚多少钱？"

王睿力耸了耸肩，脸上没什么表情："东南亚市场价 3000 美元左右吧，基本上先给八九百美元定金，剩下的还要看器官掮客愿意给多少。其实赚得不多，因为摘肾后，还有感染风险和其他医疗费用，以及卧床休息期间无法打工的问题。"

邵麟无声地睁大双眼，长叹一口气。

3000 美元的器官成本，2 万美元的手术成本，再加上康复七七八八，撑死五六万美元，折合三四十万人民币。而前前后后，何成飞竟然花了 200 多万，这是何其暴利？假设一个病人他们就净赚 150 万，光这一个项目，一年只需要六七十个病人，净利润就能破亿。

而在这暴利的背后，是因为贫穷而贩卖器官却又因为卖器官而变得更加贫穷的难民。

邵麟突然想起来，那个在盐泉海滨公园与"张胜男"一同绑架了徐云绯的鬼屋道具师王强也患有尿毒症，急需换肾！他向警方声称，对方向他承诺了一大笔钱，可是，根据他的个人资产，别说出国换肾了，他就连国内换肾的钱都出不起。如果对方承诺的不是钱，而是一个肾源呢？

在东南亚黑市里，3000美元一个肾，而王强帮他们拐走一个十一二岁的小姑娘，上百万就到手了，这是稳赚不赔的买卖。只是，徐云绯被警方救下，这些承诺自然不会兑现，也不可能在他账户里留下记录。

夏熠又问了何成飞出国移植的一些细节。

起初，何成飞在医院排队，认识了一些病友，然后被拉进了一个燕安市病友群，并在里面得知了这种海外就医的机会。最开始，他只是递交了自己的HLA（特异性人类白细胞抗原）位点信息，付了一点委托费，对方就开始为他寻找匹配的肾源。当时，何成飞病急乱投医，权当抽奖，万万没想到，两个月后，对方传来了匹配成功的消息。

再后来，有专业医生在翻译的陪同下与他进行了视频沟通，并且实时拍摄了医院里的医疗设备——海外换肾的事儿就这么定了下来。

何成飞把他与移植相关的资料全都上交给了警方：病历，各种化验单，地陪导游、海外医院、医生的联系方式，手术风险通知书，免责书，以及大额汇款的银行记录。

从账面上看，对方是一家注册在I国的国际化私立医院，名叫"伊丽莎白纪念医院"。医院设有海上康养游轮、海景康养度假村等特色项目，医生学历极高，基本都有西方发达国家的教育、实习背景。公司以面向全球富豪、奢华服务、极度注重保护隐私为卖点，在国外的口碑竟然非常不错，成了不少海外名人戒毒、私密康养的最佳选择。

至于在国内，与这家医院相关的就医信息还是相当之少，毕竟私立医院收费高昂，去过的人不多。

夏熠"哗哗"地翻着资料，忍不住说："这医院看着还挺靠谱啊！啧，这海景病房可不是吹的，生个病能有这么好的疗养环境，我可得向组织申请去住一段时间，实地调查调查。"说完他还凑到邵麟耳边，讲悄悄话："我瞅着去这地方旅游不错。"

邵麟拿材料呼了一下他的脑袋："我帮你去问问郑局报不报销。"

王睿力抬起眼皮，冷漠地扫了两人一眼，突然开口："这家医院必然是合法医院，但这器官来源后头的交易脏着呢。明面上看干干净净，但那种国家又小又穷，黑帮武装比军队还强，将军都可能帮着一块儿贩毒，医院与地下器官市场勾结也并非怪事。哼，就算问题再大，咱们也没有执法权。"

"啊？"夏熠皱眉，"那要是'张胜男'已经逃回去了，咱们还能做些什么？"

"人在公海上，你们尚有追捕权，假如她逃去了境外，你们能做的就非常有限了，I国警方烂透了，未必会真的帮你。"王睿力漫不经心地强调了一下"你们"二字，但很快，他又指了指那些材料，冷冷说道，"早些年，器官市场最大的买方来自欧洲与北美，但眼下国人有钱的越来越多，还有几十万等不到匹配的病人有迫切需求，今天只是换个肾，谁知道明天会演变出什么事情来？只要利润足够大，什么事儿都有人敢做。与其思考自己摸不到的'张胜男'，不如先想想，怎么把这条灰色产业链彻底掐死在燕安市内部。"

难得邵麟主动附和："没错。这条线的前端一定有掮客，或许我们可以从何成飞的那个病友群下手。"

何成飞也很配合，直接把自己的QQ账号密码全都提供给了警方。值得庆幸的是，这并不是一个匿名且阅后即焚的群，所有的聊天内容在服务器端都存有记录。

阎晶晶随便搜了几个关键字，惊道："我的天，对出国换肾感兴趣的人也太多了吧！竟然隔一两天就有人问！这么多网友，怎么找啊？而且大家都在聊伊丽莎白纪念医院，肯定有人拿了黑心广告费！"

邵麟一只手撑在电脑桌上，越过阎晶晶的肩膀去看屏幕，沉声提醒："主要找两种人。一种是假病友、真中介，这种网友的活跃度高，比较喜欢发广告。还有一种，是出国就医的潜在用户，找那些真实信息多，发言看起来还有点钱的。看病依赖医保、支付不起这笔费用的人就不用考虑了。"

这么层层筛选下来，警方成功定位了群里几个中介小号，以及三位认真考虑海外移植的网友。其中有一个名叫"海风1967"的网友，发了消息庆祝自己找到匹配，感谢群友长期以来提供的支持与帮助，打算近日敲定行程，如果手术成功，再回来汇报结果。

那条消息之后，他就没在群里冒过头。

何成飞以前与这位病友在群里聊过几句，但并不知道彼此姓名。群里大部分病友不希望在网上暴露现实生活中的身份，"马赛克信息"也成了约定俗成的规矩，更何况何成飞许久不曾与人联系，现在也不方便问。

姜沫带人去深入调查那几个鼓吹伊丽莎白纪念医院的中介号，而夏熠这边检索"海风1967"账号下的所有发言记录，汇总出一些零散的信息：一些打了码的化验单、家里买的血透仪器品牌、尿毒症年数，以及并发症的情况。

邵麟把所有图片仔细检查了一遍。

"这里！"他突然眼睛一亮，把一张图片放到最大，"这人马赛克了所有个人信息，但在模糊医院名字的时候有所疏漏——第一个字是草字头，下面带点，应该是'燕安'的'燕'，这里还露出来一个'逸'的头，估计是燕安市邵逸夫医院！晶晶，去他们医院查数据库，这化验结果是去年 12 月 11 日出具的，应该是个尿毒症晚期病人。"

"他 ID 里面有 1967，会不会就是 1967 年出生的？"

"有可能是。"邵麟点点头，"在网上起名的时候，尽量不要用这种可以被用于身份识别的信息，有心点的稍微一调查，就能让你内裤都不剩。"

虽说这位网友给自己的病历打了许多马赛克，但警方根据化验单信息，依然发现了他的真实身份：燕安市某连锁餐饮企业的创始人，在换肾名单上待了七八年的尿毒症患者——罗洋。

警方通过医院留的电话联系上了罗洋，但罗洋似乎很重视自己的隐私，大骂医院泄露病人数据，然后就直接挂了电话。

之后，警方再也打不通罗洋的电话了。

不过，警方打探了一圈，从罗洋公司的董事会了解到，罗总请了一个病休长假，时间是从 5 月 23 日开始，很有可能是定了那时候出国。

"哟，那不就是下周吗？"夏熠急道，"咱们可得赶紧了！"

郑局却慢悠悠地一摆手："不急。咱们就等到罗洋休假前一天，直接上门堵人。"

"啊？"夏熠不解。

"何成飞的资料里，有国内联系人的信息，负责解决出国前的接洽问题。但是，那个人的号码已经变成了空号。他们在燕安一定有人。我要把他们连根揪出来。"郑局语气里带着一丝狠厉，"只有突然打乱他们的原定计划，让他们猝不及防，他们才更有可能犯错，暴露更多的信息。"

按照郑局的计划，警方确实把罗洋拦了个措手不及。

"开什么玩笑？我没犯法为什么要去局里接受调查？我对天发誓我没有犯法——我不去，我明天要出国做手术了！我不管你们有什么事儿要问我，等我回来不行吗？"罗洋行李都已经收拾好了，脸上浮现出一抹苍白的恼怒，挣扎着，"我都病成这样了，说不定就死外头回不来了，你们还要我怎么样！"

"张胜男"一案涉及好几条人命，是局里目前最大的案子，但凡有点关系的线索，都会被深入调查。郑局一纸公安签字的传唤书，罗洋再不乐意，也还是被请上了车。

"我说你们是警察，但也不能这样吧？"罗洋急得双手抠在驾驶座的皮上，破口大骂，"怎么随便抓人呢你们？我说了，我什么都没干，而且我是真的有急事儿——我要去海外看病了，手术不能等，钱都交一半了，国外看病还没保险，都是自费！我能给你们看病历，我没骗人！这手术要是错过了，钱也拿不回来的，难道到时候你们警察赔钱吗？"罗洋提高嗓门，"要是我因为没赶上手术死了，你们赔命吗?!"

到了局里，警方倒是没为难罗洋，只是让他列清了自己出国就医的行程。

果然，除了海外地陪，对方还给了他一个国内的联系人——

如果出国之前遇到问题，请找他。

而且很巧的是，这个人与何成飞那个已经注销了手机号的联系人一样，名字都叫作"张先生"。罗洋的签证、机票和在海外的船票，都是他协助办理的。

夏熠问："你们见过面吗？"

罗洋摇了摇头，说他们所有的沟通都是在网上进行的。

警方看了一遍罗洋与"张先生"的聊天记录，很快想出了一个让人见面的方式。邵麟给"张先生"发了一条短信，大概内容是：考虑到术后还要在海上休整一段时间，带的东西比较多，但到底自己身体状况欠佳，且一路没有人陪，收拾完行李后才发现拖着两个大行李箱颇为吃力，一路飞机换车换轮船，很不方便，能不能请对方帮忙，将一部分行李直接寄去医院。

对方很快就回复了，叮嘱罗洋随身携带三天内常用的东西，并把剩下的直接寄到 I 国的一个地址。

邵麟又发短信说，他刚问了邮政，负责寄送国际大件行李的下午 4 点就下班了，可第二天一早他要赶飞机，来不及寄，能不能先晚上开车寄存到"张先生"那里，到时候麻烦"张先生"代寄，会给额外的小费，钱都不是问题。

对方犹豫了挺久，但最后还是答应了这个要求，给了一个燕安市的地址，说他晚上都在。

看地点，是和平港一带的某个公寓。

警方即刻出动。

难得邵麟主动开车，夏熠坐在副驾驶，无所事事地抿了几口之前邵麟给他带的咖啡。也不知是自己不开车的缘故，还是傍晚时分，天开始下雨，夏熠把头抵在车窗上，昏昏沉沉，觉得有点困。

夏熠扫了一眼时间，才晚上 7 点半，人怎么就困了？

一念及此，他又仰头把咖啡灌下大半，可一阵眩晕像锤子似的击中了他的头部。夏熠心里这才警铃大作——这咖啡有问题！

他想抬手，却发现手臂意外地沉。

晚了。

夏熠用尽了全身上下最后一丝控制力，扭过头，疑惑而挣扎地看向邵麟。对方似乎察觉到他的异样，对他淡淡一笑。

邵麟？邵麟?! 他要做什么？

夏熠觉得自己内心仿佛有千军万马咆哮而过，张嘴却一句话都说不出来，整个人仿佛飘作一朵棉花云。他人高马大，再加上以前做过耐药性训练，一般正常人的剂量并不能彻底药倒夏熠。可偏偏这种意识尚存，却无法控制身体的感觉是最糟糕的。他绝望地看着邵麟关掉了 GL8 的 GPS，又看着邵麟一打方向盘，往一个与目的地相反的方向开了出去……

雨声似乎更大了，水珠接二连三地打在车身上，变成了一连串虚幻的音符，夏熠好像听到了，又好像没有听到……最后，邵麟一打方向盘，车子缓缓地在路边停了下来。

模糊的视野里，他好像看到了邵麟的脸，他曾经那么熟悉的脸。

那漂亮的唇线牵起一丝浅浅的弧度，夏熠听对方哑着嗓子说道："不要这样看着我。"

他眼看着邵麟倾过身，手掠过两个驾驶座之间的扶手箱，轻轻抚上自己的眼睑："你这样看着我，我会内疚的。"

雨幕里那一声温柔的叹息，成了夏熠断片儿前最后一段记忆。

07

等夏熠醒来，已经是 12 小时之后的事儿了。

一开手机，里面二十几个未接来电，无数短信轰炸——

"组长，你们到底开到哪里去了？你车里不是装了局里的 GPS 吗？怎么连接断了？我都找不到你在哪儿。"

"狗子，你人呢？怎么一直不接电话？我们去了那个'张先生'给的地址，扑了个空，人好像走了，我们蹲点蹲到现在都没回来，怀疑是有人给他通风报信了。"

"你和邵麟去哪儿了？邵麟人呢？他的电话也没人接，我们都以为你们出事儿了！"

雨已经停了。车就停在路边。

那是一条沿海的公路，柏油路两侧松林茂密，离燕安市区有点距离。夏熠看向空荡荡的驾驶座，扶手箱饮料槽里还塞着那杯邵麟给他买的 Rox 咖啡。很快，夏熠的目光又落到了扶手箱另外一个槽，那里留了一串银色的钥匙。

上面挂着一根刻着字的小骨头。

邵麟这次没有把定位器带走。

夏熠茫然地伸出手，冰冷的金属落进掌心，他猛地握紧了拳头，不那么尖锐的钥匙齿挤进肉里，却不让人觉得疼痛。

他只觉得冷。

警方以夏熠停车的地方为中心，四处展开搜索，都没有找到邵麟，那个"张先生"也失踪了。

回到局里，夏熠一五一十地讲了那天晚上发生的事儿。可他坐在会议室里，半天没能把脑子给扭正，整个人好像死机了一样："你的意思……不会是说……给这个'张先生'通风报信的人……是邵麟吧？"

郑局反问："那你还有什么解释呢？"

夏熠一时哑然。

郑局剑眉蹙起，冷冷撂下一句"你清醒一点"便站了起来，转身欲走。离开房间前，他意味深长地看了夏熠一眼："如果他在你的饮料杯里下了药，那这个行为就是袭警。"

"可是，他承诺过不会骗我。"一个细小的声音在夏熠的脑海里固执地说道。

"嘭"的一声，郑局关门走了，夏熠绷着脸，周身气压极低。局里几个平时与邵麟交好的同事此刻你看看我，我看看你，忙不迭地跟上了郑局的步伐。很快，会议室里就剩下了王睿力和他。

"想听实话吗？"王睿力收拾好自己的东西，推了推金边眼镜，依然是那副令人生厌的冷漠模样，"我觉得郑局是对的，你就不应该再待在这个案子上。"

夏熠盯着他，双眼布满血丝："我偏要待着！"

王睿力几乎是怜悯地看了他一眼："待着干什么呢？我认为你与当事人的关系，会严重影响你对这件事儿的判断力。"

"我很清醒。我清醒得要命。"夏熠咬牙切齿，"清醒到我认为你们是和他串通好了，瞒着我什么。当然，哪怕是最坏的情况，我也要亲手把他给抓回来！"

"哦？"王睿力饶有兴趣地看了夏熠一眼，"你对他就这么有信心？为什么呢？你很了解他吗？"

夏熠愣了愣。

他很了解邵麟吗？

他知道邵麟心情一不好就会以收拾房间为乐。他知道邵麟很喜欢他那件大了一码的哈士奇珊瑚绒睡衣，一穿上就舍不得脱下来。他还知道邵麟喜欢集Rox咖啡的印章，非要薅那"买十赠一"的羊毛。

他怎么可能不了解邵麟呢？

王睿力露出了一个似笑非笑的神情："我明白了，你以为自己很了解他。"

"不，我就是很了解他！"夏熠斩钉截铁，怒视对方，"邵麟为这个案子贡献了多少，你我都知道。他费这么大劲帮警方干活，不是为了半途跟着一个犯罪分子跑了的！"

"那你知不知道这些？"王睿力从自己的文件包里拿出两份文档，"蓬莱公主号事件过后，我曾经负责做过邵麟这个人的评估，这或许也是他一直很抵触我的原因。"

"之前我也提醒过郑局，我们对他的背景一直心存疑虑。"王睿力递过第一份文件，那是一份英文的银行存款记录，"邵麟在海外有个银行账户，里面有1500万美元，转成人民币，价值超过一个亿。"

夏熠几近呆滞地瞪大了双眼。

竟然存了这么多钱？

"总共有好几笔转账，最近半年的也有，转账方都是一个比特币交易所。你也知道，这段时间比特币被炒得很高，都1.4万多美元了。但是，我不知道邵麟哪儿来的这么多比特币。所以，我个人一直怀疑，他与暗网有不少勾结。当然，这只是证据之一。"

夏熠盯着那份海外记录，粗声呼出几口气。很快，他抬起头，眼神近乎阴郁地看着王睿力："你的意思，还不止这一份证据？"

"第二份证据，其实我也是近期才收到的。"王睿力拿出手机，点开一段视频，给夏熠看，"线人那边传过来的。"

这个视频，也不知道是从什么角度录的，画面晃动得非常厉害。视频里，明晃晃的灯光割裂黑暗，打在人身上对比度异常强烈。即便如此，夏熠依然能从画面里一眼认出，那是邵麟。他听着背景里呼啸的风声，突然意识到这是在一艘船上："这是……"

"蓬莱公主号。"

夏熠诧异地睁大了双眼。

镜头外，有个男人把一把枪塞进了邵麟手里："选吧，心理学家。"

邵麟的目光掠过一片扇形区域，最后定格在了镜头方向。他几乎是看着镜头，缓缓举起了手枪，面无表情："行了，别演了，泄密的人就是你。"

"你开什么玩笑?!"镜头突然开始疯狂晃动，拍摄位的人似乎情绪激动地开始大声争辩。

视频里噪声一下子变得很大，而由于镜头疯狂晃动，所有色彩一片模糊，什么都看不清了。随后便是震耳欲聋的一声枪响，画面天旋地转，最后旋转了90度，变成了白色的船舷，甲板起伏，边上有人影走动。

夏熠这才意识到，摄像头应该是被胸针或者什么别的别在了拍摄者的胸口，而那一声枪响之后，这个人就倒下了，才会拍出这样的画面。

视频到此处戛然而止。其实整段录像并不长，一分钟都不到，夏熠看了几遍，大脑一片空白。

半晌，他才挣扎着大致捋清思路，疑惑地开口："这是你们派去的线人？你的意思是，当年在船上，确实有线人向警方告了秘，而邵麟杀了你们自己的线人？这是线人死前录制的视频——结果，你们现在才收到？"

"我其实并不知道当年船上的卧底是谁，其实，除了联络人，谁都不知道。"王睿力摇了摇头，"我们也是从联络人那边获得的二手信息。"

夏熠张了张嘴，又闭上了。

"蓬莱公主号早就结案了，光凭这么一个视频，其实也不能断定什么。"王睿力摇了摇头，"我的意思只是，你未必有你以为的那样——了解这个人。"

"不过，你也不必觉得难过。当年我们审了邵麟足足三个月，什么手段都上了，测谎仪一路绿灯。要不是看到这段视频，我也不知道曾经还发生过这种事儿。"

"我很抱歉。"王睿力收拾好材料，脸上又恢复了他一贯的冷漠。

他拍了拍夏熠的肩："你先回去休息一下，郑局说了，放你两天假。"

夏熠茫然地眨了眨眼。现在，"家"成了他最不想回的地方。

哈崽还在警校培训，夏熠一个人在沙发上从傍晚坐到了凌晨，灯也没开，饭也没吃，仿佛变成了黑暗中的一尊雕像。

将近一年的时间，这个公寓从邋遢单身风变得充满了生活的气息，就连那盆可怜兮兮的仙人掌头上都冒出了一朵粉色小花。这个房间的每一寸，都染上了邵麟的气味。夏熠茫然地对着空气伸出手，又握空了一个拳头。

在过去无数个组成了"时间"的瞬间，他明明就在这里的。

邵麟弯腰收拾沙发的样子，系着围裙在厨房里忙碌的样子，穿着睡衣赤着脚、盘腿在豆袋懒人沙发上看书的样子……记忆里的画面好像动了起来，邵麟抬起头，温和地对他笑着。转眼间视野一片模糊，就像那天的雨幕。夏熠又想起了那天在车里，邵麟炽热、温柔又绝望的眼神……夏熠突然眼眶通红，鼻腔又酸又胀，像是在泳池里狠狠吸了一口水。

邵麟你怎么敢——

邵麟你怎么能?!

夏熠的目光落在茶几上，那里放着他今年的生日礼物——邵麟送他的灰色小骨头 AI。夏熠泄愤似的抄起 AI 就往地毯上一丢。

灰色的 AI 滚了滚，塑料外壳磕了下来，但机体并没有遭到破坏。只见 AI 顶部的红光亮了亮，突然发出了邵麟的声音:"不要乱扔东西!"

夜深人静的，夏熠差点没从沙发上蹦跶起来。他见鬼了似的环顾一圈，这才确定——邵麟的声音是从 AI 喇叭里传出来的。

夏熠瞪圆了双眼，对着 AI 又喊了一声:"邵麟?"

男人温柔的声音带着笑意:"嗯?"

"你……你能通过这个和我说话?"夏熠一下子激动了，扑过去捡起被自己摔飞外壳的骨头 AI，像发现什么宝贝似的抓进怀里，"咱们现在可以即时通话?"

喇叭里的声音依然很温柔:"不是，我是录音。"

一股怒气翻滚着上头，夏熠没忍住，再次把 AI 摔在地毯上:"一声不吭地跑了，就拿这么个玩意儿糊弄老子! 你是人吗? 啊?"

邵麟的声音再次一个字一个字地迸了出来:"我不是人。我是人工智能。"

夏熠:"……"

长夜漫漫，有这么一个小东西聊胜于无。夏熠重重地一吸鼻子，又把灰色骨头 AI 抱进怀里，仔细把塑料壳子按了上去:"那你跟我说说，你还录了什么?"

AI:"冰箱里有蔬菜，记得吃了。"

"别整这些有的没的，你现在在哪里?"

"我在你身边。"

"放屁! 我说，邵麟在哪里?"

"我想了好久……"AI 再次温柔开口，像极了邵麟坐在他面前细语，"或许每个人终其一生，奔赴的终点都早已注定。你从哪里开始，注定就会回到哪里去。夏熠，你不要难过。"

"你费尽心思，整了这么一个幺蛾子送我，"夏熠气得咬牙切齿，"就是为了说这些有的没的？啊？你花 5998 块钱就为了给我录遗言啊？你这遗言够贵，都够在我老家买块坟地了。你还录了什么，有没有什么有用的？比如，你去了哪里？你想干什么？你给我点线索啊——求求你了！"

也不知是不是夏熠语速太快，AI 一时间消化不了，半响迸出一句："要不你多喝点热水？"

夏熠忍住第三次摔 AI 的冲动，低声骂道："王八蛋！"

第八案

父亲

当年海上消失的少年，
终于披星戴月归来。

01

邵麟走到甲板上，一手撑着栏杆，向西望去。

四处都是茫茫大海，肉眼什么都看不到。那艘船不大，在浪里颠簸得很厉害，仿佛24小时上下不停地坐过山车。两天时间，邵麟差点没把自己的肠子给吐出来，这会儿面无血色，嘴唇青白。

矮个子男人"张先生"缩手缩脚地递过一根中华："大……大哥，您抽烟吗？我出来的时候急，随身就带了俩，您要是晕得难受，小的全拿来孝敬您了。"

邵麟眼皮都没抬一下："不抽。"

那男人尴尬地收了手，半晌，才憋出一句："我真没想到，罗洋那天杀的竟然勾结警方'钓鱼'，我看他别换肾了，死了算了！哥，这次能逃出来，真是全靠您了。"

"顺手罢了。"

从燕安出发之后，他们又转了三次船——游船换货船，再换渔船，倒是一路畅通无阻。

"来了，来了！"甲板上，"张先生"突然一声欢呼，指着远处的一架银色直升机，兴奋地说道，"再出去就是公海了！"

原来，再出去就是公海了……

邵麟有些恍惚。他低头看了看手机，没有信号。

直升机下落，一个戴着墨镜的男人拿枪抵着邵麟的脑门，逼着他把身上所有东西丢进了海里，就连一包晕车药、半块巧克力都没有放过。最后，男人还用各种仪器对着他全身上下探测半天，以确保他没有携带武器与定位器。检查完毕，直升机往东南方向飞去。两个半小时后，他们抵达了一艘银色的大船。

甲板上已经有人在等他们了——四个持枪的男人，中间围着一个戴墨镜的"小女孩"。"张胜男"穿着一身黑纱长裙，以一个颇为婀娜的姿态靠在栏杆上，裙摆与头发在空中猎猎飞舞。

邵麟刚下飞机，径直往她的方向走去。

"好久不见啊！"女人咯咯笑了起来。她故意恶心人似的，又奶又甜地喊了一声"邵麟哥哥"。

"咱们就不寒暄了，我直接点。"邵麟脸色苍白，眼神冷得像冰，一字一顿地问道，"贺连云在哪儿？我想见他。"

小姑娘模样的女人这才敛色，警惕地看了他一眼："哦？你是怎么知道的？警方已经发现了？"

邵麟眼底闪过一丝戏谑："我人都来了，总得拿出点合作的诚意。我盲猜的，警方还不知道，如果你担心，不如去问问那个帮你替换了贺连云 DNA 尸检样本的检验员。"

女人对身后的保安使了个眼色，邵麟被两个男人带去了船上三层。

那是一个十分宽敞的船舱，落地窗采光极好，不久前"惨死于火灾"的心理学教授正坐在旋转皮椅上。他缓缓转过身，双手十指交扣放在腹部，似笑非笑地看向邵麟。

比起上一次见面，贺连云似乎又憔悴了几分，但那刀刻似的五官依然锋利而凉薄，带着一丝阴郁的威严。

"你早猜到了我没死？"贺连云嘴角扬起一丝没有温度的弧线，"是哪里出了纰漏？"

邵麟怔怔地看着他，深吸一口气："纰漏说不上。只是我按照你被'张胜男'烧死的这个逻辑，遇到了太多无法解释的问题。"

"贺宅起火这个案子，最让我觉得奇怪的，是'张胜男'到底是怎么离开小区的。"邵麟顿了顿，"你的车进入小区后，我们排查了所有离开的车辆与行人。保安没见过'小女孩'，出租车司机没见过'小女孩'，剩下的车辆都是在小区注册过的，出去了又回来，没有一辆有问题。"

"这个小区保安非常好，我实在想不出，'张胜男'到底是怎么离开小区的，所以我决定退一步思考，摒弃一切先入为主的猜测——如果'张胜男'从来就没有进过小区呢？那自然不会有任何人在纵火前后见过她，还给她提前跑路创造了完美的机会。"

贺连云脸上的笑意真了几分，他伸出食指和拇指捏了捏自己的下巴，饶有兴趣地说道："然后呢？"

"其他都是一些小细节。比如，你的鞋柜。你当天穿过的那双鞋，鞋尖是朝上的。碰巧我之前去过你家几次，足够了解贺教授你——但凡你在外面穿脏了的皮鞋，鞋尖都是朝下的——只有那些重新清洗、刷过油的鞋，才会鞋尖朝上。"

"哦？观察得这么细致。"贺连云跷着二郎腿，点点脚尖，"我听了很感动啊！"

邵麟讽刺地笑了一声："贺老师是个讲究人。当时我只是觉得奇怪，并不以为意。然后，我在你家发现了你的公文包，却没有找到你们在肯德基买的儿童套餐玩具。离开肯德基的时候，那个玩具明明就在你的口袋里。如果你与'张胜男'那天晚上都没有回家，而是有一个不熟悉你习惯的下属，穿着你的皮鞋，拿着你的公文包，开着你的车，还带着一具尸体去你家，设了定时纵火，再穿着尸体的鞋子步行离开——那一切就说得通了。"

"我早说了，你待在公安是真的可惜。"贺连云笑着摇了摇头，伸手去按墙壁上的铃。即刻，一个黑皮肤的东南亚美女端着一只银盘走了进来。银色的圆盖子一掀，里面是一块血淋淋的牛排，配着烤土豆与蔬菜沙拉。

"一路过来，饿了吧？左右也到饭点了，咱们边吃边聊。"贺连云对服务生打了个响指，"给这位先生也上一份，牛排要三分熟。"

不待邵麟开口，漂亮姑娘就一点头，笑靥如花地退了出去。

邵麟本就晕船晕得难受。方才为了不输气势，一口气说了许多，这会儿闻到食物的味道，再见到那还滴着血的牛排，胃部一阵翻江倒海的抽搐，硬是憋住了一声干呕，脸色又青了几分。

"哦，瞧瞧，我都忘了，"贺连云懒洋洋地眯起双眼，"听小张说，你在过来的船上吐了好几次？"

邵麟："……"

"没事儿的，刚上船都是这样。"贺连云轻笑了几声，从口袋里掏出一把折叠刀，就对着牛排切了下去。邵麟的瞳孔微微放大——他一眼就认出来，这就是最早的时候，他父亲藏在他枕头下，后来又被他埋去了双生树下的那把匕首！

"你知道吗，我第一次见到你父亲，"贺连云一刀切了下去，鲜红的肉汁爆了出来，"也是在船上。他和你一样，晕得七荤八素的，恨不得天天抱着桶过日子。"

贺连云拿刀插起那片极嫩的、带着血的牛肉，起身走到邵麟面前。邵麟下意识地后退了一步，背抵在了船舱壁上。

"我看你爸吐得辛苦，就和他说，要不算了，不是一定要吃海上这口饭。"贺连云的语气很轻松，像是在回忆什么快乐的过去，"林昀就和我说啊，他是在岸上走投无路了，吃不了也得吃。然后，我就看着他吐了吃，吃了再吐，硬是挺过来了。"

带着肉块的刀尖已经戳在了邵麟的嘴唇上，给他苍白的唇色染上了一层妖艳的鲜红。

"你呢？"贺连云轻声问道，"你又是为了什么上船的呢？"

胡椒牛肉香混着血腥味充斥了邵麟的鼻腔，他强忍着胃部抽搐，一把握住贺连云的手腕，让那牛肉远离了自己的嘴唇，恼道："你知道我想要什么。"

他眼神锐利地迎上对方的目光，一字一顿："林——昀——"

贺连云唇角微勾，深邃的眸底情绪难辨："是吗？"

"我没法……"邵麟下意识地收紧掌心，在那一瞬间，锋芒似乎从他身上颓然散去，年轻人眼底露出一丝藏不住的茫然，"我想与过去和解。"

邵麟喉结滚动，睫毛如蝶翼般颤抖："我想与我自己和解。我不想再……时时刻刻活在自己的猜忌，以及同事的质疑里……我受够了。"

"我一度……想彻底放弃这件事儿，重新开始属于自己的生活。"邵麟垂眸，露出白瓷似的后颈，"但无论我多努力，他们始终都会怀疑我。王睿力最近来了局里，他像疯狗一样查了我两年，从来就没有放弃过他的怀疑。最近，他又拿到了那段视频，我再不走，就没有机会了。我不想和以前的同事撕破脸，我也不想坐牢。我还能去哪里呢？"

贺连云沉默地看着他，掂量着这些话的真假。

邵麟既没有一味地讨好投诚，也没有表现出多大的野心。

可是，无论邵麟的神情有多真挚，自始至终，贺连云都没法抹去自己心中的怀疑，但他不得不承认，这样的邵麟竟然完美符合了他的期待。在那一瞬间，邵麟看上去就好像一个无措的孩子，特别是提到林昀的时候——

那是一个孩子渴望父亲的眼神。

那个眼神看得他胸口酸胀，好像有什么东西要溢出来一样。

"行，我带你去见林昀。"贺连云压低了声音，"但刀口舔血的路，你想好了吗？"

邵麟安静地扑闪了两下睫毛，突然张嘴，乖巧地从贺连云的刀尖上咬下那口牛肉，缓缓咀嚼了起来。

贺连云这才笑了起来，用拇指揩过邵麟唇上的血，在他左侧颧骨上抹下了淡红的一横，柔声道："我的好孩子。"

就在这时，漂亮的东南亚侍女又端了一只银盘走了进来。

贺连云松开手，轻快地说道："先吃饭吧。"

邵麟深吸一口气，在椅子上坐下，麻木地拿起了餐具。

邵麟想问很多问题，但他知道自己不能心急。他既然说了一切都是为了林昀，那张嘴就打探别人的业务无疑是可疑的。空气里的沉默令人很不舒服，牛肉的膻腥味更是令人窒息。

半晌，他抬头偷偷看了贺连云一眼："我爸……他还好吗？他现在在哪儿？"

"挺好的，吃好睡好。"贺连云风卷残云似的消灭了一半食物，"林昀现在负责我们整块南美的业务，你别急，咱们船开回去还有几天时间，他忙完了就会回来。"

邵麟想起郁敏当时和他说的话——如果林昀真的在南美，那血又是怎么回事儿呢？

邵麟微微蹙眉："你那个墨水里，掺着他的血——"

贺连云拿匕首在唇前做了一个"嘘"的动作，从容不迫地打断了他："阿麟，游戏规则是，你问我一个问题，我问你一个问题。"

邵麟眨眨眼，又乖巧地一点头："你问。"

贺连云饶有兴趣地看着他："我真的很想知道，你到底是从什么时候开始怀疑我的？哪怕是——一丝一毫的怀疑。"

邵麟干巴巴地老实交代："王洋纯的画。"

贺连云提起这件事儿，似乎也是有点感慨，长叹一声，说这事儿实在不巧。

"当时我碰巧看到，小姑娘在候诊室的绘画角给一个肺癌患者画的器官图。说实话，我一眼就爱上了那个创意。我问她能不能给我画一个系列，我愿意花钱买它。小姑娘开心极了，很快就给了我成品。大约，这件事儿让她产生了什么误解，自以为我们的关系很亲密，竟然不预约，直接进了我的办公室。"

"那天，福利院的公益日，Rosie（罗茜）来找我谈事情，"贺连云透过落地窗，指了指甲板上"张胜男"的方向，"碰巧就被王洋纯撞见了。虽然她那天是来送什么自己做的巧克力，但我也不知道我与 Rosie 的对话被她偷听去了多少，这没办法，我不能承担这样的风险。"

送巧克力？

邵麟看向贺连云被岁月亲吻过，却依然轮廓精致的侧脸，这才突然反应过来："她喜欢的人……"

王洋纯与咨询师说，自己有了钦慕的人，所以想努力变得更美、更优秀，但她从来都不曾透露，自己爱上的人，是她心理咨询师的督导老师。

由于心理咨询工作的特殊性，来访者非常容易将情感错误地投射在自己的咨询师身上。更何况，一个从小缺爱、缺乏鼓励的小女孩，遇到了贺连云那样一个成熟、温柔、英俊，还能欣赏她、鼓励她的男人。

邵麟心底泛起一丝说不清的讽刺。

那一起被误判的自杀案，终于在他脑内有了清晰的脉络。

王洋纯每周都坚持去做心理咨询，远比一般来访者勤快，并非她积极看病，单纯是因为想多看一眼自己的暗恋对象。那天方洁误以为她在画室里描蒋奇，或许，她画的根本就不是蒋奇，只是因为蒋奇的侧脸与贺连云有那么几分神似！蒋奇没有说谎，王洋纯也没有，她与他确实没有暧昧关系。

"我没想杀她的。"贺连云温和地耸了耸肩，语气不无遗憾，"我很喜欢她的画，我太喜欢了！但很遗憾，她来得不是时候，我只能让 Rosie 斩草除根。"

提到这事儿，他笑了起来："Rosie 有时候令人厌烦，但我不得不说，她是杀人的一把好手，干净又利落，从来不会给警方留下任何线索。"

在"小女孩"逼着王洋纯吞下两大瓶精神类药品后,王洋纯又自己吃下了多肉盆栽。邵麟终于明白了这个曾令他百思不解的行为——她是在向警方传递凶手的消息啊!只有贺连云看过她的那幅画,而最后害死她的凶手,就是与贺连云在一起的"小女孩"。

时隔这么久,邵麟终于收到了王洋纯留下的消息。

只是一切都太晚了。

"对了,"贺连云狡黠地对他一挤眼睛,"你在海上坏了 Rosie 的好事儿,那单生意的损失,差点让她混不下去。虽然我叮嘱过她,但你可千万别惹那个女人生气,她对你意见可大了。"

"……其实,最早 Rosie 以'李梦媛'的身份去接近邵远的时候,我就怀疑她在燕大有个同伙——那个人不仅能帮助她拿到培训营的名额,还能查到发表我的文章的校刊。只是当时,我对这人是谁毫无线索。"邵麟想了想,"现在想想,在三院 ICU 毒死季彤的人,也是你。"

"正如我当时说的,"贺连云莞尔,"不用谢。"

邵麟:"……"

"自从上回蓬莱公主号重逢,我和你的父亲就特别希望你能回来。这是真心话。因为我们现在非常缺人,你也看到了,Tyrant 太过高调浮夸,那性子成不了大事儿。Rosie 喜怒无常,是一个很好的杀手,却没有做管理者的脑子。"贺连云真挚地说道,"之前在国内,我摸不清楚你的底线在哪里,所以我一再用卡片试探,直到我发现,你似乎并没有把它们上交警方的打算,我才第一次看到了机会。"

"那'秘密星球'……"邵麟刚开口,却突然被贺连云房间里的卫星电话打断了。

贺连云接起电话,没有出声,也不知对方说了什么,脸色瞬间冷了下来。贺连云拉了铃,对邵麟做了一个"出去"的手势,很快,来了一个侍女领着他出去了。

邵麟走远前,听到身后房间里,贺连云用英文问了一句"是谁吃了熊心豹子胆,敢砸我们的点",接下来一个名字他没有听清楚,发音似乎有点像"Komang",也不知道是人名还是地名。

邵麟在心里掂量着：贺连云虽然没有伤害他，但很不信任他。

领路的侍女穿着一身翠绿与明黄相间的条纹民族服饰，走路婀娜多姿，她带邵麟去了一间宽敞的客房。房间采光极好，从阳台出去便是海景，还自带太阳躺椅与迷你泳池，干净的床单上摆着一套崭新的沐浴用品。

邵麟礼貌地与人道谢："我应该怎么称呼你？"

漂亮的女孩眯起双眼，张了张嘴示意自己无法发出声音。她又指了指船舱壁上的铃，微微一欠身，便退了出去。

原来她也是个哑巴。

邵麟突然发现，这艘船上所有的服务生都是哑巴。

门被合上的那一瞬间，邵麟再也忍不住了，冲进洗手间就把刚吃进去的东西吐了个干净。喉咙火辣辣地灼烧，整个消化道针扎似的抽搐，头疼得好像要裂开……他漱完口，脱力一般，趴在床上。

计划比他想象中还要困难。

邵麟突然想起，小时候，家附近有一片沙地，装了跷跷板、单双杠之类的公共设施。小邵麟爱玩，疯猴似的上蹿下跳，却唯独害怕那座独木桥。因为独木桥那根木头，直径不过 20cm，却架得很高，比那时候他的个头还要高出两个脑袋。

小邵麟不敢走，林昀却每次都要逼他走。

无数次，他走到一半，在独木桥上双腿发抖，而林昀就坐在独木桥的另外一端，沉默又严肃地看着自己。

这么多年了，他依然在看着自己。只是，事到如今，邵麟自己都有些分不清楚，那双眼睛是在鼓励他勇渡彼岸，还是在引着他坠入深渊。

可是，还有人在看着自己啊……

邵麟眼前又浮现出了夏熠的脸——他眉目英挺，带着他特有的炽热的、有点傻傻的，却又充满了期待的目光。

邵麟一辈子都不能辜负的目光。

邵麟起身，神色平静地按下了铃。

漂亮的哑女很快又进来了。邵麟对她露出一个温和的笑容，问道："还有吃的吗？"

02

燕安市。

罗洋走了。在警方的劝说下，他终于放弃了这个来路不明的肾源，重新开始做透析，且与院方商量起了退款事宜。警方很快就把全部的火力投入海外非法就医这条线，根据罗洋提供的线索，成功地在燕安市里揪出了几个拿回扣的中介。

所有人都能感受到夏熠的变化。他话少了，笑得也少了，活泼的小太阳突然成熟稳重了起来，不再抱怨加班，倒是像打了鸡血一样，没日没夜地投入工作。

主要原因是他并不太想一个人回家。

邵麟的工位一直空着，夏熠把他的东西都收拾好了，用纸板箱装好塞在桌子底下。局里所有人都心知肚明，没人去移那箱子，更没人敢当着夏熠的面提这件事儿。

转眼一周过去了。

三楼刑侦办的门突然被推开一条缝隙，探出一只黑白相间的狗耳朵，以及一只鬼鬼祟祟的眼睛。很快，夏熠在一片"啊，大狗狗""咦，这是哈士奇吗？""K9小背心吔""这只屁股上的花纹好像唇印啊，哈哈哈"的惊呼声里茫然抬头。与此同时，一只毛茸茸的脑袋"哼哧哼哧"地扑进他的怀里。哈崽前腿扒住夏熠的椅子，后脚跷起，疯狂甩着尾巴。

夏熠这才恍然："哦哦——"

他揉了揉布满血丝的双眼，这才想起来前几天警犬基地给他打过电话，说："哈崽最后模拟执行任务的时候，还是没能经受住小美女边牧的诱惑，不幸没通过。现在训练彻底结束了，该把孩子带回去了。"

"说好昨天来接的，结果你一忙又给耽搁了。"驯导员笑着跟了进来，把一张证书摆在夏熠桌上，"刚好我要过来一趟，顺便给你把小家伙儿捎来了，可不许把狗赖在咱们这里。"

"呃，"夏熠一撸哈崽的脑袋，挤出一个疲惫的笑容，指了指自己的电脑屏幕，"抱歉，这几天太忙了，谢谢你把哈崽送回来。"

驯导员像是完成了一项艰巨的任务，笑嘻嘻地摆摆手："好好相处啊，我先走了。"

哈崽轻轻一跳，整只狗都贴到了夏熠身上，亲热地给了主人一大口亲亲，随后又蹲了下去，左顾右盼，似乎是在找什么人。哈崽踩着轻盈的小碎步在办公室里溜达了一圈，左闻闻，右嗅嗅，最后在邵麟工位下乖巧趴下，蜷成了一团黑白毛垫。

办公室里时有人路过，见着狗总是忍不住去摸一摸，逗一逗，但哈崽只是偶尔动动耳朵，越发没精打采了。

夏熠招呼了两次，哈崽都没过去，直到他拿火腿肠引诱。谁知，哈崽叼走火腿肠，又无情地回了邵麟工位，缩成一团毛垫，气得夏熠鼻子发酸，又不好在办公室里发作。

哈崽一直在邵麟桌子底下趴到下午，才后知后觉地发现事情不大对劲。它四处蹭了蹭，用鼻子顶开了纸板箱的盖子，前腿扒在上面，把自己整个脑袋都埋了进去。不一会儿，"哗啦"一声，哈崽打翻了箱子，夏熠好不容易收拾整齐的东西撒了一地，有几本书、一个陶瓷杯、一小袋咖啡粉，以及一件夜间披的防风外套……

"行了行了，"夏熠大步过去，轻轻一抽哈崽脑壳，"人都走了，你还给我添乱！"

哈崽瞪圆了双眼，委屈巴巴地"呜"了一声，又低头嗅来嗅去，鼻尖长久地停在那件外套的袖口上。夏熠刚要伸手收拾，哈崽竟然一口咬住了袖口，拉扯着不肯交给对方。

"给我——扯啥呢你！"

哈崽突然响亮地"汪"了一声。

"你凶什么凶?!"夏熠压低声音警告，"在学校没学过吗？办公室里不准乱叫！"

夏熠还一手拉着衣服，哈崽就咬着衣服，带着他一路跑了出去。哈崽四处嗅来嗅去，最后一头冲进走廊里的会议室，纵身跳到桌上，这才松了口，丢下衣服，围着烟灰缸打转。

"下来，给我下来！"夏熠急急忙忙地去抱哈崇，"谁准你上桌了？你这只笨狗，我可算知道你考试是怎么挂科的了——"

他还没说完，哈崇又扭头"汪"了一声，神情颇为不满，很有几分"骂谁笨狗？你才是笨狗！"的味道。

夏熠竟然还无师自通地听懂了："……"

哈崇伸出一只爪子，搭在邵麟的外套上，又伸出一只爪子，把烟灰缸推到夏熠面前："汪汪！"

夏熠这才后知后觉地反应过来。

他抓起邵麟的衣服，放到鼻子下嗅了嗅，只是会议室里本来就弥漫着一股淡淡的烟味，这会儿他什么都闻不出来。哈崇这是什么意思？他在邵麟外套的袖口上闻到了这个烟味？

夏熠的目光落到烟灰缸里，烟灰里躺着三个烟嘴，其中两个没有抽完，露出了烟嘴前5毫米处一圈金红色的花纹。

夏熠不怎么抽烟，但刑警出外勤，口袋里多少会备上几根。在他的记忆里，邵麟似乎从来没抽过烟。那这件衣服的袖口，怎么会染上烟味？

夏熠认得那烟上的一圈花纹。那是郑局特别钟爱的一个牌子，而且由于价格昂贵，被大伙儿戏称为"红金"。郑局自己平时都舍不得抽，全拿来重要会议时发，或者有什么人立了功，他才会给一根"红金"。反正，在局里受郑局一根"红金"，都是有面子的事儿。

难道，邵麟私下见过郑局？

夏熠越想越不对劲。他拿起烟头与邵麟的衣服，对哈崇吹了一声口哨，上楼敲开了郑局的门。

"哟，小夏，找我怎么不提前打声招呼——"郑建森一句话还没说完，就见哈崇大摇大摆地走了进来，"你怎么把狗也带进来了?!"

狗狗在办公室里嗅了一圈，精准定位那一包拆了口的"红金"，矫健一跃，咬着烟盒就跑到夏熠身边，疯狂甩尾巴。

郑局："……"

夏熠一关门，把邵麟的外套抛在郑局的办公桌上，黑着一张脸："你要不先和我解释解释，邵麟这件衣服上为什么会有你这烟味？在他走之前，你们是不是见过？"

郑局怒道："你这是和领导说话的态度吗?!"

夏熠心头突然一片雪亮。如果郑局全然不知情，那他的第一反应必然是彻底否定，与如今嫌疑最大的叛徒划清关系，而不是和自己谈什么态度问题。想到此，他眼眶都红了，低声骂道："你和我说实话。你要是不能给我一个合理的解释，我现在就让狗子把你办公室给拆了！"

哈崽瞬间骄傲地挺起胸膛："汪汪汪！"

郑局："……"

大约是受不了夏熠那灼热的目光，郑局别开了眼睛。半晌，他长叹一口气："瞒着你并非我本意，是他要求的。"

"什么意思?!"夏熠的心跳怦怦加速，又气又急，"你一个当局长的还要听他要求？他要求什么你就答应什么？这天大的事儿你们一块儿瞒我，凭什么?!"

郑局似乎早料到他会是这个反应，也不想与人争辩。

"他说他一上岸就会传回消息。"郑局负手背过身去，"但我还没收到任何消息。"

夏熠失神，忍不住喃喃："为什么……"

郑局突然提了一个看似毫不相关的问题："蓬莱公主号是什么时候出事儿的？"

"……前年5月？"

"没错。之前我也和你说过，就在这间办公室里——警方盯上蓬莱公主号，是因为犯罪组织'海上丝路'沿线几个头目会定期在公海，且仅在公海上会面。这个会议两年一次，上次咱们没能把人逮住，最近听说又会有一些动作。"

夏熠张了张嘴，又闭上了。良久，他才再次开口："既然他们要开会的事儿被警方知道了，那他们又怎么可能去相信碰巧在这个时候'反水'的邵麟？"他剑眉深锁，语气越发急切："这不是把人活生生地往虎口里送吗？"

郑局长叹一声："他说他有办法。"

与此同时，太平洋赤道某处。

这几天天气一直很好，阳光肆意落在深蓝的海面上，碎成几乎刺目的银光，人在甲板上不戴副墨镜都睁不开眼睛。大船在海面上柔和地起伏，邵麟穿着一件橙黄、红与白相间的夏威夷衬衫，一条黑色大裤衩，踩着人字拖靠在栏杆上。不知来自何方的风吹起他的刘海，又卷向远方海与天亲吻的尽头。

贺连云的大船比之前的渔船稳很多，他偶尔还会觉得眩晕，但基本已经克服了晕船问题。

唯一的问题是——

邵麟在心底盘算着：当时，贺连云和他说再行驶三天，会有一架直升机接他们回一座名叫"埃尔斯"的小岛。那一整座小岛都被贺连云包了，相当于他们的大本营。贺连云说，他可以在那边休息一段时间，再等林昀回来。

可是，今天已经是第四天了，邵麟依然没有看到那架直升机的影子。甲板的栏杆都被太阳晒热了，他只觉得掌心暖暖的，又琢磨起了这些天与贺连云的对话——

时光里鲜血淋漓的真相，到贺连云嘴里就变成了轻描淡写的三言两语。他说，当年林昀的"反叛"，不过是他们两人一手策划的夺权大计。贺连云是家族中的第三子，出生时便体弱多病，再加上性格温和，与他那几个嗜血残暴的哥哥迥然不同。"海上丝路"最早的缔造者，也就是贺连云的父亲，认为贺连云不应该管理任何黑道业务，只需坐在金砖上，安逸地过完一生。

一方面，贺连云不甘于父亲的安排；另一方面，他对"海上丝路"的业务野心勃勃，并且希望与时俱进，取而代之，以线上的自由贸易方式重振整个集团。只是，他迟迟不能在组织里登上自己应处的位置。

林昀最开始是他的保镖，但后来卧底身份不小心暴露，却被贺连云极力保下。按贺连云的话说，若非如此，林昀都活不到邵麟出生。贺连云救下林昀，却是有着大计划的，也就是 17 年前，林昀反水，将不愿与贺连云合作的异党一并拔除。只是，邵麟的母亲 Emi（埃米），也不幸死于 17 年前的那场乱斗……

贺连云说，林昀是他最好的兄弟。他们甚至还存了两罐彼此的血液，以证兄弟情深。

贺连云的这套说辞，与邵麟本来掌握的信息并无出入，但是，这就一定是真相吗？

他正思索着，只听身后玻璃滑门"哗啦"一声。邵麟侧过头，见贺连云穿着一件宽松的沙滩衬衫缓步走来，手里拿着一个淡粉色的玻璃高脚酒杯："喝吗？博尔柯夫桃红。"

邵麟心中一动，这是林昀最喜欢的香槟。他转身换了个姿势，只是微笑着摇头。

"不抽烟，不喝酒，那些安神的药片也没见你吃过一点。"贺连云慢悠悠地抿了一口香槟，也不知是否话里有话，"你太紧张了，我的孩子，你大可以再放松一点。"

邵麟倒是拒绝得坦然："我从来都不喜欢自我麻痹的快乐。"

贺连云无所谓地一耸肩，另起话题："对了，我们改了航线，暂时不回埃尔斯了。我在 I 国的生意出了点问题，可能要先去那边绕一绕，解决了再回去，恐怕还要麻烦你在船上再多待一段时间。"

邵麟面上没什么波澜，但心底又起了一层焦躁。海上没有信号，唯一的卫星通信在贺连云房里，无论拨什么号都会被记录。如果不上岸，他就没有办法把消息传递回去。

贺连云要把他困在船上，就是不信任他。

"还要再待多久？"邵麟丝毫不掩饰自己脸上的失望，然后眼珠子一转，"需要你亲自出马，是遇到了什么大麻烦？"

贺连云"呵呵"笑了两声，思考片刻，才不急不缓地解释道："我们器官的主要来源吧，是当地难民营，或者一些家里急需钱的渔民——这些供体，其实我们很难接触。那些海岛非常闭塞，种族众多，如果不是从小相熟的人就很难交心，基本都是认识的人再推认识的人，我们外国人带翻译进去，根本拿不到货源。所以，我们一直依赖当地的中介。"

"本来好好的 3000 美元一单，但现在这些中介有点飘了，一个个狮子大开口，坐地起价。"贺连云冷哼一声，"也不知自己有没有命吞下那么多钱。"

邵麟听完，语带不解："这听着也不像什么难事儿。"

贺连云舔了舔嘴唇，意味深长地看了邵麟一眼，半晌才答道："原本确实不算难事儿，偏偏在那儿临时看场子的是 Tyrant，这废物一言不合就火拼。对方打击报复，把我们一个办公室给砸了，还买通了当地警方，暴力升级，和我们做生意的人反而越来越少。这不得赶着回去给他擦屁股吗？"

"听着像是他会做的事儿。"邵麟听了忍不住低笑，"其实，这事儿很简单——"他突然欲言又止，露出一副乖巧的模样，"算了，我无心插手你们的生意。"

"是我多嘴了。"邵麟浅浅一笑，"我等着去埃尔斯呢。你最好快点解决岸上的问题，我晕船晕得难受。"

贺连云本也无意让邵麟插手任何生意，倒是被他这么一句话生生勾起了好奇心。

"咱们就随便聊聊。"贺连云对他举了举酒杯，"如果你是 Tyrant，你会怎么做？"

"我可能还缺少一些信息，但无论如何，我认为 Tyrant 的思路从根上就错了——中介倚仗你们出货，无非为了两件事儿，一是买家人脉，二是医疗资源。现在，他们既然有谈条件的底气，那肯定是有了其他选择。那么，攻击中介有什么意义？"邵麟的语气自信而冷漠，像是一把锋利的刀，"我让他失去其他选择，他就会乖得像狗一样。"

贺连云的食指指尖轻轻敲着玻璃杯，突然觉得，或许把邵麟带上岸，也不是什么坏事儿。

"你知道吗，我改主意了。"贺连云把玩着自己手里的玻璃杯，突然笑道，"你的思路和我的其实差不多。我可以给你一个上岸的机会——Tyrant 翅膀硬了，很是不把我这个老年人放在眼里，什么事儿都爱与我唱反调，你帮我好好劝劝他。"

"我可不白帮着干活。"邵麟莞尔。

贺连云爽朗大笑："这个好说。"

当天下午，海面上再次传来了"隆隆"的螺旋桨声。

一架直升机停在甲板巨大的字母 H 上。

在船上几天，邵麟差不多摸透了贺连云的行动模式——大部分时间，这艘大船都漂在公海之上，时不时会有直升机负责接送，将人转接到其他的小船上，再通过其他路线上岸。

到了中转船上，贺连云又拍了拍邵麟的肩膀："等等，到时候上岸，我再派一个人去保护你。"

话音刚落，一个巨大的人影出现在门口。只是一眼，邵麟心里就"咯噔"一下，心说这人怎么比夏熠还高。他不仅高，身材也比夏熠壮实，一身隆起的肌肉甚是骇人。从面相上看，这人大概是非洲与东南亚这边的混血，肤色很深，除了眼白和鼻子上的银环，几乎都能与夜色融为一体。

"BIG（意即大块头），咱们地下拳台曾经红极一时的明星。"贺连云微笑着，双手握拳在胸前轻轻一碰，"这样就能击碎敌人的颅骨。"

邵麟对 BIG 微微一笑，而对方瞪着一双死鱼眼，面无表情，没有半点反应。

邵麟："……"

"I 国很乱，"贺连云语重心长，"他会保护你，并且告诉你什么是不能做的。咱们这行有点规矩，一开始你可能会不太习惯。"

邵麟试图与 BIG 套个近乎，谁知这压根就是一只人型肉葫芦，除了"Yes（是）"与"No（不是）"，其他话一律不会说。但凡邵麟把手放到什么电子设备上，哪怕只是玩什么《愤怒的二哈》小游戏打发时间，BIG 都会强硬地握住他的手腕，并低吼一声"No"。更见鬼的是，就连邵麟去个洗手间，BIG 也要面无表情地尾随。

就这样，邵麟被一路送去了 Tyrant 在当地的豪宅。

听贺连云说，他们的货源主要来自附近的三个难民营。原本，每个难民营里都有一个中介，但最近一段时间，当地起了个新贵，名叫 Komang（科芒），把这些中介全都收进了自己麾下，并组织化管理。与朴实的海岛村民不同，这个 Komang 念过一点书，有那么一点人脉，想直接架空"海上丝路"，自己掌控那些买卖。

这条线以前是 Rosie 管的，但因为盐泉市的那一场意外，她未能及时赶回，生意就落到了 Tyrant 手里。Tyrant 本就是个暴脾气，又习惯了毒品市场里的打砸抢烧，很快就和 Komang 火拼上了，眼看越闹越大……

镶金雕花的大门被人"嘭"地踹开，流水似的穿着民族服饰的年轻侍女们拥了上去，却被主人大声骂走。

Tyrant 把破破烂烂的外套脱下一丢，整个人向后倒下，陷进了柔软的沙发里："我之前听说你要来，还以为自己听错了！Kyle 你可算是想明白了！在那什么局里当只看门狗，自然是比不上跟着大哥吃香喝辣。”

邵麟慢悠悠地走上前去，拎起男人外套的一角，眼神嫌弃得好像正拎着一只死老鼠。看得出来，那原本是一件色彩鲜艳、嘻哈风格的名牌外套，特别符合 Tyrant 那张扬的个性，但这会儿被火星子溅到，烧出了一个个小洞，且血迹斑斑，十分狼狈。

邵麟“欣赏”片刻，冷笑道：“抱歉，我不想冒犯你，但我实在很难想象能和你一块儿‘吃香喝辣’。吃枪子儿的概率更大一点。”

Tyrant 一手捂着额头，闷声说道：“别急宝贝儿，你只是没来对时候。等我把那废物解决了——”

与此同时，一个皮肤白皙、身形纤瘦的男人撩开五彩通透的琉璃珠帘子，端着一只银盘走了进来，盘子里堆着碘酒棉球、镊子、消毒水等医疗用品，浸泡在酒精里的镊子与剪刀一路叮叮当当。

Tyrant 遣走了所有侍女，唯独留下了阿秀，似乎聊什么业务都不会避开他。邵麟忍不住多看了阿秀一眼。他今天没有换女装，依然是邵麟第一次在花店见到他时的少年模样。这男人按理说年纪也不小了，却不知有什么魔法，颦笑间始终带着那种干净而阳光的少年感。

“本来能早点回来的，下午一辆汽车停在我们门口，突然就爆炸了。”阿秀搁下银盘，对邵麟露出了一个温和的笑容，手上倒不停，熟练地开始给 Tyrant 清创，“幸好伤得不重，都是些溅射擦伤。哦，对了，警方很快就出了调查结果，说是天气太热了，那爆炸是自然现象。”

躺在沙发上的男人闻言，仰头大骂了好几句脏话，继而说他知道 Komang 在城里有一幢豪宅，里头住了他十几个老婆与孩子，他发誓不把那个地方夷为平地，就不配做人。

“换我可不会这么做。”邵麟在他身边坐了下来，帮着阿秀处理起了伤口。他的伤口都不深，也不严重，但由于是爆炸溅射所致，伤口细小而繁多。

Tyrant 躺在沙发上，一左一右被人伺候着，发出了一声痛苦的呻吟：“咱们哥俩好不容易聚聚，你该不会是老头儿派来劝我的吧？你要念经最好滚出去，我一点都不想听。”

邵麟笑了笑：“我就问一个问题，你觉得这个 Komang 为什么有底气抬价？”

"还不是他垄断了难民营的货源？"Tyrant 骂道，"他是本地人，极有声望，现在当地人都只听他的。不通过他，咱们怎么接触到货源？"

"错。你再想想，在整个肾移植的过程中，你的限定因素是什么？"

Tyrant 抓了抓脑袋，英俊的脸皱成一团："什么叫限定因素？别和我整这些文绉绉的玩意儿。"

"限定因素是指，决定一件事儿成败的所有因素里，难度最大、耗时最长或者最稀有的那个因素。"邵麟忍住翻白眼的冲动，耐心地和 Tyrant 说道，"在这个国家，'医生病人比'低得要命。一万人里只有三个医生，这三个，还包括全科、内科医生。你想想，这三个人里，能有几个会做手术？就算这三个都会做手术，也不是随便谁都能完成移植手术的。所以，这件事儿里的限定因素不是内部的肾源，也不是海外的买家，而是能够在当地进行移植手术的医生。"

"之前，这个 Komang 只能通过你们获得这样的医疗资源。现在他有能力与你叫板，原因再简单不过，因为他找到了其他医生来做肾移植手术。"邵麟顿了顿，"这样的医生，在这个海岛上一定不多。合理怀疑，一只手都数得过来。"

Tyrant 突然瞪圆双眼，恍然大悟地"哦"了一声："我懂了！我不应该去杀 Komang 那十几房太太，我应该找到这些医生，把他们的手指全部切下来！"

阿秀"咯咯"笑了起来。

邵麟心想：大可不必。

"我在贺连云那边看了资料，这个 Komang 其实没什么背景，不过是当地一个有钱人。我认为，咱们可以再调查一下这些医生，针对他们的需求开出更高的筹码——钱、房子、职场晋升，或者去海外顶级医院学习交流。你们能给的，一定比 Komang 多。"

"总之，从医生的需求点出发，直接签下排他合同，不惜一切代价，把医生拉到你们阵营。"邵麟说道，"没有了做手术的医生，Komang 有再多的供体也卖不出去。他兜兜转转，最后一定会来找你合作。"

Tyrant 瞪着邵麟，半晌才憋出一句："好像有点道理啊！"

邵麟轻声笑了笑，手上处理起了 Tyrant 臂上的最后一个伤口。

Tyrant 的肱二头肌练得特别帅气，邵麟看着那个弧度，突然又想起了夏熠。

夏熠也有这样充满了力量感的线条。

他现在在干什么？

有没有好好吃饭？

会不会生自己的气呢？

邵麟意兴阑珊地别过目光。BIG 盯得太紧，以至于他半点消息都传不出去，耽误了不少时间。一念及此，邵麟手下不知不觉地就加了点力道，疼得 Tyrant 哀嚎一声："你能不能像阿秀那样轻点！！"

邵麟冷漠地瞥了他一眼："抱歉。"

"好了好了，"Tyrant 挥挥手，"我先让人去调查一下 Komang 在医院那边的关系。"

03

在 BIG 的监视下，邵麟怀里抱着一本书，缓步穿过庄园里精致的林园。

阳光明媚，绿植葳蕤，阵雨来得快，去得也快——这个国家的空气总是潮湿的，带着一股大海的咸腥，以及邵麟叫不上名字的花香。日子一天天过去，邵麟被困在 Tyrant 奢华的庄园里，不允许与外界有任何接触。那原本清甜的花香，也渐渐馥郁得黏腻起来，闻得邵麟内心一片焦灼。

他迫切地需要打一个电话——

那是 I 国的一个本土电话。号码倒是非常安全，哪怕被贺连云查到，看上去，那也只是一个 I 国连锁超市的咨询热线。邵麟只需通过按键进入系统，输入暗码，国际刑警组织就能收到他上岸的信号。

可是，庄园里所有的座机只限内部沟通，根本打不出去。更糟糕的是，庄园里的侍女们一个个都没有手机——除了管家。这几天观察下来，邵麟发现管家不仅有手机，还有午休的习惯。每天中午饭后，他会回到花园外长廊尽头那个管家室里小憩。

最妙的是，他午睡时，会把自己的手机与钥匙全都放在桌上。

只要窗户开着，邵麟伸手就可以够到。

邵麟观察了好几天，确定了这是一个可行的计划。哪怕贺连云发现这个号码，一个管家给超市打电话，也不会引起怀疑。

也就是说，他只需要短暂地甩开 BIG……

邵麟在脑海里把计划演练了无数次。

那天，他像往常一样坐在花园里看书，还时不时向 BIG 朗诵几段康德的《纯粹理性批判》。阳光暖融融的，大块头双手抱臂，脑袋一歪，就在邵麟身边睡着了。

他在 BIG 的午饭里加了一丁点料——从贺连云船上偷来的，邵麟当时没吃，但他留了一点以备不时之需。邵麟加的剂量不大，以 BIG 的身量，这点药撑不了太久。

不过，他只需要 5 分钟的时间。

等 BIG 醒来，自己应该还在长椅上看书，津津有味地读着康德。

就这样，邵麟蹑手蹑脚地穿过草坪，正打算沿着长廊进屋，却听到迎面传来一个小女孩的声音："我好心劝你一句，你别和 Kyle 走太近，他叫你做的事儿，听过就算了，可千万别当真。"

是 Rosie。

邵麟心里又是"咯噔"一声，心说糟糕，平时都是中午最清静，怎么偏偏今天运气这么不好。脚步声越来越近，邵麟知道自己应该走了，却又忍不住站着偷听。

"然后呢？"Tyrant 冷笑，"你就是迫不及待地想看我搞砸 Komang 这边的生意，好让一切重新回到你的手里。"

"如果不是那个见鬼的 Kyle，这本来就是我手下的业务，你凭什么插手？"Rosie 怒道，"要不是闹了这一出，今年上圆桌的人绝对是我，压根没你什么事儿！"

邵麟听了心中一动。Rosie 刚说的那个"圆桌"，是他们组织里的黑话，指的便是他们两年一度的高层会议。只有"海上丝路"某一条路线或者某一片区域的总负责人能在圆桌上获得一席之地——圆桌的成员拥有组织里的最高身份。

"恕我直言，"Tyrant 净挑 Rosie 的痛点挖苦，"圆桌上不需要一个平胸小妹妹。"

"你再叫我一声小妹妹，"Rosie 恶狠狠地拔高了嗓音，"我就把你割了炒培根！"

Tyrant 仰头狂笑："美味，你会喜欢吃的！"

Rosie 狠狠一跺皮鞋，脚步声往反方向离去，似乎是被气走了。

"干吗啊？哎哎，你回来！"听脚步声，Tyrant 似乎往那个方向追了过去，在走廊里拐了一个弯儿。

邵麟心头再次燃起希望之火。他扭头看一眼还在长椅上熟睡的大块头，又看了一眼长廊尽头的管家室，心跳逐渐加快，血液"呼呼"地撞击着耳膜。他肩背笔挺，脚步平稳，再次往那个方向走去。很好，今天窗户也开着。

现在，或者天知道什么时候……

可邵麟还没走出几步，就被人从身后叫住了："Kyle。"

邵麟只觉得背后一凉，汗毛一下子都竖了起来。Tyrant 不知什么时候又折回了长廊之下，眼神警惕："你怎么一个人在这里游荡，嗯？"

邵麟一颗心差点没从嗓子里飞出去，但他依然镇定地转过身，露出了一个慵懒的笑容："我就在院子里随便走走。"

Tyrant 快步走来，东张西望一番，皱起眉头："那个大块头呢？他不是应该跟你寸步不离吗？"

"阳光太好，"邵麟指了指院子另外一头，"他在长椅上睡着了，我也不想打扰他。"

"哦？"Tyrant 大声"喂"了两声，但远处"打瞌睡"的人毫无反应。Tyrant 眉心一隆，大步往那个方向走去。

邵麟心跳再次加速，大脑转得飞快——如果 Tyrant 叫不醒他，那事情可就糟糕了。如果最坏的情况发生，他又该用什么说辞？

见鬼，明明观察了好多天，中午是最安全的。

幸运的是，Tyrant 上前一踢 BIG 的脚，大个子黑人突然就从椅子上蹦了起来。邵麟这才松了一口气。还好他控制了药量，BIG 块头又大，安眠效果十分有限。

Tyrant 见 BIG 这么快就醒了过来，不像是被下药了的模样，便不再怀疑。他变脸似的对邵麟露出亲切的笑容，伸手揽过邵麟肩头，又往院子里走去："我就随便问问，瞧把你给紧张的。来，看你无聊，咱们散会儿步解闷。"

邵麟和 Tyrant 在小院子里走了两圈，最后还是没忍住，讨好似的问道："我什么时候才能出去转转？"

"饶了我吧 Kyle，最近特殊时期，你懂的，我不能犯错误。"Tyrant 无奈，"你为什么这么想出去？我的庄园不好吗？"

"来这儿这么多天了，我都还没去外面玩过，"邵麟语气里带了一丝埋怨，"就连当地有什么特色菜都没吃过。"

"特色菜？这好说！"

邵麟还是没能出门，但当晚就吃到了一大份当地特色菜拼盘——刷了当地调料的肉串、放在深绿色芭蕉叶上的海鱼，烤得嗞嗞冒油，色香味都是上乘。阿秀笑着说，Tyrant 可是特意请了当地最有名的餐厅大厨做的。

邵麟表面上露出惊喜而期待的神情，却在心底狠狠把 Tyrant 切成片给涮了一遍。该死的，到底什么时候才能有机会把消息给传出去？

菜是好菜，酒自然也是好酒。

就连阿秀都忍不住酸了一句："我真羡慕你，Kyle，我从没见过 Tyrant 对谁这么上心。"

邵麟只是笑。

Tyrant 喝了不少酒，话自然也多："你知不知道，我为什么要对你这么好？"

邵麟有些奇怪地看着他。

Tyrant 突然大笑，指着邵麟，扭头看向阿秀："他不记得了，哈哈哈，他不记得了！"

阿秀微微蹙起眉头，纤细的手搭在他肩膀上，轻声提醒："你今天喝多了。"

Tyrant 有点上头，不理阿秀，反倒给自己倒了更多的酒，兴致勃勃地讲起小时候的事儿："你真不记得了？当年我才 10 岁吧，也不知道你多大了……"

Tyrant 小时候，还不叫 Tyrant。那时候，他有一个更可爱的名字——Teddy（特迪）。Teddy 的父亲，就是当年"海上丝路"臭名昭著的"暴君"，也就是后来入狱的、贺连云名义上的大哥。

暴君有无数女人，也有好几个儿子。

那几个年龄足够大并且参与家族业务往来的，在 17 年前都随着他们的父亲一并落网了，恰恰留下了年纪尚小，且非常不被老暴君看好的小儿子 Teddy。

天色漆黑，雨"唰唰"地下着，暴君在 C 州的宅邸门外，小 Teddy 一个人在雨里罚站。父亲认为他犯了错——老暴君给每个孩子买了一只兔子，要求大家用不一样且有创意的方式杀死它们。Teddy 抱着那一团毛茸茸的小东西，实在不忍心，便央求父亲让自己把它养起来，却被父亲视为"十分软弱"，赶到了门外淋雨罚站，不准吃饭。

他几近贪婪地看着屋里暖黄的灯光，听着父亲与哥哥姐姐之间的欢声笑语，心里难过极了。

就这样，Teddy 在雨里站了很久。

到现在，闭上眼，他都能回忆起 Kyle 小时候的模样——那个小男孩长着一双混血的大眼睛，眼窝凹陷，睫毛又密又长，鼻子尖尖的，皮肤在雨里质感看着像玉。男孩撑着一把比自己大出许多的黑伞，有点腼腆地踮起脚，把伞撑到了他的头上，奶声奶气地说道："你怎么一个人站在这里呀？"

Teddy 垂头丧气的，没滋没味地一撇嘴："爸爸罚我不准吃饭。"

"哎呀，"小男孩突然睁大了眼睛，伸手摸进自己的口袋，"那你饿不饿啊？"

Teddy 有点不好意思地抹了把脸，低声说自己不饿，可就在这个时候，肚子不争气地发出了一声"咕噜"，顿时，他把脑袋埋得更低了。

小男孩显然是听到了他肚子里的声音，忍不住莞尔一笑，但很快又觉得这样似乎不太礼貌，就一本正经地板起脸，假装自己从来就没有笑过，那模样格外可爱。很快，小男孩从口袋里掏出一根巧克力能量棒，塞进 Teddy 手里，说："这个给你。"

Teddy 愕然瞪圆了双眼。

在那一瞬间，天地间似乎只剩下了"沙沙"的雨声。Teddy 接过那根巧克力棒，像是接过了什么特别珍贵的东西。在他爹不亲娘不爱、处处被哥哥姐姐们欺负的一生中，从来没有谁主动对他好过。

他认真而惊奇地打量着那个小男孩。

可就在这时候，一个穿着黑色风衣的男人从别墅里走了出来，往他们所在

的方向冷冷喊了一声"Kyle"。小男孩眼底闪过一丝慌乱，很抱歉地看了Teddy
一眼："我可以把伞给你。"

"不，谢谢你，"Teddy受宠若惊，但还是拒绝了，"我父亲会打我的。"

小男孩点点头，转身就往喊他的男人那边跑了过去。

很多年后，Teddy改名为Tyrant——

他不再是那个舍不得杀兔子的小男孩，他在恶劣的环境里学会了像他父亲
和兄长们那样生存。为了让身边的人听话、畏惧，他拙劣地模仿起了他那个给
自己起名为暴君的父亲。如今的Tyrant，也是出了名的喜怒无常，有时候手下
一点点失误与忤逆都有可能招来杀身之祸，但有时候，他心里依然活着那个叫
Teddy的孩子。

"就那么一根巧克力棒，我记住你了，Kyle。"

"嘻，我当时就想，我那些混蛋哥哥死了多好，换你当我亲弟弟——在我被
罚的时候偷巧克力给我吃——你知道的，兄弟会为彼此做的事儿。"

邵麟想了半天，才想起来好像是有这么回事儿，他有点诧异地抬起眉毛：
"就因为这个？"

"不错，就因为这个。"Tyrant哈哈大笑，"后来我就只是远远地见过你一两
次，再然后，就是在蓬莱公主号上了。当时老头儿点名要救你，可后来我才知
道你就是Kyle——"Tyrant侧过脸，拿着一根香茅草轻佻地拍了拍邵麟的脸颊，
"所以，我才决定在燕安市放你一马。"

"一根巧克力棒换一条命，赚不赚，我的傻弟弟？"

邵麟张着嘴半天没说出话，最后还是难以置信地扭过了头。

"有时候人就是那么奇怪。"Tyrant躺在沙发上，换了一个更为舒适的姿势，
眼里泛着几分醉意，"明明是微不足道的事儿，偏偏就能记很久。"

Tyrant微笑着向邵麟举起酒杯："敬兄弟。"那懒散的模样竟然还带着几分
真情实感。

邵麟虽然觉得好笑，但还是给足了面子，与人一碰杯，一饮而尽。

只是，既然Tyrant提到了这茬，邵麟也想起了自己给他送巧克力棒的那个
晚上……当时，他走回父亲身边，林昀警告似的看了他一眼，低声叮嘱他没事
儿不要与家族里的兄弟姐妹们往来。

他追问爸爸为什么，对方却没有回答。

林昀在那个大环境里，拼了命地保护他。

倘若林昀早与贺连云串通好了搞掉老暴君，为什么还要多此一举呢？

"说起这个，"邵麟晃了晃酒杯里的冰块，就着话头问道，"我也很多年没见我爸了，还怪想他的。你上次看到我爸是什么时候？"

"Claud（克劳德）叔叔？"Tyrant 一侧头，舔了舔嘴唇，"很多年没见了，十几年没见了？说实话，我本来就没见过他几回，就通过几次电话会议吧。自从他和老头儿把其他人一锅端了之后，两人就分家了，你爸直接接手了南美那边的生意，老头儿主要管东南亚这边，有些合作，但基本各管各的，往来不算密切。"

"我还没资格上圆桌，"Tyrant 又给自己倒了杯酒，"但你爸每次都会去。我听说，南美那边的'白面'生意还不错，军火利润也很高。Kyle，你可能还不太了解，这种生意做大了，再好的兄弟也得遵守一条——互不干涉，才是长久之道。"

邵麟若有所思地点了点头。

Tyrant 说的话，似乎与贺连云说的没什么出入。

但是，Tyrant 这么久没见过林昀一事，让他本能地感到奇怪。Tyrant 和林昀通过电话，怎么自己来了这么久，电话也没有一个？林昀不想和自己说话吗？

"本来我要去埃尔斯，"邵麟小声说道，"说是在那儿等我爸。"

Tyrant 嘴里"啧"了一声，说："老头儿还真的看重你，埃尔斯是贺连云的私家岛屿，进出管理非常严格，不是一般人能去的地方。我去过两次，天堂一样的地方。见鬼，我以后也要一座只属于自己的海岛。"

"对了，最近有个传言，"Tyrant 一翻身，又从沙发上爬了起来，双眼亮晶晶地盯着邵麟，"说老头儿身体越来越差了，指不定什么时候就嘎儿屁了，你看这消息是真是假？"

邵麟干巴巴地答道："我倒……没太注意。"

他仔细回忆了一下，虽说从未听贺连云亲口提起健康问题，但从他整个人的精气神来看，他这两年确实老得挺快，皮肤枯槁，面色青白，身体不好恐怕不是空穴来风。

"听说，当年他窝在燕安不肯出来，就是因为身体吃不消了，如果不是 Rosie 这件事儿逼着他暴露，他现在可能还没打算回来。"Tyrant 冷笑一声，"谁都会老，要是他身体不行，那就是该退了，今年换我去圆桌。"

"在燕安的时候……"邵麟回忆片刻，"我看到他家柜子里确实有一些药，止痛的、综合维生素，还有一些 Beta 受体阻断剂，就这些药，倒也没有别的。哦，之前那艘船上，他还在补充蛋白粉。"

"哈哈，Beta blocker，我知道，这药他一直吃的，老头儿从小心脏不太好嘛，所以我爹当年才不肯分业务给他。"Tyrant 摇摇头，"据说当年，医生预言他活不过 30 岁，我呸，什么狗屁医生，老头儿不还活得好好的！我现在就是想知道，要是他身体不行了，会选择我上圆桌，还是 Rosie 那个小婊子。"

邵麟闻言，心中突然一动——他手里把玩着一根香茅草，看似随意地说道："你把 Komang 这事儿结漂亮一点，不就没有她的事儿了？"

说起 Komang 这烂摊子 Tyrant 就头疼。他双手插入自己鬓角，哀嚎一声："我按你说的去查了，就查那个手术医生。结果你猜怎么着，Komang 新勾搭上的那个医生，竟然是他的远房亲戚，刚从 S 国回来的。Komang 把人保护得可好了，接到电话就撂，见到咱们的人就赶，放空枪那都是好的……"

Tyrant 翻了一个白眼："你也知道，这旮旯就那么点人，抬头低头的都面熟。我换三回人了，全被轰了出来。要我看，那孙子的医院就需要一场意外，'轰'！"

"得了，"邵麟拿香茅草敲了敲他的鼻尖，"我觉得你需要一个他们不眼熟的面孔，把这件事儿谈下来。比如，"他又拿茎秆指了指自己，"我。"

"再给我一点资料，我能帮你把医生谈下来。"邵麟顿了顿，"我保证。"

"我说了——"Tyrant 犹豫起来，"老头儿哪儿也不准你去——而且万一你出什么问题，我怎么交代？"

"我能出什么问题？其实，我坦白和你说吧，我也不全是为了帮你，更多的还是为我自己考虑。"邵麟眨眨眼，一腔肺腑之言说得十分真挚，"因为我还打算在这里待很久，我得有实绩，我得树立起大家对我的信任。而且，倘若你说的是真的，父亲心脏不好，那万一他走了，你觉得 Rosie 上圆桌对我有利，还是你上圆桌对我有利？ Rosie 恨死我了，你这个傻子却愿意为了一根巧克力棒把我当兄弟。"

Tyrant 眯着眼看向邵麟，只觉得这个男人笑起来是那样狡黠而无害，就像一根香茅草撩着他心口。

"兄弟……"邵麟压低声音，又笑了起来，"会为彼此做的那些事儿。等我回了埃尔斯，我帮你看看父亲最近吃的什么药。"

"好。"Tyrant 拿起香茅草，和对方的香茅草碰了碰，"成交。"

邵麟嘴角一勾，看似醉眼蒙眬，实际却没有半分醉意。

正当 Komang 将所有的精力集中于对付 Tyrant 的手下，一辆黑色的轿车悄悄驶出庄园。

邵麟沉默地看着窗外——除了市中心，这里几乎没有什么高于三层的建筑。马路上摩托车横行，一辆赛一辆不要命，有的摩托上，还叠罗汉似的蹲着三五个男人，"嗖嗖"地从他身边飞驰而过，令人叹为观止。

邵麟仰头把脑袋搁在车里柔软的皮椅上，却无论如何都无法让心情放松下来。自从离开了燕安，他整个人时时刻刻都像一根绷紧了的弦。

不能放松。

也不敢放松。

半小时后，轿车缓缓地在当地最大的医院门前停下。邵麟再睁开眼时，脸上又挂上了他所向披靡的战甲———一个让人难以拒绝的笑容。

04

邵麟假装成一个来度假的游客，因为同行的朋友有慢性肾病史，也不知吃了什么突然病重，在旅馆暂时无法移动，这才带着资料来就医。I 国就是一个很势利的地方，他砸钱砸得爽快，很快就见到了目标。

Komang 的远房亲戚叫库塔。

男人皮肤黝黑，典型的 I 国人模样，三十出头，正是一个外科技术渐趋成熟、为事业拼命的年纪，但鬓角已经有了些许白发。男人一听邵麟的真实来意，脸色都变了，差点没从椅子上跳起来："你不应该来医院与我谈这个！"

"听着——"库塔摊开双手，语气紧张，"我只是一个医生，好吗？只是一个医生！他们给我病人，我做我应该做的事儿，拿走一份应得的报酬，就是这么简单！"

"库塔先生，您是当地罕见的外科圣手，伊丽莎白纪念医院愿意开出三倍的薪酬，请您去做外科——"

邵麟还没说完，再次被库塔打断。这次，男人直接拿起了话筒："我叔父叮嘱过我，如果有人找我，我就要通知他的保安。"

眼看着库塔已经按了两个数字，邵麟顿时头皮一麻。为了不引起 Komang 眼线的怀疑，他只带了 BIG 在走廊里等候。要是这会儿被 Komang 的保安发现——他怕是连自保的法子都没有！

邵麟手疾眼快地伸手越过桌子，直接按下挂机键。他脑子还没转过来，但话已经飞速地说出了口："等等，我看过你在玛丽蒙特尔医学院发表的毕业论文！"

库塔微微蹙眉，手上动作一缓："什么？"

邵麟努力回忆着来之前看的资料。他仅仅是粗略地扫了扫库塔的科研成果，好在过目不忘，白纸黑字的论文标题像印刷体一样在脑海里浮现……

"关于微小 RNA 在肾癌中的应用。"邵麟嘴角一勾，眨了眨眼睛，"我知道你发过很多论文，但似乎，因为影响度都不是很高，所以，最终没能拿到 S 国的绿卡。"

库塔像是被人踩了一脚，脸色顿时难看了起来，邵麟敏锐地捕捉到了库塔的微表情——在他提到"S 国"的时候，库塔的瞳孔微微放大了。方才他提到薪酬、医院，对方似乎都没什么反应。

"你到底想说什么？"

"我想说的是，库塔先生，我是带着诚意来的。"邵麟目光诚恳地看着对方，"我知道你一直想在 S 国当医生，却处处因为身份问题受到掣肘。最后因为签证问题，不得不妥协回国。"

他在心底评估着库塔的反应，觉得自己总算是找准了位置。

"我们有渠道帮你拿到绿卡，Komang 却不可以。"邵麟微微一笑，"你接 Komang 的生意，就是赚钱，不是吗？可是你赚钱，是为了你的妻子与孩子，是为了未来更好的生活。"

他的语气很温和，好像只是在与朋友聊什么日常计划："难道你不希望在 S 国留下来吗？想想你刚出生的小女儿。她不用在这里受教育，而是去 S 国的私立学校……"

邵麟伸手摸了摸文件夹光滑的表面："这些，我们都可以给你。"

库塔总算把手从电话上撤了回来。他靠回自己的椅子上，双手相扣，拇指下意识地搓来搓去，却不说话。

他在思考了。

"如果你对移民的问题存疑，那你可以问问咱们医院的医生。"邵麟从桌面上推过一份伊丽莎白纪念医院的简介。

库塔翻开宣传页，沉默地扫了两眼。

片刻，邵麟另起话题："我还看过你在肾移植刊物上写的那篇意见论述——关于器官买卖市场的合法化，我觉得你的想法很好，与我们院方的理念非常契合。或许，在未来有合作推动政策修改的可能。"

两人顺着"器官交易合法化"这个话题，又聊了一些主流经济学家的观点，邵麟有意顺着对方，顿时让库塔感到十分投机。直到邵麟的来访时间快结束了，库塔才恋恋不舍地说道："你与我叔父那边的人不太一样。"

"如果感兴趣，你可以打这个电话详谈。"邵麟笑得真诚，"不过，不必让你叔父知道，已经有太多无辜的人为此受了伤。"

库塔眼神一暗，犹豫着点了点头。

"对了，来都来了，我还想顺便麻烦您开点药。我最近觉得肠胃有些不舒服。"邵麟又掏出一张手写的单子，上面列着两个当地的牌子。

库塔很爽快，电脑上"啪啪"一顿操作，指了指门外："你拿了单子就可以直接去药房付款了。"

邵麟出了门，很快又绕了回来："不好意思，你们那台打印机好像坏了。你能帮忙看看吗？"

库塔起身，走了出去。

邵麟深吸一口气，泰然自若地拿起办公桌上座机的话筒。米黄色的机身上嵌了一张小卡片，上面印着简陋的拨号说明——拨打院外的号码，先拨"000"。

他微微眯起双眼，终于按下了那串已经在大脑里过了无数遍的号码。

无线电信号很快从邵麟所在的医院，抵达了国际刑警在 I 国的办事处。对方迅速定位了拨打电话的座机，并把消息上报了总部。

邵麟在打印机上搞的把戏没能撑太久。

很快，库塔就带着单子回来了。邵麟笑着接过单子，道谢，对折，并在离开医院时将它丢进了一旁的垃圾桶。他一钻进车里，就迫不及待地给 Tyrant 打电话："很顺利。说实话，比我想象的顺利太多了——"

邵麟话音未落，身后却陡然传来一阵枪声。身体先于大脑做出了反应，邵麟猛然扑倒在后座，车后窗被扫成无数碎片，BIG 一踩油门，一辆车跌跌撞撞地以 S 形飙了出去。

灰色骨头 AI 安静地坐在客厅正中，头顶一只小黄鸭。夏熠独自坐在客厅里，一手拿着火腿肠，一手拿着胡萝卜，神情严肃，如临大敌。

"哈崽，坐好坐好。"夏熠吹了声口哨，把两个拳头放在哈崽面前，"来，玩二选一了。"

哈崽这段时间瘦了不少，主要是刚意识到邵麟走了那会儿，郁郁寡欢地绝食了一段时间，好不容易才被夏熠哄好。这会儿它乖巧地蹲在地上，抬起头，不解地看向主人。

"听好了啊。"夏熠拿火腿肠在哈崽面前晃了晃，"这个呢，是去把你麟哥给找回来，但你老爹我呢，可能又要出差了。"随后，他又换上胡萝卜，在狗子面前晃了晃，"这个呢，你爹在家陪你，一起等麟哥回来。选吧崽，咱们怎么说？"

哈崽二话不说，伸出右侧前爪，重重地一拍夏熠拿火腿肠的那只手，吐出舌头，非常眼馋的样子。

"考验你是不是个好孩子的时候到了。"很快，夏熠把火腿肠和胡萝卜换了个位置，"来来来，换位置了啊，火腿肠——是不去找你麟哥。听好了啊，选火腿肠，就没麟哥了，啊？选胡萝卜——"夏熠晃了晃手里的蔬菜，"你爹就去找麟哥。再选一次？"

哈崽恋恋不舍地看了火腿肠一眼，凑过来蹭蹭又嗅嗅，但最后还是抬起爪子，不情愿地握住那根胡萝卜。

夏某人对它的反应非常满意，用力撸了一把哈崽的脑袋："没白疼你。"

第二天，夏熠难得穿了正装，在郑局面前一个立正，"啪"地一行礼："报告组织，我全家 2∶0 投票通过，我要参加任务！"

自从 I 国那边传来了邵麟上岸的消息，夏某人就隔三岔五地往郑局办公室跑，烦得局长大人一个头变成两个大。

"夏熠，你到底抽的哪阵风⁈"郑老大怒道，"话我就放这儿了，邵麟那事儿我想管也管不了。ICPO 有他们自己的武装，你只是燕安市的一个刑警——"

夏熠脸上却带着罕见的认真，言简意赅："我老部队和他们有合作。"说着，他掏出手机，竟然是有备而来："郑局，我和李队那里说过了，他们只需要你一句话放人。"

电话已经打通了，虽然不是外放，但电话另一头夏熠老队长的声音异常清晰，男人骂骂咧咧道："你这没良心的王八羔子，走了这么久也不知道回来看看，好不容易盼来一个电话，竟然还是找老子帮忙的！三年不拉屎，还以为你在憋大招，谁知进个屁出来，这么不讲规矩的事儿你怎么有脸向我提？嗐，谁让我是你大哥呢，还得我给你兜着，废话不多说了，换你们那个管事儿的接电话！"

夏熠赔着笑脸："队长，这么多年没被您骂，皮都长毛了，甚是怀念。"

郑管事儿的心想：是我骂少了。

他挑起眉，沉默地看着夏熠。夏熠爱吹牛，爱吧吧，却从来没有提过自己在部队那些尘封入卷的过去，以至于有时候郑局自己都忘了，眼前站着的，不仅仅是一个满嘴跑火车的年轻刑警，还是曾经在国际上拿过名次的狙击手、他老李最宝贝的一杆枪。

王睿力没想到夏熠突然在他负责调控的任务里横插一脚。

"这些你全知道！"夏熠见到这个男人眼底就冒火，压低嗓音，冷冷地追问，"但你就是不说，还拿着那些什么银行流水，什么蓬莱公主号上的视频来误导我？"

"怎么能说是误导呢？"王睿力面无波澜，淡淡开口，"我给的资料份份属实，而且邵麟至今没有任何解释。"

夏熠听了这话反而平静了。

"蓬莱公主号回来，我就一直在想，那些人为什么没有杀了他——甚至在爆炸现场将他救下。"王睿力耸了耸肩，"那时，我就知道他身上藏着很多秘密。我甚至觉得，这是一个非常值得利用的点。因为邵麟有着某些天然优势，能够接触到这个组织的核心，并活着回来。"

夏熠忍不住回嘴："这就是你逼他走的原因？"

"逼？"王睿力没有感情地勾起嘴角，"谁能逼邵麟做事儿？我两年前就和他说了这个计划，但他那时精神状态很差，直接拒绝了我，说自己没有准备好。"

"我从来没有逼过他。"王睿力摇了摇头，"这次，是他主动与我提起的。"

夏熠茫然："他说他准备好了？"

王睿力摇了摇头："他说新生活给了他足够的期待，也正是因为这份期待，他才有了勇气与过去一刀两断。"

夏熠一个恍惚，心口泛起一丝并不尖锐的疼痛。

"我真不建议你去。"王睿力一推眼镜，依然公事公办的语气，"你别觉得这种海外任务特出风头，丢简历里加分——这次的任务，我和你直说，你没有身份，没有名字，就连武装上都不能留下任何痕迹。如果你出事儿了，那就是演习事故，什么好处都得不到。"

夏熠头也没抬，爽快地在协议书上签了大名："我乐意。"

为什么他非去不可呢？

夏熠不想与王睿力解释什么。

既然邵麟说他在新生活里找到了期待，那么，自己要配得上这份期待！

夏熠平静地在桌面上推过去一封提前写好的遗书。破天荒地，他不再是为了荣誉而战——他只想带一个人回家。

05

夏熠回老部队特训了两周。很快，他跳上了一架远去 I 国的飞机。

国际刑警跟踪了"海上丝路"犯罪集团十几年之久，在对方活跃的大区均有线人。只是打入集团内部始终非常困难，这些线人大多活动于集团边缘。当邵麟传出定位信号之后，当地的暗线就开始活动了。

警方等了足足一个月，邵麟才再次传来行动计划。

这次，他透露了 Tyrant 在海上的一个私人行程。

库塔医生与伊丽莎白纪念医院的排他合同顺利签了下来，Tyrant 决定在海上开个派对庆祝。邵麟通过陆上线人，向警方透露了这次派对的具体时间与航线。

"换装备了换装备了，把这些衣服都脱了。"任务组在 I 国对接的指挥官拿来一批全新的武装，"我们不可能以警方的身份出面打击，不然会置卧底于巨大的风险之中。任何警方的痕迹———律不准留下。"

"哟，"夏熠捡起枪在手里掂了掂，眼神一亮，几乎爱不释手，"绝了，为了这宝贝儿我这一趟就值得，M40A6，S 军海陆现役啊?!"

"得！"身边的同事忍不住拿手肘撞了撞夏熠，笑骂道，"这都说的什么浑话，还真把自己当雇佣兵使了！"

"子弹用这个。"指挥官又拿来了一批北约弹夹，"仔细点，这玩意儿可金贵了。"

夏熠拿起一盒 $7.62\text{mm} \times 51\text{mm}$ 子弹，颇为不解："这子弹怎么了？"

指挥官打开自己的笔记本电脑，向大伙儿招了招手："过来。"

夏熠凑过脑袋，只见屏幕上是精准坐标地图，其中，他们所在的位置，显示有 30 个红色光点，正密集地聚在一起。

他诧异地睁大双眼："这子弹里——"

"没错，这是我们最新的实验品，子弹打出去，又被目标带去了哪里，我们这里都可以实时追踪。"指挥官笑了笑，重复道，"省着点用，这些宝贝儿可金贵了。"

夏熠疑惑："可是打出去那一瞬间的高温与冲力，难道不会对定位器造成损伤吗？"

指挥官解释道："这是我们最近几年一直在试图攻破的技术壁垒。目前实验下来，97%的定位器在打出去后依然能够正常运作。

"卧底向我们透露了两个非常重要的信息。首先，大家都知道Tyrant最近与当地地头蛇频繁交火，但我们不知道的是，'海上丝路'内部也存在两派——Tyrant与这条线的生意原来的主人。咱们的卧底认为，地头蛇的武装背后，也有'海上丝路'的内部支持。其次，I国当地黑帮的主流武装，都是从俄罗斯那边流出来的，武器以VSS、AK47这一类的为主。但卧底告诉我们，'海上丝路'最近收了一批北约的新装备，目前在I国市面上非常罕见。"

夏熠恍然大悟："咱们这就是北约的子弹！"

"没错，卧底就是这个意思。他希望我们在Tyrant的行程中攻击派对船只，再迅速撤离。凭借这些子弹，他有办法把火引向'海上丝路'内部，加剧两派分裂。"

夏熠无声地挑起眉毛："同时，这些子弹还带有追踪功能，甚至可以被带到不同的据点作为标记。"

指挥官点点头："没错。"

夏熠无声地吸了一口气，这思路简直从内而外散发着一股邵麟的气息。他只是在脑内这么想想，就觉得神清气爽，仿若久逢甘霖。

Tyrant的海上派对当日，计划如常进行。

夜色里，一支五人小队跳上一艘外观再普通不过的观光游艇，往目标既定航线驶去。开船的是I国当地海警，很快就定位到了目标船只，并且始终保持着正常且安全的距离。

远远地，夏熠可以看到那艘船上的灯光。船舱里很是热闹，经狙击镜放大，他都能看清玻璃窗后那些舞动的人影。其中大都是女人，身材婀娜，大概是Tyrant请上船的嫩模。

甲板上偶尔快速走过一两个人影，邵麟是第一个出来吹风的。他按照之前与线人说的，绕着甲板走三圈，最后站在了一杆船灯下。

观察手在夏熠身边说道："目标 10 点钟方向，距离 650 米，风速 25。"

夏熠成功将镜头落到了那人的身上："目标确认。"

邵麟站在甲板上，背着光，但夏熠只需要看一眼，就能从那轮廓里认出这个人。夏熠的心跳逐渐快了起来，但身体依然纹丝不动。

警方的船远远地闪了闪灯光，发出信号——莫尔斯码翻译过来，三个数字，正是邵麟当时打电话在后台输入的前三位。

邵麟靠在栏杆上，用手机闪光灯回应了信号。

指挥官的命令是，在与卧底对上信号后，全程由对方引导：目标游船内起烟幕弹是进攻信号，而船内武装开火反击是撤离信号。至于他们这边，枪法要足够差，可以打伤，但不能打死，避开要害，也不要让子弹留在体内造成过多伤害。

夏熠心想着，兄弟，你这要求还真不少啊！

他专注地盯着狙击镜。

这么小小的一个镜头，却可以容纳一方天地。

夏熠突然意识到，这并不是第一次他用狙击镜瞄着这个人。

很快，夏熠就注意到邵麟身边来了一个人，那个人非常高大，像一座山似的。从身形上，他能认出来那人并非 Tyrant。邵麟似乎只是在甲板上吹了吹风，又拿着高脚玻璃杯，随大块头去了室内。

夏熠失去了他的目标。

沉默在海风中发酵，游艇在海上温和地起伏。

也不知时间过去了多久，窗户里的人影突然乱了起来，随后窗户里浓烟滚滚，不少女模特儿惊慌失措地跑到了甲板上，船上远远地传来了鸣笛警报，甲板上所有的灯光都被打到了最亮。

夏熠看到邵麟也出来了，他还拉着一个人，从他像保镖似的护卫那人来判断，那位应该正是 Tyrant。

烟幕弹，他们的行动信号！

夏熠瞄了瞄邵麟的身形，随后又轻微地转动视角，将目标移到了 Tyrant 肩头，右手扣紧扳机。现在这两人都面向起烟的房间，夏熠这里只能看到两人的背影。可就在这个时候，他注意到邵麟在身后反复比了两次手势。

那个手势很明显，夏熠看了一遍就懂了。

"向我射击。"

夏熠硬是在脑子里又过了一遍他的手势，认为他非常清晰地发出了指令——向他射击，而不是 Tyrant。

在那一瞬间，夏熠再次想起了那年在 Z 国沙漠，他第一次参与的海外任务，以及那个突然改变了射击计划的谈判专家。

那只纤瘦却有力的手。

那个在狙击镜里的人。

观察手见夏熠一直没有反应，忍不住提醒他："行动！他们放烟了！目标 10 点钟方向，距离 680 米，风速 27！"

邵麟往栏杆处又靠了一点，甚至将自己半个身子覆在 Tyrant 身后，再次比了向他射击的手势。

电光石火间，夏熠明白了他的意思——邵麟想伪装出替 Tyrant 挡子弹的模样。或许是用苦肉计换取对方的信任，或许他故意受伤是有什么别的计划，可是……

没有可是。

指挥官说，现场一切听对方指挥。

夏熠只觉得好像有一只手掐住了自己的气管。

可是，这怎么打?! 眼下的这个距离，根本就不可能削弱 M40A6 的杀伤力，51 毫米长的弹头，钻哪里能不出事儿?

左侧肯定是不能打的，那样很有可能会伤到大血管与心脏。

右侧呢?

夏熠又移了移镜头，扣着扳机的指尖渐渐发白。

就在这个时候，同船的一号狙位已经开枪了。作战部署时有强调，枪法要差，只要把子弹打上船就行了。夏熠眼看着一颗颗子弹射到船沿的栏杆上，又拐弯儿飞向了别处，有了灵感——

不过一眨眼的工夫，夏熠迅速换了位置，让自己与目标船只形成了一个夹角，瞄准了邵麟身侧的栏杆。

海风在耳畔呼啸，观察手反复催促着，可那些声音落到夏熠耳畔，全都变成了温柔的白噪声。

他太专注了。

天地间的一切好像都消失了，只剩下那瞄准镜正中小小的十字准星。夏熠在脑海里飞速演算着风速和角度，经年累月的动态视力训练早已成为身体本能的一部分。

"噗"的一声，一颗子弹从装了消音器的枪里飞了出去。

夏熠眼看着它沿着自己预定的轨迹，正中瞄准镜里的金属栏杆。下一秒，栏杆凹陷，子弹被反弹出去，斜斜刺入邵麟右侧后背。

那个位置——相对安全。

夏熠又上了一颗子弹，火速瞄准了另外一个方向。

在邵麟被子弹击中的那一瞬间，他一手钩住 Tyrant 的脖子，半个身体压在他身上，做出一个保护的姿势，闷哼一声，把 Tyrant 扑倒在甲板上。

原本喇叭里还解释着浓烟并非失火，请大家不要惊慌，这会儿子弹突然"叮叮当当"地扫向栏杆，女模特儿们尖叫着四处逃散，又有男人扯着喇叭怒吼"趴下"……

邵麟茫然地抬起头，身后的剧痛让他精神恍惚。似乎有无数人影在他眼前晃动，他却无法聚焦到任何一张脸上。喉咙口泛起淡淡的血腥味，疼痛从右背扩散到整条右臂，怎么都动不了了，每一根神经都在尖声叫嚣着。

他咽了一口唾沫，半天说不出话来。

终于，Tyrant 的手下反应过来。

Tyrant 甚至没有时间去看邵麟的伤，亲自扛枪，向对面发起了武装反击。

夏熠小队收到撤离信号，立马飞速撤回。

Tyrant 本来还想追击，但船上被流弹擦伤的人不少，再加上邵麟"很合时宜"地晕了过去，背后殷红一片，Tyrant 不敢托大，只能吃哑巴亏，连忙返航。

船上惊慌失措的脚步声来来去去，一些女孩没见过血，动不动就尖叫着"要死人了"，吵得 Tyrant 把自己关进房间，让人把邵麟也带了进来。

阿秀垂着眼，迅速跟上，合上房门："又是 Komang？"

"那见了鬼的枪法倒是像。"Tyrant 拿卡尺量了量弹头，微微眯起双眼，

"7.62mm×51mm。他们从哪儿弄来的？"

阿秀似乎不太理解地眨眨眼："你知道我不懂这个。7.62 是 AK？"

Tyrant 扭头吐出烟嘴，脸色阴沉得可怕："AK 用的 7.62mm×39mm，不是 51mm，而且他们那枪法，用 AK 能击中目标撑死两三百米。那艘船离我们近 700 米，不可能是 AK。"

他把子弹抛到空中，又紧紧握住，咬牙切齿："今天船上任何一个人都不准 放走，包括那些女模特儿，回头派人查查咱们的武器库。"

"父亲说要把他直接带走，应该是那个大块头保镖打了报告。"阿秀缩了缩 脖子，小声提醒，"父亲很生气，他的直升机已经在路上了。"

Tyrant 又愤愤不平地骂了一声："这么多年，我就没见过老头儿跟什么人亲 近，怎么会对他这么上心？ Kyle 是他兄弟的儿子不假，难道咱就不是他兄弟的 儿子了？"

"要是今天中弹的是我，"Tyrant 就很纳闷，"我看老头儿眼皮都不会眨一 下，没准还会喝杯红酒庆祝一下。"

阿秀听了，眼神闪了两下，别过目光，小声提醒："你也不要这么说，要不 是他碰巧站在那个位置……"

被打中的可不就是你了？

阿秀伸出手，拍了拍他的肩膀，柔声道："你可不能受伤。"

Tyrant 想到这里，一颗心又软了下来，庆幸夹杂着愧疚。他瞥了邵麟一眼， 无奈地摆摆手："带走吧带走吧，那子弹嵌在身体里，我也不敢挑，整不好大出 血了怎么办？还是早点送医院，老头儿总不至于连这点伤都处理不好，我收拾 完这里的烂摊子，过段时间再去看他。"

贺连云的举动令人意外。他直接调动了手下最好的医疗资源，把邵麟送去 了他的海上医院，做手术的是伊丽莎白纪念医院的胸外科主任。

在船上时，邵麟似乎伤得很重，但被送到直升机上，血压和心跳暂时都比 较稳定，人还清醒了过来。进手术室之前，邵麟挣扎着看向贺连云，小声问道： "子弹取出来后，我能留下它吗？"

贺连云不解："为什么？"

"这是我第一次中弹。"邵麟露出一个虚弱的笑容,"听说留下那颗子弹,会给我带来好运。"

贺连云诧异:"你怎么还信这个?"

邵麟眨眨眼,眼底露出几分无辜又渴望的神情,很有几分孩子撒娇的味道。贺连云低声笑了起来,用力一按邵麟没有受伤的那个肩头,嗓音低沉而温柔:"给你留着,快点好起来。"

邵麟一颗心这才沉了下去,缓缓闭上了双眼。

他没有说谎,这还真是他第一次被子弹击中……邵麟难得破功,无声地在心底爆了一句粗口,说:"真——太疼了!"

从手术医生的角度看,邵麟伤得确实不重。毕竟有第一次击中面作为缓冲,子弹的穿透力会大大减弱。子弹穿透他的背部肌肉,非常巧妙地嵌进了右侧第八对肋骨与第九对肋骨之间的缝隙。有少许肺部组织受伤,肋骨轻微骨裂,但幸运的是,没有伤到肝脏,也没有伤到大血管。按胸外科医生的话说,这简直是一颗"被上帝亲吻过的子弹"。

取弹手术很顺利。

不过,贺连云依然拉着邵麟做了无数检查,生怕还有什么被漏掉的问题。邵麟一边感叹这医疗舰上的设备真齐全,一边纳闷贺连云为什么要对自己如此上心——就算是因为林昀,这服务也太周到了吧?邵麟甚至觉得,以林昀的带娃习惯,那根本就是"要求不高,活着就行",小伤小痛没有什么大不了的,咬咬牙就过去了。

纳闷归纳闷,邵麟对这艘巨大的医疗舰充满了好奇,有机会就控制不住自己似的出去溜达,几天下来,把整艘船的构架摸了个大概。

这就是伊丽莎白纪念医院的"海上分院"。

这几天似乎没什么病人,只有几个常驻的护士。像上次给邵麟做手术的医生,基本只有在手术日,才会乘坐直升机上船。今天那个主任也来了,给他复查伤口。

邵麟路过药房,碰巧听到里面传来了贺连云的声音。

他想起 Tyrant 之前与自己说的事儿,便多留了一个心眼。

邵麟悄悄地往药房玻璃窗口里一瞥,只见贺连云摇了摇手里的 Beta 受体阻断剂和阿司匹林的白色盒子，声音似乎颇为无奈，意思是自己需要再续点药。

药房里，并非之前的黑人小哥，而是给邵麟动手术的胸外科主任。中年男人皱起眉头，低声说："你的药量不能再增加了。"

贺连云摇了摇头，不知说了一句什么。

邵麟垂眸，心里突然闪过一个古怪的念头——自打第一次登门拜访，他在贺连云的客厅就只见过这两种药，前者是治疗心律不齐的常用药，后者则更加常见，所以他从未起疑——难道贺连云只是用了这两种药的包装，实际上，吃的并不是 Beta 受体阻断剂与阿司匹林？

Beta 受体阻断剂也就算了，确实存在剂量安全问题，可阿司匹林明明就不是处方药，到处都可以买到，为什么要找医生按剂量开？而且，一般在这里开药的人是个黑人药剂师，可现在药剂师已经被支走了，这又是为什么？

果然，邵麟看到医生从药房里拿出两盒药，一盒包装是黄蓝相间的，另外一盒是绿色的。他拿出铝箔板，把胶囊一颗颗剥了出来，放进贺连云的小瓶子里……

离得太远，邵麟确实看不清那是什么药，但他能确定，那一定不是 Beta 受体阻断剂与阿司匹林！

那到底是什么药？

难道 Tyrant 说的贺连云身体不行，另有隐情？

邵麟不敢再做停留，深吸一口气，快步离开。

"你能不能消停点，别整天在外面晃悠！"

当晚，贺连云逮住站在甲板上吹风的邵麟，逼他回病房舱："过些天你父亲来了，看到你伤成这样，不是得怨我？"

邵麟低下头，藏起眼底的情绪，淡淡反问："他会在意吗？"

"你说什么浑话呢？"贺连云低声纠正，"你是他唯一的儿子，他当然在意了！"

邵麟有点委屈地嘟起嘴："如果他真的在意的话，为什么我来这么久了，电话都没打来一个？"

两人一路走回病房，良久，贺连云才缓缓答道："你父亲，确实不怎么爱说话。"那语气里倒是染了几分怀念。

邵麟想想，这话不假。

"大概这么多年了，也不知道说些什么吧。"贺连云摇了摇头，"过段时间他就来开会了，两人见面总比在电话上说好点。"

邵麟表面上只是乖巧地点点头，但心中一动："开会？是指圆桌吗？"

想到圆桌会议，邵麟忍不住又想知道枪击事件的后续："Tyrant 那边——"

"好了，Tyrant 那里太危险。"贺连云直接打断了他的话头，"我可不准你再操心了。"

"你就先待在这儿好好养伤。这伤虽说不算太重，但养好也得好一阵子呢。"贺连云叹了口气，看向邵麟身上的绷带，"今天医生复查的时候，说肩胛周围的肌肉也伤到了点，右手还使不了劲。早点睡吧，别想着到处乱跑。"

邵麟嘟起嘴抗议："才晚上 8 点不到！"

贺连云不为所动："睡觉！"

他按下病床边的铃，很快，漂亮的小护士带来了一个托盘，上面放着一杯水与两颗白色药丸。

贺连云忍不住继续数落他："整天动来动去的，也不怕伤口长不好，落下病根！简直和你爸当年一个模样。"

邵麟眨眨眼，一双耳朵又竖了起来："我爸？"

"有一次帮派之间火拼，他为了保护我受了伤。"贺连云语气恢复了平静，他直直迎上了邵麟的目光，双眸深不见底。

邵麟被那眼神看得后背发毛，有那么一瞬间，他几乎觉得贺连云早已一眼看穿了他的计划……可是，有时候他又觉得，贺连云每次提起林昀，那些感情都是真挚的……

邵麟心虚，不敢再继续试探，当着贺连云的面，把药丸放进嘴里，喝了一口水，乖巧地表示自己要睡了。

等贺连云与护士离开，邵麟在床上翻了个身，熟练地从嘴里抠出两颗药丸，用纸巾裹着丢进病房里的生化垃圾桶。

他趴在床上，大脑飞速地转了起来。

贺连云这又是什么意思呢？不要他插手 Tyrant 的事儿了？看这架势，好像是要把他关在船上，一直关到林昀回来。在船上与外面联络确实不太方便，不过这是医疗舰，离岸边不远，信号倒还不错。话说回来，贺连云到底吃的什么药，这么见不得人呢？

待至夜深人静，邵麟蹑手蹑脚地出了船舱，走向白天的药房。药房的大门锁着，但门边上，有一个用于取药的玻璃窗口。邵麟拿着一把从病房里摸出来的镊子，熟练地撬开玻璃窗，把左手伸了进去，艰难地给自己开了门。

他打着手电，在药架子间来回走了一圈，凭着记忆找到了那种黄蓝相间的盒子。令人诧异的是，在这艘船的药房里，这种药的库存大得惊人，与其他药品简直不成比例。

邵麟低头看着药盒子——

黄蓝相间的是霉酚酸酯，绿盒子的是环孢素 A。

两种都是免疫抑制剂，常合并用于器官移植后的病人，预防排异反应的发生。

邵麟只觉得脑子里"哐"的一声，长久以来，盘踞于他脑海而不得解的疑问似乎都指向了一个答案。邵麟背后的伤口突然绷裂似的剧痛起来，他只觉得胸口一阵窒息，头皮发麻。

真相呼之欲出。

06

自从那次交火，夏熠就陷入了等待。

当地的线人传回了消息——

Tyrant 由枪击一事追查下去，发现自己仓库里果然"丢"了一批 S 国装备，再顺着这个线索一查，才发现 Rosie 在背后与 Komang 串通，所以 Komang 有充足的火力，以及正面与 Tyrant 叫板的勇气。

但 Rosie 断然不承认那天海上的枪击，两人直接火拼一场，各自元气大伤。

一切似乎按着邵麟预想好的剧本发展……但是，夏熠半点也开心不起来。按线人的说法，那艘船上并无人员死亡，但也没见邵麟跟着 Tyrant 回来，也没再见那个大块头保镖。

夏熠无数次去看那个 GPS 地图。

有一处位置有好几颗子弹，很有可能是 Tyrant 回收子弹的地方。然而，按照之前的计划，这些子弹现在应该散落在不同的据点，或者悄悄跟着不同的人。可直到现在，它们也没什么动静，统统聚集于一处。唯独一个小红点，从来没有上过岸，反而移动去了更远的海域，一直漂在海上。

夏熠盯着那个海上的红色小点，忍不住揪心地想——

邵麟，你到底在那儿做什么呢？

医疗舰常年漂在海上，一个月进行一次物资补给与废材回收，直升机是唯一的交通手段。邵麟在医疗舰上被困了足足两周，终于等到了一张熟悉的面孔——Tyrant 带着他几个手下上船了。

无论如何，邵麟帮 Tyrant 挡了一枪，被贺连云接走后却没了消息，Tyrant 心里有点过意不去。

Tyrant 下了飞机，与船上的人好一阵寒暄。邵麟好不容易找到与他独处的机会，四下扫了一眼船舱，忍不住低声问道："这里有监听吗？"

"老头儿还不至于这么多疑，他自己的船上都是没有监听的。毕竟在海上，消息传不出去。"Tyrant 对阿秀比了个手势，对方就很乖地去走廊上放哨了，"你到底要说什么，这么神神秘秘的？"

"你上次让我注意贺连云在吃什么药，所以我留了心眼。"邵麟低声简述了那天晚上他在药房的发现。

"你是不是看错了？"Tyrant 皱起眉头，"明面上，I 国是不允许器官交易的，大部分器官移植的手术都在这艘船上进行，一般是开到公海上去，以避开审查。所以，这艘船上会备有大量的免疫抑制剂，你看到贺连云要这些药也正常。"

"不，我看到他拿着他的 Beta blocker 和阿司匹林的瓶子。"

Tyrant 细细一品，总算是回过味来："你这么一说，倒还真有这个可能。他从出生心脏就不好，那是家里人都知道的事儿。我记得特别清楚，老爹总是念叨着小叔叔说不准什么时候就没了。但这些年来，我看他不也挺健康的？没准还真是移植了心脏！"

"他不仅仅是移植了心脏，我还怀疑他最近排异反应非常严重。"邵麟轻声说道，"因为我还听到医生叮嘱他，现在他服用的免疫抑制药物不能再加量了。"

Tyrant 眼神一亮，听到这个可就来劲了："那排异了怎么办呢？意思是老头儿终于要嗝儿屁了？"

"排异会导致心力衰竭。大量免疫细胞的攻击，会让供体原本健康的心脏失去功能。"邵麟睫毛扑闪了两下，"我认为他在计划着第二次心脏移植，虽然风险很高，但他不二次移植的话，也是必死无疑。"

"那得有供体啊！心脏的供体还有人卖？"Tyrant 瞪圆了双眼，"讲道理，人长了俩腰子，卖一个还剩一个。可心没了，这人不就死了吗?!"

邵麟咽了口唾沫，没接话茬。

Tyrant 追问："他供体联系好了？他从哪里找的供体？"

邵麟沉默片刻，嘴唇哆嗦两下，才低声答道："我。他找的供体是我。"

Tyrant 做了一个骂脏话的口型，诧异地瞪着邵麟："你？你怎么知道的?!"

"我发现了贺连云换药的事儿后，就一直想着这件事儿。我在他的船上，没有信号，也见不到人，他倒没怎么防着我。"邵麟的尾音打着战，"所以我找了个机会，偷看了那个外科医生的电脑——我搜索了心脏关键词，发现了一个文件夹叫 Ray。"

Ray 是贺连云的英文名字。

Tyrant 忍不住问："然后呢？"

邵麟深吸一口气，闭上双眼，又绝望地睁开："我在里面找到了配型报告。两份，我的。说出来你可能不信，HLA 六个点，我竟然全匹配上了。"

当时，邵麟在那个文件夹里找到了两份报告。其中一份的检测时间是最近两天，而另外一份报告的检测时间，是蓬莱公主号爆炸后，邵麟被 Tyrant 救走、昏迷不醒的时候——两年前的 5 月 8 日。所以，早在两年前，贺连云就盯上了邵麟。

Tyrant 半天才从震惊里恢复："所以，他才这么关心你。所以，他才会在听说你受伤后这么生气！见鬼了，找活人心脏，够变态。"

"是。他骗我待在船上等我爸来，"邵麟喉结微动，眼眶突然红了，"但我想我永远也等不到了。"

邵麟的母亲是贺连云同父异母的妹妹，但邵麟与贺连云有六个 HLA 位点吻合，那么不难想象，他的父亲应该也与贺连云有着很高的匹配度。心脏移植手术找到供体并不容易，很多时候不求匹配都会想移植过去，更何况一个完美匹配的供体！

这么多年了，林昀似乎一直只活在贺连云口中"南美的生意"里。无论是 Tyrant，还是谁，没有一个人亲眼见过他。邵麟在心底想着林昀，想着离开燕安市后那么多个无法入睡的夜晚，放任自己鼻子一酸，泪水唰唰地往下掉。

"你帮帮我。"他一手捂住自己的嘴，呜咽道，"他把我关在这里，我都不知道怎么办。你是我这么多天唯一能见到的人，求求你，我不想死……你救了我，以后我替你做什么都行……"

Tyrant 从来没见过如此失态的邵麟。看他这伤心绝望的模样，还真不像是装出来的。不过，Tyrant 也能理解，毕竟生死大事，不怪人激动。

"好了好了，你先别哭。"Tyrant 拍了拍邵麟的肩膀，低声安慰道，"这事儿有点复杂，我不可能听你一两句话就做什么决定。你别急，让我再想想。"他挠挠脑袋，一副拿不了主意的样子，"我今晚留在船上，明天走之前再给你答复。"

邵麟噙着泪水点了点头。这个时候，门外传来了阿秀的敲门声，意思是有人往这个方向来了。

Tyrant 对邵麟点点头，转身就离开了房间。

等人走了，邵麟擦干泪水，神色恢复了平静。

他为了这个答案跋涉千里而来。他绝不会在深渊的注视下退缩。他一定会坚定地走完——邵麟如今想到林昀依然觉得心脏跳空了一拍——当年他父亲没能走完的路。

那天晚上，邵麟用完晚餐，穿过甲板，一个人回房。

不远处，传来高跟鞋敲在甲板上的声音。邵麟一抬头，只见阿秀微笑着迎面走来。他晚上又换上了精致的女装。

阿秀对邵麟灿烂一笑，算是打了个招呼，但是，在路过邵麟身侧的时候，他有意无意地撞了邵麟一下。邵麟扭头，却见阿秀把一团餐巾纸塞进自己的手里。邵麟不解，低头打开纸团一看，背后"唰"地一片冰凉。纸巾上用黑墨水写着一句话——

你暴露了。下一艘补给船在三天后，会有人接你离开。

不对。

邵麟瞬间冷静了下来，脑袋里的多核 CPU 转得飞快——从来没有人和他说过，Tyrant 身边也有组织里的眼线。如果组织的内线已经做到了阿秀的这个位置，几乎是与 Tyrant 同进同出的人，为什么还需要他亲自过来一趟？而且，他每次与线人交流都有暗码，只有他与组织知道暗码的演算规则，以判断暗码的真实性，怎么会像阿秀这样毫无征兆地来这么一句话？

阿秀大概率不是组织的人。

那他这是什么意思？

邵麟一时间只能想到两种可能：一种是 Tyrant 授意的试探；另一种则是他真的暴露了，而阿秀不知道出于什么原因，想帮他一把。如果是前者，那他必然得向 Tyrant 投诚。可是，万一是后者，万一他真的暴露了，做戏投诚不仅很蠢，还会间接地害了愿意帮助他的阿秀。

邵麟握紧拳头，掌心都出了冷汗。

不，不对。

邵麟在脑内迅速盘清了逻辑。

阿秀这话说得有问题——字条上没有说自己到底是哪里暴露了。如果他是在贺连云那里暴露的，那么撤离的事儿应该由 Tyrant 来安排。Tyrant 想让贺连云死不是一天两天了，在现在这种情况下，保护好邵麟就是让贺连云等死。在这点上，他们的利益是完全一致的，不需要阿秀偷偷摸摸传消息。

这么一来，阿秀说的只能是他在 Tyrant 这里暴露了——Tyrant 知道了他是警方的卧底。可这就毫无逻辑了。如果说贺连云知道了他在船上的小动作，那 Tyrant 又是怎么知道的？他们都两周没碰面了！上午还好好的，Tyrant 来船上待了一天，就莫名确定了他卧底的身份？

这样一想，那只能是试探了。

邵麟在心底松了一口气。

不过走出几步的工夫，他又迅速折了回来，强硬地掰住了阿秀的肩膀，寒声说道："我不知道你这个字条是什么意思，我想我们应该拿到 Tyrant 面前和他谈谈。"

阿秀眼底闪过一丝笑意。

暗处传来两下掌声，Tyrant 高大的身影走了出来。

"Kyle，逗你玩罢了。"他凑到邵麟耳边，轻声说道，"等移植日期定了，我会控制住给他动手术的医生。你就在船上等我，先稳住老头儿。"

贺连云在岸上把自己要去开会的消息传了出去。他跟邵麟说的也大同小异，会议定在 8 月 7 日，提前一天，林昀会坐直升机上船。

当然，邵麟心里跟明镜似的——今年根本就没有所谓的圆桌会议。所谓"父亲要开会"，不过是给道上的人一个错觉：一切稳定，父亲依然大权在握，以避免各地的"Komang 之流"跳出来单飞。

眼看着日子一天天逼近，邵麟明显感受到了船上的变化：所有商业病房都清舱了，零星几个商业病人依次被转移；医护人员清了大半，反而换上了一批武装保安。

医疗舰往更远的公海上缓缓行去。

邵麟思忖着，能"见到林昀"的那天，应该就是贺连云定好了的手术日期。按照 Tyrant 的计划，他们会劫持贺连云主刀医生的直升机，用自己的手下来代替那一群医护人员上船，落地即激战，随后控制整艘船。

他手里把玩着那颗自带定位器的子弹，一遍又一遍地在脑中推算着计划中一切可能出岔子的地方，以及相应的解决方案。

"林昀要来"的前一天晚上，贺连云独自来到邵麟的房间。贺连云面容枯槁，嘴唇青紫，但精神似乎还算不错。当时，邵麟正侧卧在床上看书。船上收藏了许多心理学经典，几乎够他看上整整一年。

贺连云似乎与邵麟很熟悉了，径自往床头一坐，垂眸看了他一眼，低声笑着："嘿，还在看荣格呢？这才晚上 8 点，你最近怎么就这么乖？"

邵麟放下书，懒洋洋地看了对方一眼。贺连云的唇线突兀得略显凉薄，但邵麟硬是在那张脸上看到了些许慈悲的味道，硌得他心慌。

"因为你对我好。"邵麟在床上一翻身，撒娇似的用脑袋抵住贺连云的大腿，语气格外真挚，"我感觉自己第一次过这么舒服的日子，当然，能上岸遛弯儿就更好了。"

这话倒也不算假。

这几天贺连云当真是好吃好喝地伺候着，简直无微不至。明明一艘船孤零零地漂在赤道海域上，却经常能吃到来自南极的犬牙鱼，以及船上大棚里种植的有机蔬菜。在充分的营养补充下，邵麟的伤口好得很快。

除了与外界交流，贺连云对邵麟基本有求必应。

贺连云微笑着一摸他脑袋："好日子还在以后呢，咱们有的是机会一块儿干大事儿。"

邵麟的脑袋正抵着贺连云的大腿外侧。对方血脉的跳动，顺着邵麟的颅骨，震颤于耳膜。在那个没有光的胸腔里，心脏舒张，再紧缩，血液流经四肢百骸，一下，又一下——邵麟听得几乎入神。

那是……他父亲的……心跳？

邵麟想到此处，忍不住脱口而出："你能不能……再给我讲点……我爸的故事？"

"嗯？怎么了？"

邵麟眨眨眼，随便扯了个借口："不是说明天就能见到我爸了吗？我紧张。"

"你确实应该紧张。"贺连云温柔地摸了摸邵麟的脑袋，唇角勾起一抹凉薄的弧度，眼神似是讥讽，又似是悲悯。他低头，凑到邵麟耳边，低声问道："阿麟，你早就知道了，是不是？"

邵麟瞳孔的颤抖转瞬即逝，很快他又仰起脑袋，露出一个无知的笑容："知道什么？"

"你还挺能演。"贺连云眼角笑意更深，拍拍他的脸颊，"这点遗传了你爸爸，天生就是撒谎精。不过，他骗了我一次，你可别想骗我第二次。"

邵麟心跳突然空了一拍。

他真的知道了?!

突然，从门外走进来两个人高马大的男人，其中一个就是 BIG，他俩像两尊大佛似的往他床边一站。邵麟手无寸铁，唯一的武器是从船上偷到的刀片，现在正藏在他的枕头底下。不过，就这小破刀片，对上这两位大哥，他挣扎都不想挣扎。

邵麟顿时着急了起来——

这不对啊！Tyrant 挟持的直升机还没来，医生也还没来，怎么就好像要提前动手的模样？不过，只要医生不来，他似乎就不会死。

"这……"邵麟瞅了一眼 BIG，又尴尬地看向贺连云，"什么意思啊？"

贺连云不答，两尊"大佛"似乎也完全没有动手的意思。

半晌，贺连云抬起头，看向船舱空荡荡的另一侧，问道："你不是想听你爸爸的故事吗？"

邵麟破罐子破摔地点了点头。

"我讲给你听。"

贺连云的语速不快："虽然我不知道林昀是警方的卧底，但我很早就知道，他是一个与我匹配的供体。那时候吧，心脏移植手术其实也挺成熟了，就是机会少。毕竟心脏嘛，一人只有一个。我父亲给他那群手下都验了血，发现了林昀。因为他的匹配度最高，我父亲才把他调到我身边，做了保镖。谁知燕安警方会错了意，误以为林昀是被我们'选中'的人。"

"意外的是，我与林昀成了朋友。"贺连云微微沙哑的嗓音突然温柔了起来，"林昀不爱说话，做事儿却异常合我心意，他救过我几次，我也救过他——他做过我的刀锋，也做过我的后背。当我父亲第一次提出把他的心脏给我时，我坚决地拒绝了。为了保护林昀，我甚至把我最漂亮的妹妹嫁给了他。如果他们生下孩子，我父亲便会断了那个念头。这背后的那些曲折，林昀半点都不知道。"

"计划很成功，"贺连云对邵麟温柔一笑，伸手一刮他的鼻尖，"因为 Emi 生了一个聪明又可爱的男孩。"

而那个男孩，终于拨开 28 年的迷雾，愣愣地看着贺连云，半天说不出一句话来。

"后来，发生了一些事儿。谁都知道组织里有内鬼，我怀疑过身边的每一个人，甚至还杀了不少，唯独没有……怀疑过他。"贺连云缓缓合上双眼，又睁开，眸底闪过一丝讽刺，"阿麟，你说这世间的事情，为何总是如此巧妙？林昀在把我家一锅端的时候，竟然特意给我准备了一条退路。"

"他的理由，幼稚得可怕。"贺连云嗤笑，"林昀竟然想着，我心脏不好，本来就活不了多久。到底也是 12 年性命相托的交情，他认真地给了我一个洗白的机会。林昀说，只要我愿意不生事儿，不作恶，在埃尔斯岛上度过最后一段平静的日子，他便不会再来打扰我。毕竟，我身体不好，家里人不怎么让我接触帮派的事儿。"

"要是林昀能不念旧情，把所有人连根拔除，我敬他是个干大事儿的人，这一遭输得心服口服。可惜，他终归要为自己的愚蠢付出代价。"贺连云微笑着娓娓道来，像是在讲别人的故事，"后来，我假装相信了林昀，表面上对他给的机会感恩戴德，并承诺此生不再插手半点家族事业。可就在他转过身去的瞬间，我电倒他，并做了那个我早十年就应该做的手术。"说着，他一手捂住自己左侧心口，似笑非笑地看着邵麟，"理论上说，你确实可以喊我一声爸爸。"

邵麟喉结上下滚动，依然没有出声。

贺连云的解释和局里之前的怀疑点，一一对上了。

没想到林昀真的隐瞒了信息，竟然还是为了保护贺连云！

"林昀挖掉了我们在 S 国的生意。我当然不能说，'海上丝路'的管理高层被一个警方卧底打得溃不成军。所以，我又编了一个故事，也就是你之前听过的那个版本，这一切，都是我与林昀策划好的——我们在东南亚卷土重来了。"

"我想，我终归还是和林昀一起，做出了一点成绩。"

邵麟："……"

"你相信吗？"贺连云平静地看向邵麟，"心脏会携带着原主的一些记忆。我为此看了不少科学文献，我认为这是真的。很多人接受移植后，都会拥有一些自己从来不曾经历的回忆，或者认识一些自己并不认识的人。而我——

"你知道吗，我每次看到你，就会觉得心里堵得慌。我每次都忍不住想多见你一面。可是，你总是躲着我。

"你以为哈崽是自己跳进你包里的吗？"

邵麟睁大双眼："什么？"

"是我放进去的。"贺连云笑道，"一方面，是想你多来找找我。另一方面，是林昀以前总说，自己没什么时间陪儿子，要不买只小狗陪儿子玩？可后来，他又没买，说人都养不明白，还养狗？

"我看你挺喜欢哈士奇。"

邵麟："……"

"其实，十几年来，我排异控制得很好，只要终生服药，兴许不会有什么问题。"贺连云的手依然放在自己胸口上，叹了口气，"或许冥冥中一切都有定数，自从两年前见到你，我就开始出现排异反应。好像一见到你，这颗心就不再愿意与我一块儿待着了。一拖拖了两年，我现在真的等不下去了。"

邵麟的眼眶有些泛红。

"不过，你真是上帝赠予我的礼物——"贺连云伸手去摸邵麟的下巴，"医生说了，我们会配合得很好，比你父亲还要好。"

"别想着 Tyrant 和你的那些龌龊的小计划了。"贺连云恢复了冷漠的神情，"他盯着的那个医生，不是我的手术医生。不过，那个医生自己都不知道。不出意外的话，Tyrant 与他上船时就会扑空，想必他们脸上的表情会十分精彩。"

贺连云突然伸出手，钳住了邵麟的下巴，逼着他看向自己。凉意顺着邵麟的脊椎一节一节地倒灌下来。

"真像啊！"贺连云短促地笑了一声，凑近了一点，在他耳畔低语，"我每次看到你，就会想起我第一次见林昀的时候。不过，有时候我会觉得，你比他可爱。"

邵麟感到自己的衣服被人掀起一角，腰侧一阵凉意。

贺连云的指尖滑过那朵黑色的玫瑰文身，以及下面的哥特字母："你还不知道这个字母的意义吧？组织里每个人都有，但每个人的代号不一样。林昀的代号是我选的，你竟然文了一个一模一样的。"

邵麟："……"

贺连云的手从邵麟腰际滑落，又捏住了他的下巴，几乎捏出两个青白色的指印。"你不知道我有多想看着他就这样痛苦而惊恐地看着我。要不是我不能伤害他，我一定让他这样看着我……"贺连云咬牙切齿，"日日夜夜！"

随后，贺连云抬头给 BIG 使了一个眼色。

邵麟瞳孔附近的肌肉再次猛烈收缩，一个男人用膝盖压住他的双腿，BIG拿起一块被麻药打湿的毛巾，用力捂住他的口鼻。

邵麟"呜呜"挣扎了起来，几乎是拼尽全力地乱舞四肢。两分钟后，他的动作慢了下来，很快就不动了。贺连云向两个保镖一使眼色，BIG 把邵麟的手脚都给固定在了床上。

贺连云起身，面无表情："直升机耽搁了一会儿，今晚不要让他醒来。"

邵麟只是头晕片刻，很快又清醒了过来。

邵麟知道贺连云想要他的心脏，所以，在生理上绝对不会伤害他。因此，他在船上最大的危险一定来自麻醉。

在这些"无所事事"的日子里，邵麟非常有先见之明地研究了船上的所有麻醉剂，并把最有可能被贺连云用的那一桶麻醉剂原液给彻底稀释了。原液一稀释，接下来的稀释液就更为稀薄，几分钟都不可能麻倒人。

可即便有所准备，他现在又该怎么办？

07

邵麟躺在床上，手脚冰凉，在脑内飞速复盘了一遍现状——

现在是8月5日晚，原本定了6日"林昀来"，7日"开会"，然而，听贺连云的意思，他似乎今晚就打算带着人转移去做手术，但之前那个做移植手术的医生对此全然不知，还会按计划上船，用行程迷惑外人。

贺连云混到这个位置也不是没有道理的，他做事缜密到这个地步，好一招金蝉脱壳。

可是，这样就把邵麟推进了绝对的困境。上船这么久，邵麟第一次感到了彻骨的寒意，恐惧像无数蚂蚁，密密麻麻地啃食着他的骨髓。

上一次离死亡这么近的时候……

邵麟想到了那次货车坠湖。

冰冷的江水"哗啦"一声淹没了记忆，耳膜胀鼓鼓的，车厢外传来了多么美妙的敲门声。他在黑暗中感受着水线一寸一寸将自己淹没，就在那绝望的生死瞬间，那个人却在门外……

拼出了一个"WOOF"。

就是那四个简单的字母，给邵麟的心注入了一股巨大的力量。他握紧拳头，指甲差点没抠进掌心——再不自救，就彻底没救了！哪怕是死了，也得把消息给传出去。他邵麟能坦然接受死亡，但绝不接受死得像个废物。

不。

他怎么能死在这里！

就在这个时候，房门再次被人推开。

邵麟连忙装昏，唯独单眼眯起一条缝，看着一个护士推着一些药走了进来。

她个子比其他东南亚护士要高出一个头，棕色皮肤，涂着又浓又长的黑色眼线，显得眼睛格外大些。邵麟仔细扫了她一眼，心里腾起一股莫名的怪异，可一时半会儿，也说不上来怪在哪里。

他目光转回护士手里的药水，脑子"嗡"的一声。完了，躲得过初一，躲不过十五。怎么办？有的药打下去，恐怕是再也不能醒来了。要不要垂死挣扎一下？

现在，或者永远不。

正当邵麟在大脑里天人交战，他却发现这个护士竟然对输液袋动了手脚！只见她把推车中一个标着葡萄糖的标签撕下，换成了一个肌肉松弛剂的名。

这是什么意思？把原本的肌肉松弛剂改成普通的葡萄糖，她这是在帮他?!邵麟眼皮一跳，却被护士敏锐地发现了。

"哦?"护士神色惊喜，"你竟然还醒着！"

她连忙摘下了口罩。邵麟盯着她的五官，才发现这人竟然是阿秀！

只见他戴着假发，脸到脖子所有裸露在外的皮肤上都抹了棕黄色的涂料，黑眼线一描，再戴上医用口罩与手套，把化妆玩成了易容。

邵麟突然鼻子一酸，他见到 Tyrant 的人，从来没有这么感动过。

"嘘——"阿秀竖起一根食指，手里忙着调换药，"这个药打完你就废了，咱们换成葡萄糖，再缓几小时。"

邵麟悬着的心终于落地，连忙点头，忍不住问道："你怎么在这儿？"

"你不了解父亲。"阿秀微微一笑，"如果你与他多相处一段时间，就会知道这是他惯用的伎俩。每次有重要的事儿，他第一次通知，大概率是烟幕弹。"

邵麟想到贺连云之前在燕安市的假死，顿时深以为然。

阿秀狡黠地眨眨眼："Tyrant 其实早有怀疑，便让我化装成护士，前几天随着补给船过来，就怕情况有变。当初选护士的时候，特意挑了几个方便我替换身份。"

邵麟脑海里闪过一丝疑惑：不对劲，这傻大个儿怎么脑子突然这么好使了？

"不过，你不要担心。"阿秀甜甜一笑，"原本计划中的那个医生，是 Rosie 的人在盯着，咱们的人灵活待命。我也是刚刚知道父亲打算提前转移，最多两小时，Tyrant 就到了。他不会让任何人离开这艘船。放心，你不会有事儿。"

邵麟疑惑："Rosie？你们不是打起来了？"

"这个世界上没有永远的敌人，当我们有了共同的利益，那转眼就能放下之前的不愉快。"阿秀解释道。

"对不起，"邵麟垂下脑袋，"是我给你添麻烦了。"

"说什么话呢！"阿秀突然抓住邵麟的手，眼里闪着异样的光彩，"要不是你发现了父亲移植的秘密，我们恐怕还在与 Rosie 干架。我现在可算是知道，为什么父亲突然大发慈悲，把本来由 Rosie 负责的业务交给了 Tyrant。他就是想在这节骨眼上，让我们忙着自相残杀，他好去偷偷干自己的大事儿！"

阿秀仰起脑袋，语气坚定："父亲年纪大了，'海上丝路'早该易主了。"

邵麟点着头，再次认真地打量起了阿秀。

所有人都说，这人不过是 Tyrant 的小宠物，中看不中用，但邵麟一直觉得，能在喜怒无常的 Tyrant 身边留这么久，必然有他的本事。然而，他方才那一番话，让邵麟觉得自己或许还是低估了他。

对警方来说，找人混进贺连云的团队简直难上加难，但对 Tyrant 来说，就简单了许多。

阿秀给邵麟解开束缚带，准备好针头，放了点水，说道："我先给你挂点葡萄糖，一会儿你听到枪声就出来。"

邵麟乖乖地伸出手，又点了点头。

这组织里的人，套路真是一个比一个深。

邵麟一只手摸了摸胸口，在上头比画了一个"WOOF"。

葡萄糖水吊了一半，枪声突然炸响夜空。贺连云还没等到他的直升机，漆黑的夜色里，Tyrant 带着一直升机的武装人员空降了。

远处，另一架直升机上也炸开了锅。

"咱们 GPS 到这个位置感觉精度不是很准确了，但这种地方，精准不了也很正常，应该就是这艘船。"

"打起来了打起来了，呼叫指挥中心，目标船只上发生枪击！"

"不是说 8 月 7 日才行动吗？怎么现在自己先打起来了？咱们飞近点看看？"

国际刑警这边，眼看着海上的 GPS 坐标离岸边越来越远，便出动了指挥船。之前每天都有直升机或者商业渔船，轮班在 GPS 坐标附近转悠，远远地对它进行观察。

夏熠甚至二话不说，直接掏枪对准了船。

"哥，冷静冷静，咱们是观察机啊！"直升机驾驶员苦着一张脸，猛地旋转着拉高机位。可是，哪怕他们与大船相距甚远，也能听到船上传来噼里啪啦的枪声。

"奇怪，"夏熠在瞄准镜后眯起双眼，"这人还不少啊！"

观察手忍不住附和："对啊，少说十几个吧！咱们巡逻小分队才四个人，不宜贸然卷入，还是别蹚这浑水。熠哥，你别冲动，让他们先内耗一下。"

夏熠转了转瞄准镜，死死盯着目标船只。

观察手说得没错，现在机上人太少了，带的武装也不够多。可现在……船上是有了什么突发状况？邵麟也在船上吗？内耗……如果他在船上，在这样的交火下，他能安全吗？

邵麟这么多天没有消息，说不定人早就已经……

夏熠及时掐死了脑袋里的惊悚念头，沉声道："向指挥中心申请武装支援。GPS 子弹就在这艘船上，咱们不能退，保持安全距离跟进。"

观察手压低声音："熠哥，这不是事先计划好的！"

夏熠冷冷地重复了一遍："跟进。"

交火刚开始的时候，贺连云就派 BIG 查房了，BIG 见邵麟昏迷着输液，就立马转身投身战局。邵麟听人都走远了，立马掀了被子，趁乱摸到了船上的信息中心——船上唯一可以拨打卫星电话的地方。

天知道他觊觎这个电话多久了!

Tyrant 与贺连云的人干了起来,这种千载难逢的好机会他怎么可以错过!等两败俱伤时,国际刑警来人便能坐收渔翁之利。Tyrant 在,贺连云也在,一时半会儿都跑不远,而更妙的是,他们正在公海上……

最开始的交火,全都在甲板上,船舱里的人基本都出去了。邵麟倒是一路无阻,但他的手刚摸到卫星电话上,也不知道谁的冲锋枪连着几梭子向他的方向射来,"唰唰唰"地穿透门板,钉入他身前的桌子。邵麟抱着电话,一趴一滚,膝盖磕到船板上,才发现方才有两颗子弹擦着自己的大腿飞过,但邵麟也顾不得那么多了,挣扎着伏地前行。

对方那子弹追着他,一声声的枪响,邵麟觉得自己耳朵都要聋了。突然,他身边传来一阵脚步声,随后有人几下点射,击倒了那个追着他打的人。

Tyrant 一把将邵麟从地上拉起来,低吼:"你不要到处乱跑,流弹不长眼,你是中弹上瘾吗,啊?"但很快,他注意到被邵麟死死拽在手里的卫星电话,眼底闪过一丝狐疑:"你拿着这个干什么?"

"我——"邵麟惊魂未定地吐了一口气,低头看了看手里的电话,一脸被枪战吓傻了的模样,结结巴巴地解释,"我怕贺连云又叫后援。你就这么点人——不能让他们通知其他人过来。"

Tyrant 眼神一寒:"没错!"

他从邵麟手里拿过卫星电话,拆了电池,大步走向窗边,把电话向海里丢了出去,转身再次加入战局:"你先找个房间躲起来!"

邵麟黑着一张脸,那么长一串电话号码都快输完了,这下好了,一朝回到起始点。

Tyrant 这一趟劫船,可算是押上了全部家当。他带的武器都是最新的,带的人也都是最能打的,一个个都抱着改朝换代、一击必杀的决心,再加上阿秀早就摸清了船上的火力配置,Tyrant 把贺连云杀了个措手不及。

两个男人一左一右地架住贺连云,拿枪指着他,逼他走回自己的房间,把他铐在那把固定的金属椅上。

"行了,老头儿,认栽吧。"Tyrant 大步跨过一具横在门口的尸体,"哐当"一声把自己的佩枪和防弹背心丢在了地上。他抬起被子弹擦伤的手臂,顿时

"哒"了好几声，怒道："你的人枪法不准就算了，简直是专业描边啊，看这皮肉都卷起来了！"

还穿着护士装的阿秀拿来一些消毒用品，给 Tyrant 处理伤口。

贺连云到底是经历过几次大起大落的人，被几个人拿枪指着脑袋，脸上也没什么特别的表情。他几乎是懒洋洋地往后一靠，跷起二郎腿，似笑非笑地看向 Tyrant："我以前特别不看好你，看来，我也有判断失误的时候。"说着他点了点头："有那么几分意思了。"

邵麟敏锐地察觉到，贺连云似乎还看了一眼阿秀。

阿秀头都没抬，只是认真地帮 Tyrant 给伤口消毒。

"老头儿，"Tyrant 眼底闪过几分得意，"同样的招数玩太多遍，可就不管用了。不过我真没想到，竟然还有换心这招，啧，骗了我们这么多年，还是你厉害。不过，年纪大了呢，咱们就要服老。"

贺连云平静地看着他："废话少说，你要什么？"

"'秘密星球' Admin 账号下所有的联络信息——线上那么多合伙人，我以前见都没见过。他们只认 Admin，不认我。"Tyrant 开价开得很爽快，"你退下来，位置给我，我保证好吃好喝地给您养老送终。"

贺连云没说话，别过目光又看向邵麟："你放我回去做手术，活着出来，我就把账号给你。"

"哎我说，你都已经换过一次心了，"Tyrant 摆了摆那只没受伤的手，一把揽过邵麟僵硬的肩膀，"再换一次不合适吧？我可舍不得 Kyle。"

贺连云冷笑："刚还夸你，清醒一点，谁知道他是不是警方派来的卧底？！我要不是需要做手术，怎么敢把这人留在身边？"

Tyrant 瞅瞅贺连云，又扭头瞅瞅邵麟，露出很为难的样子。

邵麟冷着脸："现在是咱们起内讧的时候吗？拖拖拖，再拖下去他的后援就来了。你认为他会没有准备退路吗？"

突然一个手下冲了进来，语气惊慌："老大老大——又有直升机往咱这儿来了，不知道是谁的！"

Tyrant 脸色一变，恶狠狠地瞪了贺连云一眼，连忙带人冲了出去。

贺连云脸色青白，目光阴郁地盯着邵麟。

很快，外面又传来了枪声，那两个大汉听着不对，与阿秀一块儿出去了，就留下邵麟与贺连云待在屋里。

Tyrant 与手下刚经历完一场血斗，弹药消耗过半不说，人也伤得七七八八。成功夺回医疗舰的控制权后，Tyrant 手下个个都是最疲惫、最松懈的时候。甲板上，有人毫无章法地向天空进行攻击，可对方只用了三发子弹，就干净利落地击毙了三个人。

Tyrant 这才后知后觉地发现事情有点不对劲。

最开始，他以为这是贺连云的后援，但等他在耀眼的白光下看清楚了对方直升机的型号，脑子里才狠狠敲响一记警钟。

"撤离——撤离——那是警察——"

船舱里顿时乱作一团，人声鼎沸："警察?! 这怎么可能？他们的线人传出去的消息难道不是 8 月 7 日吗?!"

有人瞬间紧张了："难不成听到了我们的枪声，巡航碰巧撞上？有这么倒霉吗？"

"你傻啊？这条船的行动路线怎么可能撞上巡航？公海这么大，他们一定是有备而来。"

"走！咱们对付不了的，再不走就来不及了！"

Tyrant 背着枪，咬牙切齿地往船舱跑去，嘴里怒吼着："Kyle！"

邵麟自己也没有想到，这竟然不是贺连云的后援，而是警方！自从贺连云突然改变计划，他所有的计划也跟着崩盘了。没有计划、没有沟通，像是一场没有演习的实战，每一步都只能将计就计。

在所有的突发状况中，邵麟觉得自己总算是被幸运女神眷顾了一会儿。他当机立断，直接"嘭"的一声关上门，将自己与贺连云反锁在了这个船舱里。钥匙在他手上，Tyrant 一时半会儿打不开门。而且，在狭窄的船舱走廊内，Tyrant 无法射击——手枪无法穿透这扇铁门，而冲锋枪的子弹很有可能会到处反弹伤到自己。

邵麟在赌。

船上某个地方，确实藏着这个房间的备用钥匙，但 Tyrant 已经没有时间了。警方很快就会追上来，他多停留一秒，逃生的机会就减少一分。

Tyrant 赌不起。

果不其然，Tyrant 愤怒地用枪砸了一下门，迅速地组织手下分两路撤退。他让几个人陪着阿秀上了直升机，而自己带了几个人跳上一艘快艇，疾驰而去。

舱门外交火声不断。

被铐在椅子上的男人挑眉看了他一眼："警察是你引来的吗？"

邵麟捡起地上的一把冲锋枪，头也不抬，没搭理他。

"你是不是特别想亲手杀了我？"

邵麟看向贺连云。贺连云眼眶深深凹陷，长而直的睫毛微微下垂，眼角四周布满了憔悴的皱褶，却盖不住眸底那一丝玩味。

困兽在嘲笑他。

邵麟"咔"的一声让子弹上膛，漫不经心地说道："你放心，我不会让你就这么轻易死了。我会亲眼看着你上法庭。"

贺连云抬起眉毛，发出一声难以置信的叹息："你后悔过吗？"

邵麟不知道他在说什么，也懒得多费口舌。

"蓬莱公主号上的那些录音，你都听过了吧？"贺连云的嘴角勾起一丝讥讽的笑容，"我也没想到，不过是监控一条船上的对话，却收获了这么多意外惊喜。Kyle，你有没有后悔自己拼命救了那么多人渣？有没有一刻觉得那艘船上的人，还不如死了好？"

同样是在海上，同样是封闭的摇摇晃晃的船舱，邵麟耳畔似乎再次响起了那 12 个人"嗡嗡嗡"的声音。他突然心口一阵刺痛。

半响，他垂下头："我没有权力决定他们的生死。"

"就算你真的这么想，那些希望你死的人，也绝不会因此而手下留情。恶意是与人性共存的。它是每一个人灵魂深处的火种。"贺连云的嗓音低沉，哑得恰到好处，"但凡给它适宜的土壤、温度与水分，这份恶意就会自由生长。你只需要挑起一个人心中的欲望，或是恨，或是贪婪——当那股欲望足够强大的时候，再给他提供一些可行的手段，一切便水到渠成。'秘密星球'上你也看到了，季彤如此，秦亮如此，向候军如此，刘雨梦亦是如此。"

邵麟冷冷地瞥了他一眼："你这叫教唆犯罪。"

"这怎么能算教唆呢？我既没有教他们杀人，也没有教他们贩毒。我只是给他们提供了信息，以及在取材上提供了一些便利罢了。动机，执行，都是他们自己的事儿。"贺连云摇头，"在获得这些信息前，他们还是安分守己的良民，理应是你们警方的保护对象。但在获得这些信息后，他们又变成了犯罪分子，成了你们警方的追查对象。这算是什么理？为什么收到信息前，他们还值得你们为之赴死，而收到信息后，就必须被你们追捕？无论这些信息存在与否，他们分明是同样的人。"

邵麟无动于衷："所以呢，你想说什么？"

"我再举个例子。Tyrant 平日里只有杀我的贼心，却没这个贼胆，是你把我的手术信息透露给了他，他才有了做今天这番事儿的勇气。如果你将那些事件归咎于'秘密星球'，按同样的逻辑，Tyrant 这个行为，就应该归咎于你。然而，那都是他们自己的欲望，与你无关。同理，那些匿名账号的行为，也与'秘密星球'无关。"贺连云一大段话说急了，停下喘了两口气，才继续低声说道，"这两年来，我一直想向你证明，人的自由意志，法律无法束缚，无权定义。"

"你可以杀死我，但无法踏平我所创立的理想国。你相信吗？一个'秘密星球'消失了，还会有第二个、第三个出现。"贺连云高傲地笑了，"因为这是一款市场所渴望的产品。这个市场渴望自由。"

"自由？"邵麟平静地反驳，"这个世界上并不存在什么真正的自由。今天有人出 8000 块买你的器官，你拒绝了。明天有人花 8000 万买你的器官，你同意了。这就是自由的选择吗？不。有些东西是不能交易的，因为一旦有了交易的可能，有些人就永远不可能自由。只有规则存在，才能让更多的人最大限度地享受自由。你追求的自由就是一个伪命题，因为它建立在更多的不自由之上。

"至于你说的那些人，在犯罪前，警方保护他们，在犯罪后，警方追捕他们——'他们到底是什么样的人'，本就不基于执法人员的主观判断，而是基于客观的执法规则。"

"我不杀你，也是同理。"邵麟仰起头，脖子到锁骨拉出一道棱角分明的线条，整个人站得笔挺，"我要你为你的行为付出代价，我要为这么多年在这条路上前仆后继的执法者讨回一个程序正义。"

"我是恨你。"邵麟深深闭上双眼，吸一口气，又缓缓吐出，"但执法人员只是程序正义的一把刀。刀从来不为自己的私欲而战。"

贺连云"啧"了一声，吐出两个字："愚蠢。"

邵麟不再理他，把耳朵凑到门缝里听。

枪声、叫骂声、脚步声都已经消失了，远远能听到破浪而去的快艇马达，以及直升机螺旋桨的轰鸣。奇怪，难道警方没有上船检查吗？直接追人去了？毕竟，他方才趁乱把那颗带着定位器的子弹偷偷塞进了 Tyrant 的狙击弹夹。

可是，他还在船上。

邵麟生怕贺连云还有后招，迫不及待地想与警方会合。他悄无声息地打开门，左右看了一圈，确定没人之后，才拿枪抵着贺连云，连拖带拽地把人带到了甲板上。

贺连云的身体在海风中摇晃了一下，背靠栏杆，才能让自己不摔下去。灯光打在他脸上，显得格外惨白。他本来就心脏不好，这一晚上的跌宕起伏，着实让他有些吃不消。

邵麟东张西望一番，发现离自己最近的直升机已经跟自己有点距离了。他焦虑地站在甲板上，对着空中扯着嗓子喊了两声"Help！（救命！）"，才发现纯属做无用功。海风呼啸，浪花轰鸣，贺连云突然仰天大笑了起来，笑得邵麟心里发毛。

谁能想到，警方竟然只来了一架直升机，这会儿已经追快艇去了。

邵麟不死心，拖着贺连云，跌跌撞撞地又往驾驶室跑。之前驾驶室门口发生过一场恶战，灯管被打坏了，带着"刺刺"的电流声，时亮时不亮，两三个人横竖躺在门口，玻璃门上血迹斑斑。邵麟扯开门冲进去，按下鸣笛。

悠扬的号角声在海域上散开，邵麟控制着船灯，对着夜空打出了短光、长光、短光的节奏——国际通用的 SOS 信号。

邵麟在心底焦虑地祈求：快回来吧！

谁来都好！

不一会儿，邵麟只听身后传来一声幽幽的叹息。他一回头，贺连云双手抓住他的肩膀，飞起一脚，将全身的力量集于膝盖，袭上了他的后腰。邵麟没想到在甲板上站都站不稳的男人会猛然发难，半个人撞上指挥台，额角一痛。

而且，贺连云是什么时候解开的手铐？

不过，区区一个贺连云不是邵麟的对手，他想都没想，反手用枪托砸向对方腹部。可是，枪声突然响了，邵麟大脑还没反应过来，身体就本能地趴下，子弹击中了他原本站着的位置，被破坏的控制台上冒起了烟。

邵麟剧烈地喘息着，把枪口对准了声源，这才发现驾驶室外，不知何时出现了一个山一样的黑影。是BIG。他的额角豁开了一个大口，血液哗啦啦地流了满脸，早已被氧化成了深红色。可纵使如此，BIG依然颤颤巍巍地拿着枪，大步迈进了驾驶室。

方才，BIG在与Tyrant的交火中受了伤，在甲板上晕死过去。大约是因为他头部那一个吓人的豁口，Tyrant以为人死透了，并没有补枪。可是，称霸地下拳台的男人，只要还有一口气在，就能再次站起来。

"不许动，"贺连云施施然地蹲下，从地上一具尸体的手里拔出手枪，优雅地抵住了邵麟的脑袋，"在这房间里开枪，谁都讨不了好。"

贺连云这一辈子见过太多大风大浪，无论是马失前蹄，还是逆风翻盘，似乎都不能掀起他内心一丝波澜。

邵麟颤抖着咽了一口唾沫，快速分析情势。与BIG一对一，自己肯定不是他的对手，更何况还多了一个贺连云。而且，这艘船上，还会有更多的人醒来。警方一定能听到鸣笛声，但信号呢，他们看到求救信号了吗？如果警方会来，那么拖延时间才是上策。可是如果警方暂时不来……

BIG端着枪，又走近了一点。

"Kyle，记住，杀人的时候别犹豫。"贺连云拿枪口抵住邵麟的脸颊，逼着他扭头看向自己，"要不然，他就会让你后悔。你真不愧是林昀的好儿子，什么情谊，什么正义，为了这些虚无缥缈的东西，死不足惜。"

"不过，有一件事儿你还是猜对了。"贺连云语气轻快了起来，"我确实有备用计划。走吧！"

BIG颤颤巍巍地走了过来，俯身搀起邵麟。

就在这时，一颗子弹破空而来，穿透驾驶室宽广的落地窗，精准地射入大个子男人的头颅。玻璃碎片在那一瞬间炸开，鲜血与脑浆四溅，喷了邵麟半身。

随后，一枚烟幕弹顺着窗上那个窟窿飞了进来，顿时，刺目的浓烟四起。邵麟闭上双眼，连忙抓住贺连云拿枪的手，食指扣进扳机，不给对方趁乱偷袭的机会。

BIG 他打不过，打一个病恹恹的老年人还是不在话下的。

原本追着快艇而去的直升机，在听到鸣笛声后半途折返。

夏熠半身探出机舱，面无表情地收了枪。

08

直升机顺利地停在了甲板上。

驾驶室的浓烟散去，邵麟半身负血，控制着贺连云，一瘸一拐地走了出来。他抬起头，看着直升机舱门打开，跳下三个身穿蓝色迷彩、全副武装的男人，百感交集。那些瘀青、伤口、心底的委屈，这才像被引爆似的疼了起来。

来人个个戴着头盔与防风镜，邵麟看不清面孔。只见那个背着枪的男人一推目镜，露出那张胡子拉碴的垮脸，一脸严肃。

邵麟眨眨眼，一时间还以为自己是被烟幕弹熏晕了，以至于产生了幻觉。

倒是夏熠身边的战友先冲上来嘘寒问暖："同志辛苦了，你有没有受伤？"

另外一个战友从邵麟手里接过贺连云，裹粽子似的把人给固定了起来。

只有夏熠独自远远站着，沉默着，直升机顶部旋转的灯光打在他脸上，表情晦暗不明。邵麟突然鼻子一酸，下意识地垂下眼，咬着嘴唇说不出半句话。

邵麟的脑子是乱的——他怎么来了？

"磨叽个啥呢?!"机长在螺旋桨的轰鸣声里大吼，"人接上了没有？接上了咱们就回！船上可能还有敌人的其他布置，咱就四个人，别冲动，指挥船已经在路上了，咱们先回去！"

双方来不及寒暄，迅速回舱。

六个人挤在机舱里，移动空间顿时显得小了。夏熠那两个队友围着邵麟与贺连云追问，但贺连云缄口不言。邵麟尽量拣最重要的信息讲，时不时地偷看夏熠一眼。废话罐子突然变成了一个闷葫芦，邵麟这心里七上八下的，但突然想起自己离开燕安前对他干的事儿，怎么都没脸先说话。

观察手大约是心情好，话也就跟着多了："本来我们是打算追那船的，可后来听到鸣笛声掉头，我拿瞄准镜一看，哎呀妈呀，差点没把我看得魂飞魄散！还好熠哥那一枪就过去了！"

邵麟想起那一瞬间也觉得心惊胆战，含笑看了夏熠一眼："好枪法。"

夏熠依然没说话。

倒是那个观察手忍不住拿胳膊肘捅了捅他："熠哥，你咋回事儿啊？刚不肯等支援非要直接开火的人是你，这么着急，指挥中心的号令都不听了。这回人总算是捞到了，你怎么突然哑了呢？"

邵麟忍不住"噗"地笑了。夏某人看见，脸色顿时更黑，邵麟连忙把那个笑容过渡成了"被伤口弄得龇牙咧嘴"。

夏熠瞪了观察手一眼，怒道："行了，你能不能让人先休息一下，就你话多！"

观察手白了他一眼，嘴里嘀咕道："问两句话怎么了，这可是'海上丝路'的教父啊！凭什么不让我好奇好奇，抢了你的肉似的。"

邵麟对夏熠调皮地眨眨眼，对方立马别过头。夏某人心里也纳闷，明明见到人之前，这满心满脑子都是邵麟，生怕他出一点意外。历经千难万险，这会儿总算见到人了，心里却开始清算之前那桩桩件件的烂账，要不是碍着队友的面，他真想把邵麟原地暴打一顿。

"哎，等等！咱们怎么离这个 GPS 点越来越远了？"另外一个队员抱着平板，有点疑惑地看向邵麟，"定位器不是在你身上吗？我知道定位有点误差，但这……"

邵麟连忙解释："趁 Tyrant 不注意，我把子弹塞进了他的弹匣。在他发现问题之前，这应该就是他的位置！"

"太好了。"那个队员喜出望外，连忙拿起对讲机，开始引导后援二队往GPS 光点上去。夏熠却射来愤怒的目光："你就这么一个定位器，还不随身带着？"

"好了好了，这不都没事儿嘛！二队出发堵人去了！"观察手也不知夏熠怎么突然跟吃了炸药包似的，连忙打圆场。

244

邵麟垂下眼，不说话了。当时突发事件一个接着一个，他命悬一线，生死之间，早把以前的计划抛了个干净。枪声交错之际，他脑子里只剩下一个念头，那就是不能浪费这颗有定位器的子弹。万一他真的出事儿了，对方最后追到Tyrant，总比追到他的尸体强。

不过，现在什么都不必再解释了。

观察手拍了拍邵麟的肩膀："回指挥舰还有点时间，要不你先休息会儿？"

邵麟点点头，似是无意地换了个姿势，但其实暗中往夏熠身边挪了两下，但夏熠同志表情严肃，平视前方，一副"出任务闲人勿扰"的模样。邵麟眼珠子一转，靠着机舱开始闭目养神，待直升机在气流里一打弯儿，邵某人那脑袋就"啪嗒"一下，"碰巧"搁在了夏熠肩上，并且熟睡不醒。

夏熠："……"

他依然表情严肃，像尊雕塑似的借了邵麟半个肩头。

等一机人落地指挥舰，邵麟心里还觉得一切有一丝不真实。他一只脚踏上甲板的时候，海平线上已经泛起了白光，指挥舰正向着黎明的方向缓缓航行。

贺连云很快被人带走了，船上的医护人员跑过来给邵麟做了检查。除了几处子弹擦伤，就是玻璃裂开时碎片溅射进了皮肉里，都是些比较轻的皮外伤，没什么大碍。小护士拿着一盘消毒工具正打算进门，就被夏熠一把抢去："都是些小伤，我还有些事儿要问我战友，我来处理吧。"

小护士"哎"了一声，夏熠便"嘭"的一声锁上门。

那消毒用的不锈钢盘子被重重地搁在床头，镊子与剪刀浸泡在酒精里，"叮当"地晃。邵麟一个激灵抬起头，看到夏熠那张脸，顿时觉得事情要糟。

夏熠也不和他说话，粗暴地一把扒了他的上衣，去检查他右肩胛下的弹伤——自己亲手打出的子弹。伤口愈合得还不错，已经长出了粉色的新肉。夏熠心里一堵，却什么也没有说，小心翼翼地挑起了玻璃碎片。别看他一副"你完了"的凶狠模样，但镊子拿得格外小心。邵麟乖乖趴着，心底泛起一阵暖意，懒洋洋地"喂"了一声。

夏熠不理他，只是将一片片碎玻璃丢进不锈钢盘子。半晌，两人谁都没有说话。夏熠将最后一片染血的玻璃挑出，拿起一卷消毒纱布，这才硬邦邦地开口："痛吗？"

邵麟演技浮夸地"嗞"了一声，龇牙咧嘴："痛死我了，痛死我了。"

"痛？痛就对了！"夏熠给他包扎完伤口，这才把憋在心里的不痛快一股脑发泄出来，"你之前不是很能吗？突然消失去干这么危险的事儿，还不和我说？瞒着我很好玩？觉得自己忒英雄，是吗?!"

邵麟咽了口唾沫，又舔舔嘴唇，讨好似的看了他一眼，吐出一句："不是怕你担心嘛！"

夏熠瞪圆双眼："你这样走了我就不担心了？我就能假装从来都没有认识过你？你这种行为——"他越说越气，舌头差点没打结。

邵麟自知理亏，小鸡啄米似的点头："是是是，我的错。"

"你竟然还给我下安眠药，"夏熠想起那天动弹不得地看着邵麟离开，心里那火气又"噌噌噌"地蹿上三尺高，"你做的这是人事儿吗？这叫袭警你知不知道?!"

邵麟持续啄米，态度十分诚恳。

"你弄晕我，还……还……"夏熠顿时又委屈了起来，"不负责任地跑了！我小账本上都记着呢！"

邵麟心想：怎么还有小账本呢？

"有什么事儿是你不能和我说的？有什么事儿是我不能和你一起面对的，邵麟？郑局知道，王睿力知道，凭什么就我不知道?!"

邵麟听得眼眶有几分发胀，索性张开双臂，用一个拥抱堵住了剩下所有的责怪。

两人心跳都渐渐慢了下来。

半晌，夏熠摸了摸他的肋骨，埋怨道："你说贺连云怎么也不把你养得壮一点再宰，就这点时间，怎么瘦了这么多？"

邵麟低声骂道："……什么叫养得壮一点再宰，你按斤卖呢?!"

"你再这么瘦下去，咱那毛儿子都要比你重了！"

邵麟眼前浮现出圆滚滚的哈崽，顿时大惊："你是把它养成猪了吗?!"

"唉——那还不是因为你突然走了，儿子抑郁不吃饭，我只能每天拿零食引诱它，它吃多了还不运动！"

两人还没讲正经事儿，光斗了半天嘴，等小护士忐忑不安地来敲门，才一起走了出去。

甲板上，这次任务的总指挥迎了上来，给大家做了正式介绍。邵麟与之前参与救援的队员一一握手，最后到夏熠的时候，就变成了一个大大的拥抱。

观察手纳闷了，这两人刚在直升机上还不对付，现在又亲密成这样。

任务总指挥笑呵呵地看着俩年轻人，内心也有些触动。他知道夏熠这次"不合规矩"的调动的内幕，心说，这老战友见面，果然要比旁人亲热点。

海风清爽，邵麟在短暂的静谧里，又想起了儿时父母的不告而别，想起了那些年日夜困扰着他的委屈与愤怒，想起了自己是如何绝望地学着林昀在左侧腰上文了那朵黑色玫瑰……十几年来，他追逐着过去的幻影一路奔赴未来，而此时此刻，尘埃落定，东方既白，他在海风中终于释然。

脚下的甲板随着海水浮沉，邵麟好像又回到了小时候游乐场的那座独木桥上。他颤抖着双腿，像是站在很高很高的地方，咬紧牙关，胆战心惊地走了过去。而林昀就坐在桥的那头，眼神严厉地看着他。记忆里的迷雾终于散尽，孩子惊魂未定地扑进了爸爸的怀里。

林昀温柔地撸了一把孩子的脑袋，低声鼓励道——

Be my little hero. Good boy.（做我的小英雄。好孩子。）

他终于可以放下所有的包袱，拥抱崭新的未来。

09

行动组第二小分队根据邵麟在 Tyrant 弹匣内留下的定位器，成功追上了逃匪的快艇。Tyrant 带头负隅顽抗，在海上被直接击毙；有一个马仔跳海，生死不明。至于当时与 Tyrant 兵分两路离开的直升机，警方没能再发现它的行踪。

贺连云落网，被从公海遣送回国内，检方立刻起诉，据说还给他配备了最好的医生，生怕开庭前这人就不行了。回到燕安之后，邵麟也有无数的报告与审查要做，但这次行动从结果上看非常成功，王睿力也没再处处与他为难。

"蓬莱公主号……"夏熠内心忐忑地走来走去，"我现在可以知道，那艘船上到底发生了什么吗？王睿力收到的那个视频——"

邵麟知道他在说什么，迅速地打断了他："不是我开的枪。"

"你如果再仔细看一下那个视频，就会发现我确实拿枪指着那人，但枪响之时，我的手枪根本就没有开火，枪响之后，他就倒了下去，我被遮住了。"

夏熠把视频一帧一帧地慢放，确实是这么回事儿。只是那个瞬间非常迅速，再加上邵麟那句"泄密的人就是你"，太容易让人误解。

邵麟顿了顿，才说道："开枪的人是 Tyrant。"

"他也在船上?!"

"没错，他当时还救了我一命。蓬莱公主号爆炸时，绑匪是潜水走的，当时船上的潜水装备不够，Tyrant 把他的备用装备给我，才把我带上了潜水艇。后来我是真的不记得了，他们给我注射了大量镇静药与肌肉松弛剂。我当时就觉得自己在一艘船上，然后一直有个模模糊糊的背影，似乎和我说了什么话。当然，现在我才知道，那是贺连云。"邵麟缓缓吐出一口气，"这事儿我之前没说，是因为很长时间以来，我都以为那人是我父亲林昀。"

现在再谈起林昀，夏熠也是一阵唏嘘。他消化了一下邵麟刚说的话，又追问道："那既然是 Tyrant 开的枪，这人还真的是卧底了？你为什么要拿枪指着卧底啊？"

"你是怎么想的?!"邵麟皱起眉头，"这段视频是谁发给王睿力的？这段视频是贺连云发给他的！目的就是让王睿力怀疑我，希望我去给他千里'送快递'。Tyrant 杀的这个人，根本就是贺连云的手下，那几个绑匪之一，所以贺连云手里才会握着这段视频！"

夏熠恍然，"哦"了一声："那到底谁才是卧底？他该不会是死在那艘爆炸的救生艇上了吧？"

一提到那艘救生艇，邵麟眼神顿时暗了。他沉默片刻，才回答道："那艘船上，根本就没有什么卧底。"

夏熠惊奇道："什么？但王睿力那边，确切地收到了贺连云开会的消息啊！"

"是，没错。我上船以后才了解到，会议时间，是他们当时在一个完全封闭的小房间里决定的。那个房间，隔音屏信号，除了他们自己的人，谁都进不去。如果有消息传出去，那一定是他们自己内部传出去的。这个道理其实非常简单，唯独那个小头目，也就是后来 Tyrant 击毙的那个人，竟然不从屋里的人开始怀疑，非要在船上那 12 个人里找个背锅的。这个行为就太不合理了。

"后来 Tyrant 和我说，当时那个小头目想搞掉贺连云上位不是一天两天了，他早准备好了撤退路线，就等着借警方的手杀人呢。只是不巧事情暴露，贺连云要求他找出那个泄密的人，他碰巧又一眼认出了我，才有了请我上船找内鬼的事儿。"

夏熠这才恍然："原来是他们起内讧……"

"救生艇以及蓬莱公主号上的炸弹，都是这个小头目装的。"邵麟眨眨眼，叹气，"是我的错。我不该心急送他们上船，反而害了他们。倒是 Tyrant 杀了他之后，成功晋升一级，吞了那人原本负责的业务。"

夏熠想了想，索性把还没想明白的事儿一块儿问了："王睿力给我看了一份银行流水，你那个有很多钱的海外账户又是怎么回事儿？藏私房钱还用比特币，高级，啊？"

"我的私房钱你都知道了？"邵麟颇为意外地看了他一眼，反问，"我生日什么时候？"

夏熠不解："11 月 21 日！干吗突然问这个？"

邵麟一翻眼睛："那我账户里有多少比特币？"

夏熠蒙了："啊？"

"1121 个。"邵麟微微一笑，"我爸出事儿前一年，刚有比特币这个概念。大约是他觉得，这可能是未来地下交易的新风向，也可能他就是图个新鲜——反正当时一比特币的价格只有 25 美分，他就买了 1121 个。"

1121 个比特币，在当时不过 280 美元，可现在，高位的时候，一个比特币就能卖到上万美元。

夏熠愣住。

"当然，我之前也不知道，是贺连云在船上告诉我的。贺连云在比特币价格到 1 万多美元的时候，把这些'存货'给卖了，说是我爸给我的。"邵麟耸耸肩，"大概就是希望王睿力查到我，怀疑我，让我日子不好过吧。"

"不愧是那个老变态！不过，这钱加起来，"夏熠把钱给算明白了，双眼一瞪，惊道，"那岂不是……"

"是啊！"邵麟故意叹了一口气，"我好像比你家还有钱，啧！"

夏熠："……"

邵麟挑起一侧的眉毛："不过呢，这钱恐怕要上交国家了。"

10

贺连云案件影响恶劣，上面高度重视，高院高效率地判了他死刑，立即执行。国际刑警根据邵麟给出的信息，与当地警方彻查了埃尔斯岛，找到了"秘密星球"的服务器所在，一夜之间，App 彻底下线。

在执行死刑前，贺连云突然提出要见邵麟一面。

夏熠原本不想让邵麟去，但邵麟自己也说不上来为什么，竟然答应了。

玻璃窗后，贺连云坐在一把将其四肢都禁锢住的椅子上。他面容枯槁，一时半会儿邵麟差点都没认出他来，那些从容沉稳的气质全无，只剩下了憔悴与赤裸裸的恶毒。

他阴鸷地盯着邵麟，而邵麟丝毫不惧他的目光。

"这么多天，其实我一直都没想明白。"贺连云狭长的眼睛眯了起来，丝毫不掩饰自己眼底的恶意，"在我心里，你还真没比你爸厉害多少。林昀比你沉得住气，比你果决，比你坚忍……怎么偏偏就……"

"我或许确实不如我父亲。"邵麟平静地看着他，"但我身后有一整个团队。他们之中，有人不惜一切代价要完成任务，也有人不惜一切代价要救我回去。"

贺连云大概想起了自己那个"不惜一切代价要坑死自己"的队友，忍不住摇了摇头。

邵麟微微蹙眉："你见我最后一面，就是为了说这个？"

"不。"贺连云讽刺地勾起唇角,唇色因为心脏问题而显得青紫。他的手在镣铐里,艰难地指了指自己心口:"我是想问你,想不想最后听一次……这个心跳声?"

邵麟进门前,早已做了足够的心理建设,可听到这句话的时候,依然是背后一凉,汗毛倒竖。

夏熠说得没错,他本就不应该来。

"吱呀"一声,邵麟推桌子起身,头也不回地走了,身后传来贺连云嘶哑而得意的笑声。

那是他最后一次见这个十恶不赦的男人。

贺连云被枪决之后,尸体无人认领。最后邵麟作为贺连云的亲属向上提出申请,希望有关单位在处理贺连云的尸体时保留心脏。组织批准后,他将本属于父亲林昀的这颗心脏,装在了一个精致的骨灰盒里。

因为最后的一些失误操作,上面对林昀既没追责,也没有表彰。

邵麟抱着那个盒子,在夏熠与哈崴的陪同下,回了盐泉老家。他与邵海峰商议了一下,决定将林昀的心脏葬于盐泉市郊。临海峭壁上有一方墓园,面向西,坐拥群山与鸟,远眺无垠大海,风景非常好。林昀在老家早已没了亲人,邵海峰、罗屿中与邵麟一块儿,在墓园里给林昀买了个位置。

邵麟又托邵海峰打听了很久,却始终没有他母亲的消息。按贺连云的话说,在17年前事发的时候,她就死了。要说Emi还留下了什么东西,那就是从贺连云那艘船上搜到的一张与林昀的合影。取证存档整了好几天,夏熠还是帮邵麟争取到了那张黑白照片。

Emi是中俄混血,立体的五官里满是东亚的温柔,放到现在看依然是个绝色美人。相片里,林昀板着脸,而Emi双手环于林昀腰际,脑袋靠在他的肩膀上,笑得很幸福。她的腹部微微隆起,已是孕态。

除此之外,Emi没有留下任何痕迹。

邵麟弹了弹那张照片,轻声说道:"就当你和爸爸葬一起了吧。"

照片里,年轻漂亮的女人正双目盈盈地看着他。

一如她沉默着所答应的一生。

夏熠见邵麟情绪不高,为了逗他,拿食指敲了敲Emi的肚子,笑嘻嘻地问道："这个是你？"

却起了反效果。邵麟眼睛一热，轻声问道："你说我爸到底爱没爱过我妈？"

夏熠嘴笨，傻傻地卡了壳。

邵麟摇摇头，决定不再想这个问题。他去照相馆给自己复印了照片备份，又把原件、那把刻着玫瑰的迷你匕首、小时候自己留下的塑封信息，与骨灰盒一块儿埋了下去。安顿好一切之后，邵麟又在盐泉住了几天，临走前最后去与林昀告别。

那天既不是清明，也不是冬至，墓园里人烟稀少。邵麟没想到的是，已经有人比他先来了。

是一个女人。

大约是听到脚步声，那人回过头，以为他们也来看林昀："你们是？"

邵麟与她对视一眼。女人四五十岁的模样，但显然今天是精心打扮过的。邵麟觉得她眼熟，很快想起来，之前在盐泉做"张胜男"交接的时候，远远地在福利院见过她。这人是盐泉市福利院的工作人员。

林昀的碑是新立的，知道的人本就不多。邵麟突然想起，邵海峰曾经说过——林昀在盐泉市还有一个闹掰了的"未婚妻"，她一直未嫁。

她的目光落在邵麟的眉眼之间，眼底闪过一丝困惑。

而邵麟露出一个温和的笑容，指了指墓园更上方的地方："我来看我父母。"

女人这才恍然，微笑着向邵麟一点头，又转身看向林昀的墓碑。

邵麟带着夏熠一路往上，绕过父亲的墓，走到山顶，才颤抖着出了一口气，悄悄地回头看。夏熠凑到他耳边，好奇地问道："阿姨是谁啊？"

邵麟说了自己的猜测，眼底又泛起了点点湿润："她不需要知道世界上还有一个我。"

"你真温柔。"夏熠突然笑了。

女人给林昀留了一束花，等香燃尽，就走了。邵麟目送她的背影离开墓园，才带着夏熠与哈崽走下来。

墓碑上用了林昀最早的一张公安照片。虽说是黑白的，但照片里的男人五官端正，目如星子，嘴角紧抿着，微微下垂。夏熠看着他，心想着邵麟真像林昀，眉目间遗传了那股子利落感，但他也像妈妈，不板着脸的时候很温柔。

哈崽在墓碑边上嗅了半天，最后乖巧地趴下，团成毛球。

两人又各自给香炉里添了三炷香，在海风里站了一会儿。

"对了，"邵麟突然开口，"我去了一趟文身店。"

夏熠嘀咕道："不是早和你说了，那文身不必洗吗？洗了说不定你爸还伤心。"

"我没洗，"邵麟解开几颗扣子，一拉领口，露出右侧肩胛，"我文了一个新的。"

原本弹孔疤痕的位置，被一片新文身覆盖：半侧羽翼向天展开，每一根羽毛上都有火燃烧。

夏熠一愣，故意拉下脸："又是火又是羽的，你是在'内涵'我枪法不好还是咋的？我那角度瞄得多好啊，再过段时间保证疤都看不到了，非得整这么个幺蛾子上去……"

邵麟轻笑着拉起衣领，打断了对方的话："我想一直记得。"

如果说左侧刻着他半生迷惘，那右侧承载的便是他半生荣光。

海风游走过肃静的墓园，吹到皮肤上染了点凉意。烧了一半的香，顶端红色光点暗了又爆亮。邵麟抬起头，看着烟在风中扬起，打着圈飘向高空。那缕烟飞过偌大的墓园，灰色的墓碑森然林立。它越过湿漉漉的悬崖，海水在"哗啦"声里碎成千层雪浪。它最终消散于朦胧的海平线，落日如同一只融化了的金色巨眼，温柔地注视着世界一切往复循环。

归鸟嘶鸣着划破天际。

盐泉海依然是那片盐泉海，当年登船横跨了半个地球的少年，终于披星戴月归来。

11

司法鉴定中心。

郁敏坐在电脑前，微微蹙起眉头，桌面上开着一个基因序列比对程序："之前根据邵麟的供述，那个大块头 Tyrant，应该是当年'海上丝路'的暴君与其中一个老婆生的孩子，对吗？"

姜沫吸着奶茶，胳膊肘搁在郁敏肩上："没错。也就是说，贺连云其实是老暴君的三弟，Tyrant 是老暴君的儿子，邵麟的母亲 Emi 是贺连云同父异母的妹妹，所以贺连云算是邵麟的亲舅舅。啧，真是一个错综复杂的大家庭。"

当时，为了确认死者的身份，I 国当局就近对船上的不法分子进行了 DNA 测序。这些数据在国际刑警组织的基因检索库里共享，而我国公安作为合作单位，也能调取基因数据。郁敏之前帮邵麟测过 DNA，也算是半只手碰过案子。

这是他职业生涯里，涉及面最广的案子。郁敏自然耐不住好奇，把数据库里最新的 DNA 检测全都拉下来，以测试自己新写的 DNA 比对算法。

"那不对啊！"郁敏指着屏幕，疑惑地看向姜沫，"邵麟与贺连云的血缘关系我可以确认，贺连云与老暴君的血缘关系我也可以确认——但是这个 Tyrant 和贺连云、老暴君，明明没有任何血缘关系啊！"

姜沫眨眨眼，继续吸着奶茶："不是吧，没有血缘关系？这么刺激的吗？黑道大佬竟然被戴了绿帽？"

当然，这与燕安市市局也没什么关系，变成了众人茶余饭后的谈资。

与此同时，I 国某海岛。

阿秀拿起一个印着黑玫瑰花纹的玻璃杯，用力往地上一砸。"哗啦"一声，玻璃杯摔了个粉碎。在房内服侍的女孩诚惶诚恐地低下头。

"以后不要再让我看到这个标记。把这些都清理出去。"

阿秀冷冷撂下一句话，便转身回房，坐到化妆镜前。他用化妆水蘸湿了化妆棉，给自己卸了半个脸的妆。左半边睫毛膏混着眼影晕了一片，而右半边皮肤雪白，睫毛浓密，上挑的眼尾闪着粉色亮片。

阿秀盯着镜子，漫不经心地开口："你觉得，我是男装好看，还是女装好看？"

他身边，一个东南亚女仆微微欠身："Teddy 少爷当然是男装英武。"

阿秀上一秒还笑得温柔，下一秒就拿起枪，"砰"的一下射入女仆眉心。殷红的鲜血飞溅，溅在雪白的化妆台上。阿秀眼皮都没抬一下，翘着兰花指，捻了一抹血，涂在自己半边嘴唇上，又拿起一支正红色的口红，似乎是在比对颜色。

"我就是觉得我女装好看，你们怎么一个个的都想不明白呢？"阿秀对着镜子，缓缓绽开一个冷漠而妖冶的微笑。

他打开化妆台下的抽屉，拿出一张喷着香水的粉色信笺，用自己半边血半边口红的嘴印了一个唇印。随后，他又拿出一根 S 国产的巧克力能量棒，用粉色丝带将它与信笺捆在一起。阿秀打完蝴蝶结，突然叹了口气，轻声地自言自语了起来："你是真不记得了啊！其实那天，他们让我在雨里罚站，才不是因为我不舍得杀兔子，而是因为——我爱穿裙子。

"哎，但我还是得谢谢你 Kyle，帮我一口气解决了所有的竞争对手。唯独可惜了我养了这么多年的替身……"

想到这里，Teddy 又有点怅然若失。

他将信笺与巧克力棒放入盒子，一块儿寄去了燕安。

唇印信笺上还附了一句留言："亲爱的 Kyle，我想我们俩彻底扯平了。不过我可以给你一个承诺，我此生都不会踏入你国半步。"

番外

人间烟火吵闹，
他又找回了儿时在家的平静。

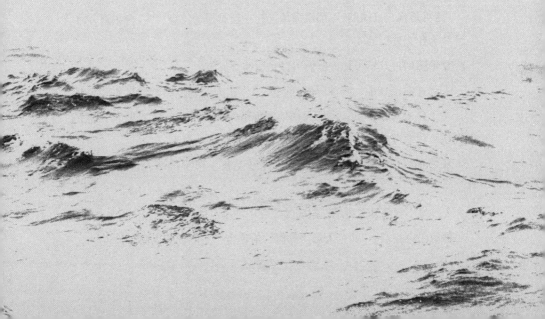

哈士奇与炸鸡

中午，西区分局。

夏熠捧着一碗泡面，在工位上吸溜吸溜的，目不转睛地盯着屏幕上的监控录像。办公室里脚步声来来往往，刑侦支队一如既往地忙碌。

"吱呀"一声，办公室门被人推开，夏熠一回头，就看到了那副熟悉的玫瑰金眼镜。他按下暂停，靠在椅背上，滑了出去："哟，郁主任！"

他的目光落在对方手上那只白色银边的保温箱上，挖苦道："大中午的，又给咱们送尸块来啦？"

郁敏神情淡漠，语气没有半分波澜："水里泡了三天的烂大肠。要加餐吗，夏警官？"

夏警官看了看自己血红的麻辣牛肉面，以及上面漂着的半根火腿肠，连忙把头摇成拨浪鼓："不加了，不加了，您独自享用吧。"

"这可是你自己说的。"郁敏嘴角扬起一丝难得的笑意，"一会儿别后悔。"

我为什么要后悔？

夏熠感到一丝不对劲，悄悄用目光尾随着郁敏。

不远处的工位上，姜沫早看到来人了，这会儿眉眼都弯了起来，奈何她手上一个工作电话挂不了，只能无声地对郁敏疯狂挥手。郁敏大步走了过去，一手握住她高举在空中的手，一手将保温箱放到了她的桌上。

夏熠在心中"哎哟"一声，脖子原地变长三节，试图去看那箱子里装着什么。

姜沫好不容易挂了电话，眼底的惊喜压都压不住："宝贝儿，你怎么来了?!"

郁敏温声答道："我今天难得休假，给你带了点吃的。上回听你说想吃日式炸鸡块，我也跟着学了一下。"

"哟，这么贤惠！"姜沫大大方方地打开白色保温箱，炸鸡香气顿时弥漫了整个办公室，以夏熠与阎晶晶同志为首的干饭小分队闻香而动。

"哇！好香好香！"

"这个看着也太地道了吧！不愧是郁主任！"

"你们法医做饭都这么厉害的吗？又要骗我嫁给法医吗？"

"我就知道沫娘在你们这儿吃不了独食，"郁敏低声笑道，拿出一小包牙签，"我特意多做了一点，不过一人只能尝一块。"

夏熠尝试着对鸡块伸出魔爪，却被郁敏无情地挡了回去："刚问过你了，你自己说不要加餐的。"

夏熠现在是相当后悔。

很快，炸鸡就被一抢而空，郁敏手里的牙签上插着最后一块，环顾四周，问道："邵麟呢？"

姜沫一边嚼一边拿手半掩着嘴："燕大有个犯罪心理学讲座，他听讲座去了。啊，太好吃了太好吃了！"说着她露出一个夸张的表情："外酥里嫩，汁还那么足！这个蒜蓉辣椒酱也好吃！"

蹭饭群众也跟着赞不绝口。

夏熠委屈巴巴："想必邵麟并不介意我替他把他的那块给吃了……"

郁敏无情地"哦"了一声，把最后一块炸鸡塞进自己嘴里。

风卷残云过后，保温箱的盘子里空空如也，只剩下一块被挤干了的柠檬。夏熠心说这块干柠檬真是像极了自己，就连酸的资格都没有。

那天午休的时候，夏熠做了一个特别奇怪的梦。

他梦见自己就坐在工位上，看着不远处郁敏与姜沫缠缠绵绵，自己就莫名其妙地变成了一只狗。

随后，他身后传来一声尖叫："啊，哪里来的狗？"

夏熠回头喊道："等等，我夏熠啊！"

他的话传到对方耳朵里，却变成了一连串的"汪汪汪"。

阎晶晶从工具房里拿出一个捕兽网，大喊着："抓狗啦抓狗啦！谁家的哈士奇跑到办公室里来啦！"

夏熠连忙开逃。

"我不是狗！你仔细看看我，我夏熠啊！"他矫健地跳上桌子，噼里啪啦踩乱了一连串工位，一时间，办公室里文档如雪片般飞舞，电脑"啪啦啪啦"地相继断线，水杯东倒西歪。最后哈士奇高高跃起，落地时却一脑门撞上角落里的打印机，也不知道他撞上了哪个按键，打印机开始疯狂吐纸。

阎晶晶哭着拿起手机："喂？110吗？我要报警，我们警察局被一只哈士奇拆了！"

夏熠心想这都什么和什么……

不一会儿，警察竟然真的来了！

报警接线员派来了一只威风凛凛的陨石边牧，披着一身警犬小马甲。梦境就是那么不讲道理。夏熠明明看到的是一只狗，但他又非常笃定来的就是邵麟。他连忙踩着小碎步跑了过去，那边牧一口咬住他胸前的牵引绳，就把他给拽走了。

与此同时，似乎有人温柔地在夏熠肩上拍了拍，他这才迷迷糊糊地醒来。

刚从燕大回来的邵麟裹挟着一身冬日寒尘："干啥呢，满嘴乱嚎？"

夏熠四处张望一番，又低头看了看自己的双手，这才确定："做了个梦。"

"别做梦，都快1点半了。"邵麟手里拿着一杯他最爱的 Rox 咖啡，又放了一杯在夏熠面前，"喏，清醒点。回来路上给你带的。"

夏熠嘿嘿一笑，双手捧过纸杯，很快手里心里都暖了起来。

那天晚上，夏熠偷偷摸走了邵麟的手机。

夏熠自己的微信头像，一直是那只戴马赛克墨镜、嘴里叼着烟的英俊哈士奇。他也不知从哪里捣鼓来一张照片，就把邵麟的头像给换了——一只漂亮的陨石边牧正笑得眉眼弯弯，头上戴着一朵小红花。

贺连云

林昀第一次接触到组织的核心成员，是被派去老暴君三儿子 Ray 身边当保镖。

Ray 与他想象中不太一样。

男人很年轻，二十出头，谈吐得体，穿着考究，面色有些苍白，但总是带着一抹温和的笑容。他在当地最有名的一所大学念书，心理系，每周日还会去学校边上的小教堂里当志愿者，免费组织与物质滥用相关的康复咨询。

林昀的工作很简单。在家当个管家，在外当个司机，在特殊场合保护 Ray 不要受伤。只是，Ray 基本不会去什么"特殊场合"。大约是三公子身体欠佳的缘故，除了以父亲的名义出入一些高档慈善晚宴，平时并不参与地下活动。

林昀很难想象，这个男人背后的家族掌握着"海上丝路"的命脉。更多的时候，他觉得 Ray 就是一个有钱的小少爷。

林昀不知道自己为什么被安排到了 Ray 的身边。或许是组织暂时还不太信任他，还需要时间考查，所以他无法参与核心项目。也有可能是 Ray 身体太弱，的的确确需要那么一个贴身保镖。

那天，林昀戴着墨镜，在教堂前移下车窗，看向那个从台阶上走下来的年轻人，与左右两名前来咨询的流浪汉瘾君子谈笑风生。

Ray 身上总是散发着一种让人放松的魔力。

林昀觉得自己大概是太放松了，甚至忍不住问了一句："帮瘾君子戒毒？你怎么会想到来当这个志愿者呢？"

"我毕业论文研究的主题就是戒瘾的行为心理学干预。"Ray 笑了笑，"而且，我并不支持父亲贩毒。"

"我父亲追求暴利，而我追求自由意志。"Ray 低头看着自己纤长的手指，让五指张到最大，又缓缓握紧，"我很讨厌毒品那些东西，你知道的，药物类精神控制。"

谈到这个话题，Ray 似乎有点兴奋，脸上难得泛起一丝血色："在那种药物控制下，人是没有自由意志的。贩卖这种药物，就好像是贩卖自由的枷锁，与我的理念不符。或许有朝一日，我会改变'海上丝路'。我会让它变成一个自由的平台。"

林昀舔了舔嘴唇，把两三句反驳的话又吞了回去。

自己想做什么？感化毒贩儿子吗？

最后，林昀沉默地耸耸肩，继续当他的保镖司机："你的想法还挺有趣。"

至于 Ray 第一次见到林昀，就很清楚这人为何被安置到了自己身边。他坐在宾利后座，轻轻合上大腿上的 HLA 配型检查表，往椅背上一靠。他的目光落在驾驶座林昀的寸头上，三分好奇，三分探究。

Ray 下意识地伸手覆住胸口，虽然他深深吸了一大口气，但总感觉没吸入多少，脑袋一直晕晕的。医生说他没法再经历一次心脏手术了，未来心脏移植是最好的选择。

奇怪吗？明明是两个完全独立的个体，这份报告却说，这个人的心脏，换到他胸膛里，依然能好好跳动。他能活下去。他不必再指望那份永无尽头的移植等待名单……

出于这份认知，Ray 对林昀这个人，单方面感到一丝隐秘的亲密，宛若神谕。

Ray 一直以为，林昀不过是一个被监控着的、在自己身边的"心脏供体"，毕竟，林昀身形并不高大，也没有特别饱满的肌肉，和 Ray 平时遇见的保镖不太一样。

直到一次集会，毫无来由地，他就被林昀扑倒在地上。

Ray 甚至都不知道发生了什么，脖子上就被血沁湿了一片。他大脑空白了片刻，才意识到，那不是自己的血。一颗子弹穿过了林昀左侧的上斜方肌。如果不是对方及时将他扑倒，这颗子弹大概会穿过自己的胸膛。

Ray 有几分恍惚："你是怎么知道的？"

林昀咬牙吐出几个字："狙击镜反光。"

事后林昀觉得很庆幸——这是他期待已久的伤口。足够的血可以证明他的忠诚，但并不会带来任何实质性的损伤。

林昀住院那段时间，Ray再次拿出那份HLA配型化验单。他盯着纸面看了几秒，最后，还是把它丢进了碎纸机。

他想，再等一个意外死亡的匹配供体，或许也不是什么坏事儿。

Ray主动找老暴君说了这件事儿。

他太了解父亲了——这个暴虐而充满支配欲的男人不喜欢被挑战。Ray不能坦言自己为了林昀想改变父亲的计划。这或许只会给林昀招来无妄之灾。

Ray眨眨眼，苍白的脸上难得露出一抹狡黠之色："你的小女儿好像看上他了。你觉得呢，父亲？"

林昀

林昀曾经设想过无数种当卧底期间可能遇到的糟糕情况。

暴露，刑讯，客死他乡……

他唯独没有想过，竟然还有一种如此糟糕的情况——

他瞪着床上那只粉嫩嫩的小东西。只见小婴儿挣扎着一翻身，撅起裹着尿不湿的屁股，又"哇"的一声号啕大哭。

林昀顿时老脸一黑："……"

"嘘——别哭别哭……"林昀把孩子抱进怀里，粗暴且僵硬地拍了拍他的小脸，顿时，娃哭得更凶了。

林昀："……"

见鬼。

他到底是怎么——不，他怎么能犯这种错误?!

如果要问林昀喜当爹是什么感觉，他只能说那种感觉叫两眼一黑——他压根就是被人算计的！

在那个年代，"海上丝路"当家的还不是老暴君，而是他们三兄弟的父亲。老教父生性多疑，残忍暴力，喜欢毒哑自己身边所有服侍的人，以此为"家族标签"。大约是天道好轮回，他最宠爱的女儿 Emi，小时候因为一场高烧而彻底地失去了声音。

Emi 性格内向且温顺，从不接触帮派事务，最大的爱好就是研究烹饪。老教父将她留在身边养着。

那天，林昀被贺连云——那时候还叫 Ray——灌醉，直接喝到断片儿，醒来时才发现床边多了一个女人。起初，就连 Emi 怀孕的消息都一直瞒着他！直到她再也藏不住隆起的腹部，Ray 才求他的父亲给两人订了婚。

林昀知道那 Ray 打的什么算盘。

最近帮派里发生了那么多的事儿，多多少少有人在怀疑他。那么，一个妻子，再加上一个孩子，他们自然就有了拿捏他的方法。

这个孩子，原本就不应该存在于世上。

林昀的目光再次落在了小婴儿身上，眼底突然闪过一丝杀意。在那一瞬间，他有点想杀了这个孩子。或许，他还有机会来纠正这个错误——孩子还这么小，死了也不过是意外早夭。长痛不如短痛。这总好过将来因为这个孩子而一直被人威胁。

林昀的手足足有婴儿两个脑袋那么大，只需稍稍一用力……

他心跳突然空了一拍，大脑顿时一片清明。

他在做什么？这么做的他，与那些他所痛恨的人，又有什么区别？

这只是一个无辜的孩子啊！

与此同时，婴儿房的门被推开，穿着一身睡衣的 Emi 听到哭声，匆忙走了进来，对林昀脑内的天人交战浑然不觉。她甚至还因为林昀第一次主动抱起孩子，而露出了一丝欣慰的笑容。

林昀怀里的小东西哭闹得不行，Emi 也不急着接过去，只是鼓励地看着林昀，在怀里比画了一个"亲宝宝"的动作。林昀看了她一眼，这才停下笨拙的拍打。他一脸如临大敌的表情，但依然闭上眼，硬邦邦地低头吻了吻小宝宝的额头。

奇迹般地，洋娃娃停止了啼哭。

小 Kyle 眨巴眨巴眼睛，呆呆地看向林昀，嘴里"咕噜咕噜"吐出两个口水泡泡。毫无征兆地，他咧嘴笑了起来，桂圆似的大眼睛微微眯起，小小的唇瓣被口水沾得亮晶晶的，可爱得就好像天使降临。

林昀心底一软，抱着孩子，把他贴在自己坚实的胸口上。

林昀大脑一片空白。

卧底卧半天，成绩平平，倒是先孵出了个崽，绝了。

那时候的电子科技还不发达，就连古老而巨大的苹果机都不算普遍。林昀要传消息，还需要通过线人。当地有一家墨西哥餐厅，暂时是林昀固定传消息的地方。

一天晚上，林昀照常出门："我有点想吃墨西哥卷饼，趁还没关门，我去买几个来。你要吗？"

素来百依百顺的 Emi 难得起身，沉默地拦住了他。

"怎么了？"林昀温和地笑着，但直觉告诉他，Emi 这个举动似乎有点不同寻常。

如果放在平时，Emi 会把要说的话在小本子上写下来给他看，而这次，她却是抓着他的手，颤抖着一字一字地拼了出来："不要去。"

林昀只觉得一股凉意沿着自己的脊椎爬了下去，但依然故作淡定地又问了一遍："为什么？你不是很喜欢吃他家绿色的萨尔萨酱吗？我给你带一点。"

Emi 焦急而迅速地在他掌心里继续写道："父亲，怀疑，埋伏，不要去，求你了。"

林昀不动声色地看了她一眼，一时半会儿摸不准对方的立场。不过，他暂时不打算坦白，只是拉着 Emi 的手，将她带回卧房，沉稳地说道："我没太懂你的意思。"

Emi 大约是不想留下任何痕迹，才不想写字的，但把那么多内容表达出来，会花一点时间。寂静的房间里，Emi 一会儿打着手语，一会儿又在他掌心上比画。

原来，Emi 早就发现了林昀的秘密。

很早之前，她在哥哥家里对林昀一见钟情。可是，这位沉默寡言的保镖总对她暗送的秋波视若无睹。失望之余，Emi 开始悄悄观察林昀，试图更了解他。在少女心的驱使下，Emi 很快就有了发现——

林昀很喜欢吃一家墨西哥店的卷饼，他似乎特别喜欢墨西哥辣椒！

Emi 兴奋了，自己研习了不少菜谱，终于在一次家宴上，亲手做了一碗绿辣椒酱。林昀二话不说就吃了，可是，Emi 心细地发现，林昀似乎没有表现出对味道特别满意，甚至还被辣出了薄薄一层冷汗，吃了几口就去吃别的了，似乎不是特别爱吃辣的样子……

可是那家店的菜，几乎全放了墨西哥辣椒。

Emi 敏感而心细，一时半会儿没想明白这个问题。

后来，Emi 又发现林昀去墨西哥餐厅的频率，似乎和帮派里丢货的频率能对上号，这才起了疑心。后来，她又观察了那家墨西哥餐厅一段时间，才确定了林昀的秘密。

如果不是 Emi 能够如数家珍地说出林昀每次在那家店点了什么，林昀依然要怀疑她在诈他。可细节都已经说到这个份上了，他已然无话可说。为什么那家店以辣度出名？因为他与线人是通过菜单上的辣度来交流的。

林昀是与老暴君手下一块儿蹲过局子，又一块儿漂洋过海来的人。如果不是 Emi 上心，根本就不会有人在意他并不是真的爱吃辣这个细节。

话都说到这份上了，林昀觉得也没必要再演下去。他心平气和地开口，甚至还带了一抹笑容："那其他人呢？是你告诉他们的吗？"

Emi 紧张地瞪大双眼，拼命摇头。

林昀沉默地看着她。其实，他知道自己可以相信她。Emi 观察了那么久，但凡想告发他，早就没他这个人了，何必再生一个儿子？

Emi 低下头，又在他掌心写道："上次丢货，他们才开始怀疑的。

"我不说，因为我希望你能带我离开这里。"

她一个哑女，没有出去念过书，只跟着家庭教师学了读写与基础的算数。一旦离开这里，她也不知道自己能去哪儿。所以，当 Ray 告诉她，父亲对林昀起了杀心的时候，她二话不说，决定用这样的方式保下他。

林昀沉默地看着这个漂亮的混血女人，半天说不出话来。原来这一场婚姻的背后，还藏着如此复杂的多方博弈……等方才身体的应激反应过去之后，林昀才开始重新觉知自己的心跳。他吐出一口气，轻轻拨了拨 Emi 滑落到脸前的长发，让她把脑袋靠在了自己肩上。

或许是出于庆幸，或许是出于内疚，又或许是出于什么他自己也说不上来的原因，林昀郑重地握住了 Emi 的手，郑重得好像在教堂起誓："我答应你。"

"哗啦"一声，婴儿房又传来一阵玩具倒塌的声音。两人对视一眼，Emi 脸颊微红，低头笑了，匆匆起身。林昀连忙跟了过去。

也不知道是不是妈妈不会说话，平时生活里少了一些交流的缘故，小 Kyle 很晚才开口说话。虽然不爱说话，但他从小就展现出了异乎寻常的记忆天赋，他只需要看一遍乐高的图片，转头就能把形状拼搭出来，对数字什么的也是过目不忘。

小屁孩慢慢长大，成了林昀意外收获的一份美好。

自从林昀决意踏上那艘船，他从来没想过，自己这辈子竟然还能拥有一个完整的三口之家……

他没想到自己真的会爱上他美丽的妻子。

他也不曾知道，那个小男孩有朝一日，会长成他所期待的模样。

吃人的房子

夏熠家小区门口有一所小学，每天下午 3 点半，接孩子的队伍人山人海，车子进出都能堵上半天。当然，有些孩子家里无人接送，托管服务应运而生。光一所小学便养活了周围一条街的培训机构——画画的、舞蹈的、竞赛的，五花八门，什么都有。

夏熠下班买水果的时候，每次都会路过这条街。

水果店老板娘的调皮儿子，小名叫"胖墩儿"，整天手里拿着一把"咔嗒咔嗒"的玩具枪，不是满嘴"突突突"地对着培训班窗户捣乱，就是自己和自己玩打仗游戏，偶尔还会拿枪瞄准路人，气势十足地大喊一声："不许动！"

夏熠一直觉得挺奇怪，因为胖墩儿一点都不胖。别看那胖墩儿年龄不大，懂得还不少，今天嘴里大喊着"我是 SWAT（特殊武器及战术）特警"，明天又大喊着"巴雷特狙击"，有时候手里的武器又会变成"无敌螺旋量子炮"。总之，小孩每天都在培训班门口的一方水泥板上撒野，有时候他也会往培训班里跑，但每次都被老师撵出来。

邵麟见了这小孩就头疼，夏熠倒是觉得有趣，时常萌生要和他一起玩的想法。

那天晚上，夏熠刚从浴室里出来，就接到了局里一电话："熠哥，虽说今天是我值班，真是不好意思打扰你……"

"有话就说。"

"是这样的，走丢了个小男孩，10 岁，最后一次有人见到就是在你们家门口那个'春田青少年创意中心'，晚上 8 点半。"阎晶晶说道，"男孩一米四，穿亮蓝色羽绒服、黑色裤子，戴着黑框眼镜，背着一个灰色书包，体形偏瘦。照片和其他信息我现在就给你发过来，你那儿有没有听说什么？"

耳机那一头，夏熠可以清晰地听到两个人在吵架。

先是一个声音苍老的男人："一学期收费 3500，连个小孩都看不住，我要告你们黑心机构！"

一个年轻的女人回应道："我说很多次了，我锁门的时候一楼一个小孩都没有了。本来 8 点就下课，一般来说，保洁是最后走的，今天保洁阿姨都已经走了，你们家长自己不来接孩子，难不成我们机构还要包你们小孩过夜吗？"

春田青少年创意中心，就在那家水果店隔壁。

夏熠转身披上外套："好的，我马上去。"

阎晶晶在电话里简述了一下事情经过：

走丢的男孩叫程源，学习好，但朋友不多，人很内向，平日里是爷爷奶奶带的。程源父母工作忙，双双在海外出差，平时基本不回家。不过家里物质条件不错，各种培训班也舍得花钱。本来每周三晚上，都是爷爷来接孙子放学，但今天也不知怎么了，老头子手表慢了一小时，直接错过了下课时间。等爷爷发现这回事儿，跑到培训机构的时候，已经是晚上 9 点多了，所有灯都灭了，大门也上了锁。

老爷子向周围的商铺问了一圈，大家都说没见过孩子。

爷爷这就急了，连忙报警。

最后一位离开机构的老师恰好是机构的负责人。她说大部分学生一下课就被接走了，当时只剩下三个孩子。大概在 8 点 20 分，最后两个孩子也被接走了，就剩下了程源。她不想陪孩子干等，便上二楼办公室拿了点文件，再下来看时，孩子已经不见了。负责人说自己喊了几次，都没人回应，以为孩子被家长接走了，就在 8 点半关灯锁门。

"监控呢？"

阎晶晶叹气："这培训机构没装监控！"

夏熠点头："那机构就在我家楼下，我现在过去一下。老师给的这个时间段很窄，8 点 20 分到 8 点 30 分之间，你调一下培训机构周边最近的几个交通监控，看看有没有拍到什么。"

"已经在看了，路口监控暂时没有拍到符合描述的小男孩！小孩也可能是被车子接走的。"

"如果是车子接走的，那搜索直径就一下子大太多了。"邵麟闻言，也匆匆披上外套，"先去看看有没有别的私人监控吧，万一真是被车子接走的。我记得水果店门口就有一台。"

水果店顶上那摄像头，原本是为了监督路人不要偷水果的，那个位置，恰好也能拍到隔壁春田青少年创意中心的玻璃大门。

水果店已经关门了，不过老板娘一家就住在楼上。夏熠与老板娘很熟，很快就调到了监控。那个整天拿枪"突突突"的胖墩儿也推门探出半个头，母亲厉声叱责："皮又痒了是不是？怎么这个点还没睡觉？"

瞬间，小男孩又把脑袋给缩回去了。

夏熠把监控调到8点多，开了快进。培训班老师的话大多都能对上——晚8点出头一大拨学生被接走了；8点20分左右，另外两个学生也走了；8点25分的时候，保洁员离开；直到晚上8点31分，最后一位老师关灯、锁门、离开，都没有一个符合程源特征的男生从培训机构里走出来。

老师明确说过，穿亮蓝色羽绒服的程源和她一块儿等到了最后。如果老师与保洁员没有撒谎，8点25分保洁走的时候，程源还在一楼前台等待家长，但是8点31分的时候就不见了，以至于老师以为程源已经被接走了。

夏熠与邵麟将监控在8点25分到8点31分的区间又快进了一遍，得出结论："见鬼了。程源从来没有从这扇门出去过。"

这一片街边房背靠小区，确确实实只有这边一扇门。

程源没从这扇门里出来，那只能是还在机构里。

夏熠简直无法评论，这到底是个好消息，还是个坏消息。

培训机构不大，也就上下两层，除了前台、办公室、卫生间和材料工具房，就是三间学生教室。一楼主办青少年机器人培训，展示台上摆了不少机器人模型；到了二楼则是普通培训班，主教数理、编程与青少年创新项目，走廊上贴满了小朋友们的作品与比赛照片。夏熠打开了每一扇门与每一只柜子，确实没有人，而且每一扇窗户都被反锁了。

那程源还能去哪里？

警方就房间结构问题，再次询问了机构负责人与在机构工作了一年有余的保洁阿姨。

谁知保洁阿姨听了程源的事儿，神经兮兮地来了一句："我就知道这房子有问题。上上下下就那么一扇门，原来这房子还吃小孩啊！"

负责人听了更为烦躁："你别胡说，这世上哪里来的鬼！"

保洁阿姨一翻白眼："我早就和你们提过了，你们不相信啊，还骂我，扣我工资！现在出大事儿了，你们还不相信我。房子都吃人了！"

夏熠隐约感到一丝不对劲："什么闹鬼的事儿？"

原来，保洁阿姨每天擦完那些机器人，都会按照负责人的要求把它们摆成原来的姿势。可第二天上班，负责人觉得这些姿势不对，机器人的头、手臂都东倒西歪的，像是被小孩子玩过并没整理，于是斥责了保洁。保洁却声称自己临走前确确实实把机器人按要求摆了。负责人觉得她是狡辩，因为一大早她第一个上班，应该没人动过。

这样的事儿发生过两三回，所以保洁才说这地方闹鬼。

邵麟皱起了眉头："那你们可有丢过什么东西？贵重一点的，机器人材料啊，钱啊什么的。"

负责人想了想，摇摇头："没有。我们的收银台就在前台，没有丢过钱。"

邵麟自言自语道："假如晚上真的有人来过，就是为了玩几个机器人……"

谁会做这样的事儿？

而且，如果晚上真的有人能出入机构，那就代表着那扇玻璃大门并非唯一的出入口。人自然不可能凭空消失——

邵麟脑海里又闪过了方才在水果店老板娘家里，胖墩儿那个担忧的眼神。是了，都这个点了，小学生怎么还不睡觉呢？而且这孩子是认得夏熠的，一看到就高呼着"警察哥哥"跑过来，怎么晚上在家里看到夏熠，却是那个反应？

邵麟当机立断："去问问隔壁小孩是不是知道些什么。"

小胖墩儿到底不过一个十一二岁的孩子，没什么心眼。这房门一推开，警方就直接逮了俩小朋友。

夏熠怎么都没想到，小孩卧室的衣柜后面，把木板移除后，竟然有一个装修时留下的洞，大小刚好够小孩子穿过。胖墩儿再小一点的时候，还真是一个胖墩儿，但他为了去那个洞里探险一番，硬是减了肥。

那个洞与隔壁教育机构的材料储藏室相连，除了胖墩儿本人，无论是老板娘，还是机构负责人，或者保洁员，都不知道这么一个洞的存在。

小胖墩儿叫它"纳尼亚之门"。

这是他自己的小秘密——他假装睡觉，每当隔壁熄灯之后，就会钻去隔壁偷玩机器人。

那天，他其实没想去隔壁，却听到那边传来了呼救声。在好奇心的驱使下，小朋友偷偷潜入隔壁，这才遇到在哭的程源。程源本来只是去上了个厕所，谁知从厕所里出来，最后一个老师也走了，还从外面锁了门。家人也不来接他，程源乱喊了一顿"救命"无果，倒是喊来了一个小胖墩儿。

胖墩儿觉得自己倍儿英雄，直接把程源带回了自己的房间，还请他吃了点水果安慰他。胖墩儿原本想帮程源打电话，谁知程源生闷气，说自己一定要这么"凭空失踪"一回，吓吓他父母，最好父母能回家。小胖墩儿很仗义，听了程源的诉求，决定帮他一回。

这一帮，警察都找上门了。

忙到半夜，总算是虚惊一场。程源平安回家，胖墩儿被老板娘拿拖鞋狠狠抽了一顿屁股。虽说事情的结局颇为圆满，但邵麟在找到程源后，情绪一直不是很高。

第二天，夏熠回家再次路过那条街，一时兴起，在小卖部买了一把儿童玩具枪。玩具枪没有子弹，而是会射出一种头上顶着硅胶小吸盘的彩色小箭，如果枪法好的话，它就能粘在射击的目标上。

邵麟有点难以置信地看着他。

夏熠捣鼓了两下手里的玩具，瞄准邵麟的屁股。"噗"的一声，一支粉色小箭飞了出去。

邵麟敏捷地侧身躲开，扭头便走："我不认识你。"

"那你可别让我追上你！"夏熠朗声笑着，抄起玩具枪追了上去，嘴里还忙着给枪配音，"砰砰……砰砰……突突突突突……"

就这样，两个大男人一前一后地跑了出去。

夏熠没跑出几步，手里就没"子弹"了，顿觉意犹未尽："这枪不行啊，总共只有七发！"

邵麟转过身，看着一地五颜六色的小箭，感到快要心肌梗死，但他依然弯腰去帮夏熠收拾："行了，丢人不丢人！"

"逗你玩嘛！"夏熠嘿嘿笑着，自己也捡了几枚，又从邵麟手中拿过剩下的收好，"看你昨晚不开心到现在了。"

邵麟板起脸："我没有不开心。"

"你就是不开心了。"

邵麟长而直的睫毛微微扑闪了两下，垂眸看向别处："没什么，就是想起了小时候的事儿。"

那么傻傻地期待着、等待着……不会回来的人。

夏熠连忙安慰道："嘻，小时候的事儿，就别想了。我小时候也喜欢拿着这种枪满地乱跑，还有那些打仗的游戏……总想当英雄，拿枪才威风。"

邵麟忍住翻白眼的冲动："现在不还是一样，没有半点长进？"

夏熠委屈地挠了挠脑壳，嘀咕道："长进还是有的。工作了这么些年，知道英雄不用拿枪了。英雄大概就是……琐碎平凡的生活里，每一个诚实、勇敢、负责的选择吧。你看，小时候的事儿，都会变的。"

邵麟脸上总算露出一丝笑意，温柔地"嗯"了一声。

生日

11 月 21 日。

在邵麟的记忆里，生日总是安安静静的。

小时候，父母并不允许他像其他同学那样，在生日时邀请同班同学到家里聚会留宿，而是总是一家三口过的。蛋糕都是 Emi 自己设计、亲手制作的——现打的奶油、鲜烤的芝士、新鲜的水果，蛋糕造型迷你可爱，直径只有成年人的食指那么长。爸爸拿出自己的折叠小刀，切成三份，每次都把蛋糕吃得精光。

不过，不管邵麟几岁了，蛋糕上永远只有一根蜡烛。

小邵麟曾经对此提出抗议："我已经 7 岁了，为什么还是只有一根蜡烛？"

那时候还没有语音辅助，简单的语句，Emi 会打手语，复杂一些的则会在小本子上写下来。蜡烛顶上的小火苗无声地跳跃着，木头削的铅笔在纸张上沙沙地摩擦，爸爸总是很耐心，无论 Emi 写多久，他也不会催促。

Emi 写完给林昀看了，沉默的父亲难得开口："你妈说一根蜡烛代表不管你几岁，世界上都只有一个你，独一无二，闪闪发光。"

邵麟记忆里的小时候，耳畔总是很安静。而那种静谧，逐渐长成了他心底的安全房。沉默是他的舒适圈，带着一股令人安定的力量。

回盐泉后，生日似乎也是安静的，却多了一丝沉默的压抑。他回盐泉后过的第一个生日，邵海峰建议他带其他同学一块儿去肯德基过生日，或许可以更快地交到朋友，但邵麟当时并不想和同学交朋友，这事儿就没了下文。

于是，张静静给他买了一块大蛋糕，足足 12 寸，模样是路边最常见的那种奶油水果生日蛋糕。邵麟吃了一口就觉得那植物奶油腻味，但又不想辜负了养父母的一片好心，硬是逼着自己多吃了几口。

邵海峰夫妇不喜欢沉默的饭桌，又问了几句学校的事儿，偏偏邵麟的回答还没问题字多。尴尬的气氛在饭桌上蔓延，邵麟敏锐地捕捉到了养母眼中的警惕。

尽管如此，上大学前，邵麟每年都会收到那样一个奶油水果大蛋糕，造型略有不同，味道倒是难吃得如出一辙，像是一份被迫的施舍。

再后来，他就没了过生日的习惯。

直到……邵麟有些茫然地看了一眼燕安家里的客厅。

墙壁上扎着一排银色字母氢气球，拼出了"Happy Birthday（生日快乐）"字样。茶几上摆了两盒外卖比萨，尚未开盒。音响里放着电音摇滚，夏熠围着围裙，嘴里跟着节奏哼着，在厨房里"噼里啪啦"地炸着鸡翅。

邵麟几次想去替他掌勺，却都被夏某人拒绝了："去年生日炸锅了，今年一定行！"

门铃还没响，哈崽就兴奋地跑了过去，脑门上顶了一只红绿相间、头冒金丝花的锥形庆生帽。

"邵麟生日快乐！"

"啊！好香啊！我竟然闻到了炸鸡味！"

"哇，小夏，你们家很不错呀！"

"我带了水果沙拉。"

阎晶晶、姜沫、郁敏和队里的几个组员鱼贯而入，本来挺宽敞的客厅一下子就小了。哈崽冲上去黏着两个漂亮姐姐，收获了无数摸头撸毛服务。

郁敏跟毛茸茸的生物天生不太对付，便没去凑热闹。他在客厅里转了转，目光落在一套崭新的工夫茶茶具上："你这紫砂不错啊，我也喜欢泡茶，家里红茶一套，绿茶一套。"

邵麟轻笑了两声，连忙摆出两个迷你茶盅："我没你那么专业，这是新买的，就图个乐。来，尝尝我刚泡的正山小种……"

可他一倒茶壶，半点水都没出来。

邵麟挑眉，打开壶盖一看，却发现里面空了。

他一眼就锁定了罪魁祸首："夏熠，你动我的茶了？"

"什么你的茶，茶还分你的我的？"夏熠端着一盘刚出锅的炸鸡翅走了过来，大大咧咧地说，"刚才口渴，没凉白开了，我就喝了点。啧，这茶杯也忒小了，我倒了一杯，忒不解渴，就直接对着壶喝了。"

邵麟："……"

郁敏面无表情，但是已经缩回了自己摸茶盅的手，转头开了一瓶无糖汽水。

邵麟叹气："夏熠，这叫工夫茶。"

"还功夫？啥功夫？"夏熠纠正，"我看这叫过家家。"

"这茶具是我花了一千多块钱买的！"

夏熠惊了："你竟然花 1000 多块钱玩过家家？你不早说，你早说我生日就送你全套奥特曼了！"

邵麟："……张嘴！"

夏熠："啊——"

邵麟往他嘴里塞了一个炸鸡翅："吃你的去吧！"

"嗷呜呜呜嗯呜呜……"

虽说是给邵麟过生日，但其实就是朋友们找个由头来聚餐。阎晶晶与姜沫八卦着，偶尔放声大笑；哈崽嘴里"呜噜呜噜"的，拼命显摆哈士奇血统的语言天赋；夏熠吧吧地吐槽着平时案子里遇到的奇人怪事，背景音乐里放着佛经……

这是邵麟最吵闹的一个生日。

可是，从这些吵吵闹闹的人间烟火气里，他似乎又找到了小时候在家的平静。

他很开心。

图书在版编目（CIP）数据

归麟：全二册 / 二狮著 . -- 长沙：湖南文艺出版社，2021.11

ISBN 978-7-5726-0371-6

Ⅰ.①归… Ⅱ.①二… Ⅲ.①长篇小说－中国－当代

Ⅳ.① I247.5

中国版本图书馆 CIP 数据核字（2021）第 187349 号

上架建议：畅销·青春文学

GUI LIN: QUAN ER CE

归麟：全二册

作　　者：二　狮
出 版 人：曾赛丰
责任编辑：匡杨乐
监　　制：邢越超
策划编辑：郭妙霞
特约编辑：汪　璐
营销支持：文刀刀　周　茜
封面设计：商块三
版式设计：梁秋晨
内文插图：凌家阿空
内文排版：百朗文化
出　　版：湖南文艺出版社
　　　　　（长沙市雨花区东二环一段 508 号　邮编：410014）
网　　址：www.hnwy.net
印　　刷：三河市中晟雅豪印务有限公司
经　　销：新华书店
开　　本：680mm×955mm　1/16
字　　数：632 千字
印　　张：38
版　　次：2021 年 11 月第 1 版
印　　次：2021 年 11 月第 1 次印刷
书　　号：ISBN 978-7-5726-0371-6
定　　价：79.80 元（全二册）

若有质量问题，请致电质量监督电话：010-59096394
团购电话：010-59320018